D1994355

rotfuchs Klassiker

Mark Twain

Tom Sawyers Abenteuer

Mit Bildern von Klaus Ensikat
und einem Nachwort von Horst H. Vollmer
Deutsch von Lore Krüger

rororo
Rowohlt

rororo rotfuchs
herausgegeben von Ute Blaich und Renate Boldt

Veröffentlicht im Rowohlt Taschenbuch Verlag GmbH,
Reinbek bei Hamburg, April 1996
Copyright © 1962 by Aufbau Verlag, Berlin.
Ausgewählte Werke in zwölf Bänden, Band IV
Redaktion Ute Blaich
Umschlaggestaltung Barbara Hanke
Umschlagillustration Klaus Ensikat
Satz Iridium (Linotronic 500)
Gesamtherstellung Clausen & Bosse, Leck
Printed in Germany
1290-ISBN 3 499 20813 X

1. Kapitel

Toms Spiele, Kämpfe und Verstecke

«Tom!»

Keine Antwort.

«Tom!»

Keine Antwort.

«Was ist bloß wieder los mit dem Jungen, möcht ich wissen! Hallo Tom!»

Die alte Dame schob ihre Brille hinunter und blickte über sie hinweg durchs Zimmer; dann schob sie sie hinauf und blickte unter ihr hervor. Selten oder nie blickte sie *hindurch,* um nach einem so kleinen Gegenstand wie einem Jungen Ausschau zu halten, denn es war ihre Staatsbrille, der Stolz ihres Herzens, geschaffen, um «elegant» zu wirken, und nicht, um zu nützen; ebensogut hätte sie auch durch ein Paar Herdringe blicken können. Einen Augenblick schien sie verblüfft, dann sagte sie, nicht gerade zornig, aber doch laut genug, daß es die Möbel hören konnten: «Na warte, wenn ich dich erwische, dann...»

Sie beendete den Satz nicht, denn sie hatte sich bereits gebückt und stieß nun mit einem Besen unter dem Bett herum – daher brauchte sie ihren Atem, um den Stößen Nachdruck zu verleihen. Doch sie beförderte nur die Katze ans Licht.

«So was wie diesen Bengel hab ich noch nicht gesehn!»

Sie trat an die offene Haustür, blieb stehen und ließ den Blick über die Tomatenstöcke und Stechapfelbüsche schweifen, aus denen der Garten bestand. Weit und breit kein Tom.

Sie hob daher die Stimme zu einer für die Ferne berechneten Lautstärke und rief: «Hallooo Tom!»

Hinter ihr war ein leises Geräusch zu vernehmen, und sie wandte sich um, gerade noch rechtzeitig, um einen kleinen Jungen beim Jackenzipfel zu erwischen und seine Flucht zu vereiteln. «Da bist du ja! An den Wandschrank hätt ich auch denken können! Was hast du denn da drin getan?»

«Nichts.»

«Nichts! Schau dir doch deine Hände an, und schau dir deinen Mund an. Was ist das für Zeug?»

«Weiß ich doch nicht, Tante.»

«Na, ich weiß es aber. Marmelade ist's! Hundertmal hab ich dir gesagt, bleib mir von der Marmelade, sonst gerb ich dir das Fell. Reich mir mal die Rute her.»

Die Rute schwebte in der Luft. Es bestand höchste Gefahr.

«Vorsicht, Tante!»

Die alte Dame fuhr herum und raffte mit einem Griff ihre Röcke hoch, um sie aus der Gefahrenzone zu bringen; im gleichen Augenblick entfloh der Junge, erkletterte den hohen Bretterzaun und verschwand. Tante Polly stand einen Augenblick verdutzt da und brach dann in leises Lachen aus.

«Zum Kuckuck mit dem Bengel! Werd ich's denn nie lernen? Hat er mir nicht genug solche Streiche gespielt, daß ich mich endlich vor ihm in acht nehmen könnte? Aber die alten Narren sind die schlimmsten. Ein alter Pudel lernt keine neuen Kunststücke mehr, sagt das Sprichwort. Aber, du liebe Güte, keine zweimal spielt er sie mir auf die gleiche Art, und woher soll ein Mensch wissen, was das nächstemal kommt? Anscheinend weiß er genau, wie weit er's mit mir treiben kann, bis mich der Zorn packt, und er weiß, wenn er mich auch nur einen Augenblick irre machen oder mich zum Lachen bringen kann, dann ist's wieder vorbei, und ich kann ihm nicht einen einzigen Schlag verabreichen. Ich tu meine Pflicht nicht an dem Jungen, wahrhaftig nicht, das weiß der liebe Himmel. ‹Wer sein Kind liebt, der züchtigt es›, so steht's in der Heiligen Schrift. Sünde und Leid bring ich über uns beide, das weiß ich. Er steckt voller Teufeleien, aber du lieber Gott! Er ist ja schließlich der Junge meiner eigenen verstorbenen Schwester, der Ärmsten, und irgendwie hab ich nicht das Herz, ihn zu prügeln. Jedesmal, wenn ich ihn so davonkommen lasse, setzt mir das Gewissen arg zu, und jedesmal, wenn ich ihn schlage, bricht mir fast das alte Herz. Ach ja, der Mensch, der vom Weibe geboren ist, hat nur eine kurze Zeit, und die ist voller Sorgen, wie die Bibel sagt, und so ist's wohl. Heut nachmittag wird er die Schule schwänzen, und da bin ich einfach gezwungen, ihm zur Strafe morgen eine Arbeit aufzubrummen. Es fällt mir mächtig schwer, ihn sonnabends an die Arbeit zu setzen, wenn alle Jungen ihren freien Tag haben, aber Arbeit haßt er mehr als alles andere, und ich muß ja wenigstens einigermaßen meine Pflicht an ihm tun, sonst bin ich das Verderben des Kindes.»

Tom schwänzte tatsächlich die Schule, und er verbrachte die Zeit auf sehr angenehme Weise. Er kam noch gerade rechtzeitig nach Hause, um Jim, dem kleinen Negerjungen, vor dem Abendbrot das Feuerholz für den nächsten Tag sägen und spalten zu helfen – zumindest war er noch früh genug da, um Jim seine Abenteuer zu berichten, während dieser dreiviertel der Arbeit tat. Toms jüngerer Bruder (oder vielmehr Halbbruder) Sid war mit seinem Teil (dem Aufsammeln der Späne) bereits fertig; er war ein stiller Junge und hatte nichts Abenteuerliches, Unruhe Stiftendes an sich. Während Tom sein Abendbrot aß und, sobald sich die Gelegenheit bot, Zuckerstückchen stibitzte, stellte ihm Tante Polly sehr arglistige, verfängliche Fragen – denn sie wollte, daß er in die Falle ginge und belastende Enthüllungen mache. Wie manch andere arglose Seele wiegte sie sich voller Eitelkeit in dem Glauben, sie habe ein besonderes Talent für die dunkle und geheimnisvolle Kunst der Diplomatie, und es bereitete ihr Freude, ihre durchsichtigsten Finten als Wunder an Tücke und Verschlagenheit zu betrachten. Sie sagte also: «Tom, es war warm in der Schule, nicht?»

«Freilich, Tante.»

«Sehr warm, was?»

«Freilich, Tante.»

«Hast du nicht Lust gehabt, schwimmen zu gehn, Tom?»

Ein leichter Schreck durchzuckte ihn – ein leiser unbehaglicher Verdacht. Er forschte in Tante Pollys Gesicht, aber es verriet nichts. Deshalb sagte er: «Nein, Tante – wenigstens nicht allzu große.»

Die alte Dame streckte die Hand aus und befühlte Toms Hemd, dann sagte sie: «Jetzt ist dir aber nicht allzu heiß.»

Es schmeichelte ihrem Stolz, entdeckt zu haben, daß das Hemd trocken war, ohne daß irgend jemand ahnte, worauf sie hinauswollte. Trotz ihrer List wußte Tom aber nun, woher der Wind wehte. Darum kam er einem Schachzug zuvor, der womöglich ihr nächster sein mochte: «Ein paar von uns haben sich Wasser über den Kopf gepumpt – meiner ist noch feucht. Siehst du?»

Tante Polly ärgerte sich bei dem Gedanken, daß sie diesen Indizienbeweis übersehen und sich so einen Schlich hatte entgehen lassen. Dann kam ihr eine neue Eingebung: «Tom, du hast dir doch den Kragen nicht aufmachen müssen, wo ich ihn angenäht hab, um dir Wasser über den Kopf zu pumpen, wie? Knöpf dir mal den Rock auf.»

Aus Toms Gesicht schwand alle Unruhe. Er öffnete den Rock. Sein Hemdkragen war fest angenäht.

«Verflixt noch mal! Na, geh schon. Ich war sicher, daß du die Schule geschwänzt hattest und schwimmen gegangen warst. Aber lassen wir's gut sein. Dir geht's wohl so wie einer Katze, die zu nah ans Feuer geraten ist, wie man so sagt – du bist besser, als du aussiehst. Diesmal wenigstens.»

Halb tat es ihr leid, daß ihr Scharfsinn versagt hatte, und halb freute es sie, daß Tom wenigstens dieses eine Mal auf den Weg des Gehorsams gestolpert war.

Sidney aber sagte: «Komisch, ich dachte, du hättst seinen Kragen mit weißem Garn genäht, aber der ist schwarz.»

«Freilich hab ich ihn mit weißem genäht. Tom!»

Tom wartete jedoch nicht weiter ab. Als er zur Tür hinauslief, rief er: «Siddy, dafür kriegst du eine Tracht!»

Nachdem Tom an einem sicheren Ort angelangt war, besah er sich zwei große Nähnadeln, die in seinen Rockaufschlägen steckten und mit Faden umwickelt waren – die eine mit schwarzem, die andere mit weißem. Er sagte: «Nie hätt sie's gemerkt, wenn Sid nicht gewesen wär. Verdammt noch mal, manchmal näht sie's mit Schwarz und manchmal mit Weiß. Ich wünschte, sie würde zum Kuckuck bei einer Sorte bleiben – wie soll ich das denn behalten. Den Sid verdresch ich aber dafür, da kannst du Gift drauf nehmen, oder ich freß einen Besen.»

Er war durchaus nicht der Musterknabe des Ortes. Den Musterknaben kannte er aber recht gut und mochte ihn nicht ausstehen.

Zwei Minuten darauf oder noch schneller hatte er bereits alle seine Sorgen vergessen. Nicht deshalb, weil sie für ihn auch nur ein bißchen leichter und weniger quälend gewesen wären als die Sorgen eines Erwachsenen, sondern weil ein neues, starkes Interesse die Oberhand gewann und sie vorübergehend aus seinen Gedanken verdrängte, genau wie es

Erwachsenen geht, die in der Erregung über ein neues Unternehmen ihre Nöte vergessen. Dieses neue Interesse bestand in einer reizvollen, bisher unbekannten Art des Pfeifens, die er soeben einem Neger abgesehen hatte, und er brannte darauf, sie ungestört auszuprobieren. Es war ein eigenartiger, vogelähnlicher Laut, eine Art schmelzender Triller, der hervorgerufen wurde, indem man während des Pfeifens in kurzen Abständen mit der Zunge den Gaumen berührte. Wenn der Leser jemals ein Junge war, erinnert er sich wahrscheinlich, wie man das macht. Fleiß und Aufmerksamkeit lehrten Tom bald den Trick, und er schlenderte die Straße hinunter, den Mund voll tönender Harmonie und die Seele voller Dankbarkeit. Ihm war ähnlich zumute wie einem Astronomen, der einen neuen Planeten entdeckt hat. Was die Tiefe und Reinheit der Freude betrifft, so war zweifellos der Junge und nicht der Astronom im Vorteil.

Die Sommerabende waren lang. Noch war es nicht dunkel. Auf einmal hörte Tom auf zu pfeifen. Vor ihm stand ein Fremder, ein Junge, der eine Spur größer war als er selbst. Für die armselige kleine Stadt St. Petersburg war ein Neuankömmling jeden Alters und Geschlechts eine eindrucksvolle Kuriosität. Dieser Junge war noch dazu gut gekleidet – an einem Wochentag gut gekleidet! Das war einfach erstaunlich. Seine Mütze war ein zierliches Ding, seine fest zugeknöpfte blaue Tuchjacke neu und schmuck, ebenso auch seine Hose. Er hatte Schuhe an, und dabei war erst Freitag. Sogar eine Krawatte trug er, ein farbiges Stück Band. Es lag etwas Städtisches in seinem Aussehen, was Tom bis ins Innerste reizte. Je länger er das prächtige Wunder anstarrte, um so mehr rümpfte er die Nase über dessen Putz und um so schäbiger und schäbiger kam ihm seine eigene Kleidung vor. Keiner der beiden Jungen sprach. Sobald sich der eine bewegte, bewegte sich auch der andere – jedoch nur seitwärts, im Kreise herum. Sie hielten ohne Unterlaß das Gesicht einander zugewendet und maßen sich mit Blicken.

Endlich sagte Tom: «Dich kann ich verdreschen!»

«Versuch's doch – das möchte ich sehn.»

«Kann ich, ganz klar.»

«Nein, das kannst du nicht.»

«Doch, kann ich schon.»

«Nein, kannst du nicht.»

«Kann ich wohl.»

«Kannst du nicht.»

«Kann ich.»

«Nicht.»

Eine unbehagliche Pause. Dann sagte Tom: «Wie heißt du?»

«Geht dich nichts an, du.»

«Ich werd dir schon zeigen, daß es mich was angeht.»

«Na, warum tust du's denn nicht?»

«Wenn du noch viel sagst, werd ich's.»

«Viel – viel – viel! Bitte!»

«Hältst dich wohl für besonders schlau, was? Wenn ich wollte, könnt ich dich mit einer Hand runterkriegen.»

«Warum machst du's denn nicht? Du sagst doch, du kannst's.»

«Wenn du mich noch lange anödest, mach ich's.»

«Mensch – da sind mir schon ganz andere untergekommen!»

«Kommst dir wer weiß wie vor, was? Und erst der Deckel, den du aufhast!»

«Wenn er dir nicht gefällt, mußt du dich eben dran gewöhnen. Versuch's nur und schlag ihn runter; jeder, der das versucht, kann aber vorher seine Knochen numerieren.»

«Du Lügenmaul.»

«Selber eins.»

«Du bist ein Großmaul und feige!»

«Ach, Mensch, hau ab.»

«Du, wenn du mir noch lange frech kommst, dann nehm ich einen Stein und knall ihn dir gegen die Birne!»

«Na, bestimmt tust du das!»

«Tu ich auch.»

«Na, warum machst du's denn nicht, wozu erzählst du denn bloß, du willst's machen? Warum machst du's denn nicht? Bloß, weil du Angst hast!»

«Hab keine Angst.»

«Doch!»

«Nein!»

«Doch!»

Wieder eine Pause, wieder gegenseitiges Anstarren und seitliches Umkreisen. Auf einmal standen sie Schulter an Schulter.

Tom sagte: «Weg hier!»

«Selber weg hier!»

«Denk gar nicht dran.»

«Ich erst recht nicht.»

Sie standen da, jeder als Stütze einen Fuß zur Seite gestemmt, beide aus Leibeskräften schiebend und einander haßerfüllt anstarrend. Keiner vermochte jedoch die Oberhand zu gewinnen. Nachdem sie gekämpft hatten, bis sie heiß und hochrot waren, ließen beide voll vorsichtiger Wachsamkeit in ihren Anstrengungen nach, und Tom sagte: «Ein Feigling bist du und ein Fatzke. Ich sag's meinem großen Bruder, der kann dich um den kleinen Finger wickeln, und ich sag's ihm, daß er's auch machen soll.»

«Auf deinen großen Bruder pfeif ich. Ich hab einen Bruder, der noch viel größer ist, der wirft ihn wie nichts über den Zaun da.» (Beide Brüder existierten nur in der Einbildung.)

«Du lügst.»

«Wenn du's sagst, noch lange nicht.»

Tom zog mit dem großen Zeh einen Strich in den Staub und sagte: «Einen Schritt da drüber, und ich verdresche dich, bis du nicht mehr stehen kannst. Wer's wagt, ist ein toter Mann.»

Sofort trat der Neue über den Strich und sagte: «Du hast gesagt, du machst's, jetzt wolln wir mal sehn, wie du's machst.»

«Komm mir nicht zu nahe, paß ja auf, du!»

«Du hast doch gesagt, du machst's, warum machst du's denn nicht?»

«Donnerwetter, für zwei Cent mach ich's wirklich.»

Der Neue nahm zwei große Kupfermünzen aus der Tasche und hielt sie ihm verächtlich hin.

Tom schlug sie ihm aus der Hand.

Im nächsten Augenblick wälzten sich die beiden Jungen im Dreck, kollerten, wie zwei Katzen ineinander verkrallt, umher, rissen sich gegenseitig am Haar, zerrten sich an den Kleidern, zerbleuten und zerkratzten einander die Nase und bedeckten sich mit Schmutz und Ruhm. Nach einiger Zeit nahm der verschlungene Klumpen Form an, und durch den von der Schlacht aufgewirbelten Staub wurde Tom sichtbar, der rittlings auf dem Neuen saß und ihn mit den Fäusten bearbeitete.

«Sag: genug!» rief er.

Der Junge rang nur, um sich zu befreien. Er weinte, hauptsächlich vor Wut.

«Sag: genug!» Toms Fäuste trommelten weiter. Endlich ließ der Fremde ein ersticktes «Genug» vernehmen; Tom

erlaubte ihm aufzustehen und sagte: «Dir werd ich das schon lernen. Das nächste Mal paß lieber auf, wen du anödest.»

Der Neue lief davon, klopfte sich schluchzend und schnüffelnd den Staub von der Kleidung, blickte sich gelegentlich um, schüttelte den Kopf und drohte, was er mit Tom tun wolle, wenn er ihn «das nächste Mal erwische». Darauf antwortete Tom mit Hohngelächter und machte sich prächtig gelaunt auf den Heimweg; kaum hatte er sich jedoch umgewandt, als der Neue einen Stein ergriff, ihn auf Tom schleuderte und diesen zwischen die Schulterblätter traf; dann gab er Fersengeld und rannte so schnell wie ein Wiesel davon.

Tom setzte dem Verräter nach und verfolgte ihn bis zu dessen Haus, wodurch er erfuhr, wo der Bursche wohnte. Eine Zeitlang bezog er Posten vor dem Zaun und forderte den Feind heraus, nach draußen zu kommen; der aber schnitt ihm nur durch das Fenster Grimassen und lehnte die Einladung ab. Schließlich erschien die Mutter des Feindes, nannte Tom einen ungezogenen, bösartigen, ordinären Jungen und befahl ihm, sich davonzuscheren. So trollte er sich von dannen, äußerte jedoch, diesen Bengel werde er sich schon noch vorknöpfen.

Er kam an dem Abend ziemlich spät nach Hause, und als er vorsichtig zum Fenster hineinkletterte, stieß er auf einen Hinterhalt in Person seiner Tante; als sie sah, in welchem Zustand sich seine Kleidung befand, gewann ihr Beschluß, seinen freien Samstag in einen Tag der Gefangenschaft bei Zwangsarbeit zu verwandeln, eiserne Festigkeit.

2. Kapitel

Der kluge Anstreicher

Der Samstagmorgen war gekommen; die ganze sommerliche Welt war strahlend frisch und bis zum Überströmen vom Leben erfüllt. In jedem Herzen erklang ein Lied, und war das Herz jung, dann drang die Melodie auch über die Lippen. In jedem Gesicht lag Fröhlichkeit und in jedem Schritt federnde Kraft. Die Robinien standen in voller Blüte, und ihr Duft erfüllte die Luft.

Der Cardiff-Hügel, der sich auf der anderen Seite über die kleine Stadt erhob, war mit üppigem Grün bedeckt, und er lag gerade fern genug, um als ein «Gelobtes Land» zu scheinen, träumerisch, ruhevoll und einladend.

Auf dem Bürgersteig erschien Tom mit einem Eimer Weißkalk und einem langstieligen Pinsel. Er besah sich den Zaun, und die Natur verlor ihren frohen Glanz; tiefe Schwermut senkte sich auf sein Gemüt. Ein dreißig Yard langer, drei Yard hoher Zaun! Das Leben schien ihm hohl und leer und das Dasein nichts als eine Last. Seufzend tauchte er den Pinsel ein und ließ ihn über die oberste Planke gleiten; er wiederholte das Verfahren, und dann noch ein zweites Mal, verglich den unbedeutenden Streifen Tünche mit dem sich weithin erstreckenden Kontinent ungeweißten Zauns und setzte sich entmutigt auf die Verschalung eines Baumes. Aus dem Tor kam mit einem Blecheimer in der Hand Jim herausgehüpft; er sang «Die Frauen von Buffalo». Bisher war es in Toms Augen immer eine scheußliche Arbeit gewesen, Wasser von der Gemeindepumpe zu holen, jetzt aber kam es ihm nicht so vor. Er dachte daran, daß es an der Pumpe ja Gesellschaft gab. Dort warteten ständig Jungen und Mädchen, Neger und Mulatten, bis sie an der Reihe waren, ruhten sich währenddessen aus, tauschten Spielsachen miteinander, zankten sich, prügelten sich und tollten herum. Er dachte auch daran, daß Jim, obgleich die Pumpe nur hundertfünfzig Yard entfernt stand, nie vor einer Stunde mit einem Eimer Wasser zurückkehrte, und selbst dann mußte ihn gewöhnlich jemand holen gehen. Tom sagte: «Hör mal, Jim, ich hol das Wasser, wenn du ein bißchen streichst.»

Jim schüttelte den Kopf und antwortete: «Geht nicht, Master Tom. Die alte Missis, die hat gesagt, ich soll Wasser holen gehn und nicht stehnbleiben und mit niemand keine Dummheiten nicht machen. Hat erklärt, sie nimmt an, Master Tom würd mir auftragen, ich soll Zaun streichen, ich soll weitergehn und mich um meine eignen Angelegenheiten kümmern – um das Streichen würd sie sich kümmern.»

«Ach, scher dich doch nicht um das, was sie gesagt hat, Jim. So redet sie doch immer. Gib mir mal den Eimer – ich bleib nicht mal 'ne Minute weg. Sie wird's doch nicht merken.»

«Oh, ich trau mich nicht, Master Tom. Die alte Missis, die nimmt mich bestimmt und reißt mir den Kopf ab. Das macht sie, ganz sicher.»

«Die! Die haut doch nie jemand – bumst einen ein bißchen mit dem Fingerhut auf den Kopf, und wen stört das, möcht ich wissen? Sie schimpft ja schrecklich, aber Schimpfen tut nicht weh – wenigstens nicht, wenn sie nicht weint. Jim, ich geb dir eine Murmel. Eine weiße Glaskugel geb ich dir!»

Jim wurde schwankend.

«Eine weiße Glaskugel, Jim, und die läuft scharf!»

«Ach, ist das eine prima Murmel, muß ich sagen. Aber, Master Tom, ich hab Angst vor der alten Missis.»

Jim war jedoch nur ein Mensch – die Anziehungskraft des Stücks war zu groß. Er setzte den Eimer ab und nahm die weiße Glaskugel. In der nächsten Minute flog er mit dem Eimer und einem prickelnden Hintern die Straße hinunter; Tom strich, was das Zeug hielt, und Tante Polly zog sich, einen Pantoffel in der Hand und Triumph im Blick, vom Felde zurück.

Toms Energie hielt jedoch nicht an. Ihm fielen die vergnüglichen Dinge ein, die er für heute geplant hatte, und sein Kummer vervielfachte sich. Bald mußten die Jungen, die frei waren, auf allen möglichen herrlichen Expeditionen hier vorbeigesprungen kommen, und sie würden ihn furchtbar auslachen, weil er arbeiten mußte – schon der Gedanke daran brannte wie Feuer. Er holte seine weltlichen Schätze hervor und betrachtete sie – Teile von Spielsachen, Murmeln und allerlei Plunder, genug, um vielleicht einen Arbeitstausch zu erkaufen, aber nicht genug, um auch nur eine halbe Stunde wahrer Freiheit zu erhandeln. So steckte er seine beschränkten Mittel wieder in die Tasche und gab den Gedanken an den Versuch auf, die Jungen zu kaufen. In diesem düsteren, hoffnungslosen Augenblick durchfuhr ihn eine Eingebung. Nicht mehr und nicht weniger als eine grandiose, fabelhafte Eingebung. Er nahm seinen Pinsel zur Hand und begab sich ruhig an die Arbeit. Kurze Zeit darauf kam Ben Rogers in Sicht, genau der Junge, vor dessen Spott er sich am meisten gefürchtet hatte. Bens Gang war ein einziges Hüpfen, Tanzen und Springen – Beweis genug, daß sein Herz leicht und voll hochgespannter Erwartungen war. Er aß einen Apfel und stieß in regelmäßigen Abständen ein langes, melodisches Heulen aus, dem ein tieftönendes Bim-bam-bam, Bim-bam-bam folgte, denn er stellte einen Dampfer dar. Als er heranzog, drosselte er die Geschwindigkeit, hielt sich in der Straßenmitte, lehnte sich weit nach steuerbord über und drehte gemessen, umständlich und mit großem Aufwand bei, denn er verkörperte den Dampfer «Big Missouri» und war sich bewußt, neun Fuß Tiefgang zu haben. Er war Dampfer, Kapitän und Schiffsglocke in einem, und so mußte er sich einbilden, er stehe auf seinem eigenen Hurrikandeck, erteile Befehle und führe sie auch aus.

«Stop, Sir! Bim-bim-bim.» Die Vorwärtsbewegung hörte fast gänzlich auf, und er steuerte langsam den Bürgersteig an. «Maschine volle Kraft rückwärts! Bim-bim-bim!» Er streckte die Arme steif an den Seiten hinab. «Steuerbord achteraus! Bim-bim-bim! Tschuk-tsch-tschuk-tschuk-tschuk!» Seine rechte Hand beschrieb stattliche Kreise, denn sie stellte ein vierzig Fuß hohes Schaufelrad dar. «Backbord achteraus! Bim-bim-bim Tschuk-tsch-tschuk-tschuk!» Nun begann die linke Hand, Kreise zu beschreiben.

«Steuerbord stop! Steuerbord langsame Fahrt voraus! Stop! Das äußere Rad langsame Fahrt! Bim-bim-bim! Tschuk-uk-uk! Bugleine heraus! Los jetzt! Kommt – raus mit dem Spanntau – was macht ihr denn da? Vertäut doch das Doppelpart über den Poller. Ran an die Landungsbrücke jetzt – los! Alle Maschinen stop jetzt, Sir! Bim-bim-bim!»

«Scht! Scht! Scht!» (Ausprobieren der Dampfhähne.)

Tom tünchte weiter – er kümmerte sich nicht um den Dampfer. Ben starrte ihn einen Augenblick an und sagte dann:

«Heda! Du steckst in der Patsche, was?»

Keine Antwort. Mit dem Auge des Künstlers begutachtete Tom seinen letzten Strich; dann fuhr sein Pinsel noch einmal mit leichtem Schwung darüber hinweg, und er begutachtete das Ergebnis von neuem. Ben bezog neben ihm Stellung. Beim Anblick des Apfels lief Tom das Wasser im Munde zusammen, er blieb jedoch bei seiner Arbeit. Da sagte Ben: «Hallo, alter Junge; mußt arbeiten, was?»

«Ach, du bist's, Ben. Hab's gar nicht gemerkt.»

«Ich geh schwimmen, hörst du? Würdest du nicht auch lieber mitkommen? Aber natürlich, du möchtest lieber schuften, nicht wahr?»

Tom betrachtete den Jungen ein Weilchen und fragte dann: «Was nennst du denn Arbeit?»

«Na, ist das vielleicht keine Arbeit?»

Tom machte sich wieder ans Tünchen und meinte gleichgültig: «Na, vielleicht, vielleicht auch nicht. Ich weiß nur eins: Tom Sawyer gefällt's.»

«Ach, geh doch, du willst mir doch nicht etwa einreden, daß es dir Spaß macht?»

Der Pinsel fuhr weiter.

«Ob's mir Spaß macht? Na, ich wüßte nicht, weshalb es mir keinen Spaß machen sollte. Bekommt ein Junge vielleicht jeden Tag einen Zaun zu streichen?»

Das ließ die Sache in neuem Licht erscheinen. Ben hörte auf, an seinem Apfel zu knabbern. Tom schwang seinen Pinsel mit behutsamer Eleganz hin und her – trat dann zurück, um die Wirkung festzustellen – setzte hier und da noch einen Tupfer hinzu – kritisierte die Wirkung von neuem, während Ben jede seiner Bewegungen beobachtete und ihn die Sache immer mehr interessierte, immer stärker fesselte. Nach einer Weile sagte er: «Du, Tom, laß mich auch mal ein bißchen streichen.»

Tom dachte nach, war schon drauf und dran zuzustimmen, überlegte sich's dann aber wieder anders: «Nein, nein, geht nicht, Ben. Schau, Tante Polly nimmt's arg genau mit dem Zaun hier, er steht ja direkt an der Straße – wenn's der hinten wär, mir würde es nicht drauf ankommen und ihr auch nicht. Ja, arg genau nimmt sie's mit dem Zaun hier, ganz sorgfältig muß der gestrichen werden; ich glaube, kaum einer von tausend Jungen ist imstande, es so zu machen, wie es sich gehört – vielleicht nicht mal einer von zweitausend.»

«Tatsächlich? Ach, komm schon! Laß mich bloß mal versuchen, bloß ein kleines bißchen. An deiner Stelle würd ich dich lassen, Tom.»

«Ben, ich würd's ja gerne tun, aber Tante Polly – weißt du, Jim wollte, und sie hat ihn nicht gelassen. Sid wollte auch, und sie hat ihn auch nicht gelassen. Siehst du nicht, wie ich in der Klemme sitze? Wenn du dich dranmachst und es passiert was damit...»

«Ach, Quatsch; ich mach's genauso vorsichtig. Komm, laß mich mal versuchen. Ich geb dir ein Stück Apfel, ja?»

«Nun – ach, Ben, lieber nicht, ich hab Angst...»

«Ich laß dir den ganzen!»

Tom gab den Pinsel her, Widerstreben im Antlitz, aber frohe Bereitwilligkeit im Herzen. Und während der vormalige Dampfer «Big Missouri» in der Sonne arbeitete und schwitzte, ließ sich der in den Ruhestand getretene Künstler daneben im Schatten auf einem Faß nieder, baumelte mit den Beinen, verdrückte den Apfel und schmiedete Pläne, wie er noch weitere Unschuldige zur Strecke bringen könnte. An Material mangelte es nicht, immer wieder schlenderten Jungen vorbei; sie kamen, um zu spotten, und blieben, um zu weißeln. Als Ben abgekämpft war, hatte Tom bereits die nächste Gelegenheit, sich zu beteiligen, für einen gut erhaltenen Drachen an Billy Fisher verhandelt, und als der verschnaufen mußte, kaufte sich Johnny Miller ein mit einer toten Ratte samt einer Schnur, mit der man sie herumschwingen konnte; so ging es weiter und immer weiter, Stunde um Stunde. Und als der Nachmittag zur Hälfte vorüber war, da war aus dem am Morgen noch armen Tom ein Junge geworden, der sich buchstäblich in Reichtum wälzte.

Neben den Dingen, die ich bereits erwähnt habe, besaß er zwölf Murmeln, ein Stück von einer Mundharmonika, einen Scherben blaues Flaschenglas, durch den man hindurchschauen konnte, einen Revolver, einen Schlüssel, der nichts aufschloß, ein Stück Kreide, einen Glasstöpsel von einer Karaffe, einen Zinnsoldaten, zwei Kaulquappen, sechs Knallfrösche, ein einäugiges Kätzchen, einen Türgriff aus Messing, ein Hundehalsband – aber keinen Hund –, einen Messergriff, vier Orangenschalen und einen verrotteten alten Fensterrahmen. Die ganze Zeit über hatte er hübsch behaglich gefaulenzt und eine Menge Gesellschaft gehabt – und den Zaun bedeckte eine dreifache Schicht Farbe! Wäre Tom nicht der Weißkalk ausgegangen, so hätte er sämtliche Jungen des Ortes bankrott gemacht.

Tom sagte sich, die Welt sei doch nicht so hohl und leer. Er hatte, ohne es zu wissen, ein wichtiges Gesetz entdeckt, welches das menschliche Handeln bestimmt: daß nämlich, um das Begehren eines Mannes oder eines Jungen nach etwas zu wecken, weiter nichts nötig ist, als die Sache schwer erreichbar zu machen. Wäre er ein großer und weiser Philosoph gewesen wie der Schreiber dieses Buches, dann hätte er jetzt verstanden, daß Arbeit in dem besteht, was man zu tun verpflichtet ist, und daß Spiel in dem besteht, was man nicht zu tun verpflichtet ist. Das hätte ihm begreifbar gemacht, weshalb es Arbeit ist, künstliche Blumen herzustellen oder in einer Tretmühle tätig zu sein, während es ein Vergnügen ist, Kegel zu schieben oder auf den Montblanc zu klettern. Es gibt in England reiche Herren, die im Sommer täglich verkehrende vierspännige Reisekutschen zwanzig oder dreißig Meilen weit lenken, weil dieses Vorrecht sie ziemlich viel Geld kostet; böte man ihnen aber Lohn für diesen Dienst, so würde er zur Arbeit, und dann gäben sie ihn auf.

3. Kapitel

Kampf und Liebe

Tom erschien vor Tante Polly, die am offenen Fenster einer gemütlichen, nach hinten gelegenen Stube saß, die Schlafzimmer, Frühstückszimmer, Speisezimmer und Bibliothek in einem war. Die linde Sommerluft, die friedliche Ruhe, der Duft der Blumen und das einschläfernde Summen der Bienen hatten ihre Wirkung getan, und sie war über ihrem Strickzeug eingenickt. Ihre einzige Gesellschaft war die Katze, und die lag schlafend auf ihrem Schoß. Die Brille hatte sie sicherheitshalber auf ihren grauen Scheitel geschoben. Tante Polly hatte geglaubt, Tom sei natürlich schon lange auf und davon; daher war sie erstaunt, als er sich jetzt auf so unerschrockene Weise wieder in ihre Macht begab. Er sagte: «Kann ich nun spielen gehen, Tante?»

«Was, schon? Wieviel hast du denn geschafft?»

«Alles fertig, Tante.»

«Tom, lüg mich nicht an. Das kann ich nicht vertragen.»

«Tu ich ja gar nicht, Tante, es ist wirklich alles fertig.»

Tante Polly hatte wenig Vertrauen zu solchen Versicherungen. Sie ging hinaus, um selber nachzusehen, und wäre zufrieden gewesen, hätte sie auch nur zwanzig Prozent von Toms Behauptung bestätigt gefunden. Als sie den ganzen Zaun geweißt fand, und nicht nur einfach geweißt, sondern kunstvoll mit mehreren Anstrichen versehen und sogar die Erde mit einem Streifen verziert, da war ihr Erstaunen fast unbeschreiblich. Sie sagte: «Nein, so was! Das muß man dir lassen, wenn du willst, kannst du arbeiten, Tom.» Dann verwässerte sie das Kompliment, indem sie hinzusetzte: «Aber du willst nur höchst selten, muß ich sagen. Na, lauf schon und spiel, aber sieh zu, daß du noch vor einer Woche wiederkommst, sonst gerb ich dir das Fell.»

So überwältigt war sie vom Glanz seiner Leistung, daß sie ihn mit in die Speisekammer nahm, dort einen prächtigen Apfel aussuchte und ihm diesen überreichte, wobei sie ihm eine erbauliche Lektion darüber hielt, wie sehr es den Wert einer Gabe und den Genuß, den sie bereitet, steigert, wenn man sie ohne Sünde, nur durch tugendhaftes Streben erworben hat. Und während sie mit einem üppigen Schwall biblischer Worte schloß, ließ er einen Pfannkuchen mitgehen.

Dann schlüpfte er hinaus und sah, wie Sid eben die Außentreppe hinaufstieg, die zu den hinteren Räumen des oberen Stocks führte. Erdklumpen lagen genug herum, und im Nu war die Luft von ihnen erfüllt. Sie prasselten rings um Sid nieder wie ein Hagelsturm, und bevor Tante Polly ihre von Überraschung benommenen Sinne zusammenraffen und Sid zu Hilfe eilen konnte, hatten bereits sechs oder sieben Erdklumpen ihr Ziel getroffen, und Tom war über den Zaun und verschwunden. Zwar gab es eine Pforte, im allgemeinen aber hatte er es zu eilig, um sie zu benutzen. In seiner Seele herrschte Frieden, da er nun mit Sid abgerechnet hatte, weil er die Aufmerksamkeit auf den schwarzen Zwirn gelenkt und ihm Unannehmlichkeiten gemacht hatte.

Tom lief um den Häuserblock und gelangte auf einen schmutzigen Weg, der hinter dem Kuhstall seiner Tante vorbeiführte. Nun war er außer Gefahr, eingefangen und bestraft zu werden, und er begab sich zum Marktplatz der kleinen Stadt, wo sich einer Verabredung gemäß zwei «militärische Formationen» der Jungen getroffen hatten, um sich eine Schlacht zu liefern. Tom war General der einen Armee,

Joe Harper, ein Busenfreund von ihm, General der anderen. Diese beiden großen Heerführer ließen sich nicht etwa herab, persönlich am Kampf teilzunehmen – das kam vielmehr der unbedeutenderen Menge zu –, sondern sie saßen zusammen auf einer Bodenerhebung und leiteten die Operationen auf dem Schlachtfeld durch Befehle, die von Adjutanten überbracht wurden. Nach langem, hartem Kampf errang Toms Armee einen großen Sieg. Nun wurden die Toten gezählt, die Gefangenen ausgetauscht, über die Bedingungen der nächsten Kämpfe Einstimmigkeit erzielt und der Tag für die notwendige Schlacht festgelegt; danach formierten sich die Armeen und marschierten davon, während Tom sich allein heimwärts wandte.

Als er an dem Haus vorbeikam, in dem Jeff Thatcher wohnte, sah er im Garten ein fremdes Mädchen stehen, ein reizendes, blauäugiges kleines Ding mit blondem Haar, das in zwei lange Zöpfe geflochten war, in einem weißen Sommerkleid und bestickten langen Hosen. Der mit frischem Ruhm bekränzte Held kapitulierte, ohne einen Schuß abgefeuert zu haben. Eine gewisse Amy Lawrence entschwand aus seinem Herzen und ließ nicht mal eine Erinnerung darin zurück. Er hatte geglaubt, er liebe sie wahnsinnig, er hatte seine Leidenschaft für Anbetung gehalten, aber siehe da, es war nichts weiter als eine armselige, flüchtige kleine Zuneigung gewesen. Monate hatte er damit verbracht, das Mädchen zu gewinnen; kaum eine Woche war es her, seit sie ihm ihre Liebe gestanden hatte; sieben kurze Tage lang war er der glücklichste und stolzeste Junge der Welt gewesen, und nun war sie in einem einzigen Augenblick aus seinem Herzen entschwunden, als sei sie eine zufällig vorbeigekommene Fremde, deren Besuch beendet ist.

Verstohlen bewunderte er diesen neuerschienenen Engel,

bis er sah, daß auch sie ihn entdeckt hatte; dann tat er, als wisse er nichts von ihrer Anwesenheit, und begann, auf alle mögliche verdrehte, jungenhafte Weise anzugeben, um ihre Bewunderung zu erringen. Ein Weilchen trieb er seine närrischen Possen, dann aber, mitten in einer gefährlichen gymnastischen Übung, schielte er zur Seite und sah, daß die Kleine auf das Haus zuging. Tom trat an den Zaun und lehnte sich darauf, bekümmert und voller Hoffnung, sie werde sich noch ein Weilchen Zeit lassen. Auf der Treppe blieb sie einen Moment stehen und trat dann auf die Tür zu. Als sie den Fuß auf die Schwelle setzte, stieß Tom einen schweren Seufzer aus; sein Gesicht erhellte sich jedoch sogleich, denn in dem Augenblick, bevor sie verschwand, warf sie ein Stiefmütterchen über den Zaun. Der Junge rannte zu der Blume hin und blieb einen oder zwei Schritt vor ihr stehen, beschattete die Augen mit der Hand und blickte die Straße hinunter, als habe er dort unten etwas Interessantes entdeckt. Dann hob er einen Strohhalm auf und versuchte, ihn mit weit zurückgeworfenem Kopf auf der Nase zu balancieren, und während er sich dabei hin und her bewegte, rückte er dem Stiefmütterchen immer näher; schließlich ruhte sein nackter Fuß darauf, seine biegsamen Zehen schlossen sich darum, er hüpfte mit seinem Schatz davon und verschwand um die Ecke. Dort blieb er aber nur eine Minute lang, nur bis er die Blume in seiner Jacke über dem Herzen geborgen hatte – vielleicht aber auch über dem Magen, denn er war in der Anatomie nicht allzu bewandert und auf jeden Fall nicht übermäßig kritisch.

Nun kehrte Tom zurück und trieb sich, bis es Abend wurde, in der Nähe des Zaunes herum; er gab an, wie zuvor, das Mädchen ließ sich jedoch nicht mehr blicken. Tom tröstete sich aber ein wenig mit der Hoffnung, sie sei inzwischen an ein Fenster gekommen und habe seine Aufmerksamkeiten bemerkt.

Schließlich ging er widerstrebend heim, den armen Kopf voll Phantasiegebilde.

Während des ganzen Abendessens war er so guter Stimmung, daß sich seine Tante verwundert fragte, «was wohl in den Jungen gefahren» sei. Er erhielt tüchtig Schelte, weil er Sid mit Erdklumpen beworfen hatte; es schien ihm jedoch nicht das mindeste auszumachen. Er versuchte, direkt vor der Nase der Tante ein Stück Zucker zu stibitzen, und bekam dafür eins auf die Finger. Da meinte er: «Tante, Sid haust du nicht, wenn er eins nimmt.»

«Na, der quält einen auch nicht so wie du. Wenn ich nicht auf dich aufpaßte, würdest du immerzu an den Zucker rangehen.»

Kurz darauf ging sie in die Küche, und im Vollgefühl seiner Straffreiheit langte Sid nach der Zuckerdose, mit einem Ausdruck des Triumphes über Tom, der fast unerträglich war. Sids Finger glitten jedoch ab, die Zuckerdose fiel zu Boden und zerbrach. Tom war von Wonne berauscht – so sehr berauscht, daß er sogar seine Zunge im Zaum hielt und schwieg. Er beschloß im stillen, er werde kein Wort sagen, nicht mal, wenn seine Tante hereinkäme, sondern er werde mucksmäuschenstill dasitzen, bis sie fragte, wer das angerichtet habe, und dann wollte er es sagen, und nichts in der Welt wäre herrlicher, als zusehen zu können, wie dieser Musterknabe es kriegte. Er war so voller Frohlocken, daß er kaum an sich halten konnte, als die alte Dame hereinkam, vor den Scherben stand und über ihre Brille hinweg Zornesblitze schleuderte. Er sagte sich: ‹Jetzt kommt's!› Im nächsten Augenblick aber lag er auf dem Boden! Schon hatte sich die kräftige Handfläche zu einem neuen Schlag erhoben, da schrie Tom: «Halt, warum verdrischst du denn *mich*? Sid hat sie doch kaputtgeschmissen!»

Verdutzt hielt Tante Polly inne, und Tom erwartete linderndes Mitleid. Als sie die Sprache wiederfand, sagte sie jedoch nur: «Hm, na, bestimmt hast du nicht umsonst Prügel gekriegt. Höchstwahrscheinlich hast du irgendwelchen anderen frechen Unfug angestellt, während ich nicht da war.»

Dann setzte ihr das Gewissen zu, und es drängte sie, irgend etwas Freundliches, Liebevolles zu sagen; sie fand jedoch, es werde als Eingeständnis ausgelegt werden, daß sie im Unrecht war, und dies ließ die Disziplin nicht zu. So schwieg sie und ging bekümmerten Herzens ihrer Beschäftigung nach. Tom saß schmollend in einer Ecke und steigerte sich in seinen Schmerz hinein. Er wußte, daß seine Tante im innersten Herzen Abbitte tat, und dieses Bewußtsein gab ihm eine finstere Befriedigung. Er wollte kein Zeichen des Entgegenkommens zeigen, er wollte niemanden beachten. Er wußte, daß hin und wieder durch einen Tränenschleier ein sehnsuchtsvoller Blick auf ihn fiel, aber er weigerte sich, ihn zur Kenntnis zu nehmen. Er malte sich aus, daß er todkrank daläge, während seine Tante sich über ihn beugte und ihn um ein einziges kleines Wort der Vergebung anflehte, er aber das Gesicht zur Wand wendete und stürbe, ohne dieses Wort ausgesprochen zu haben. Ha, was empfände sie dann? Und er malte sich aus, daß man ihn vom Fluß heimbrächte, tot, mit triefenden Locken, die armen Hände für immer reglos, das wunde Herz zur Ruhe gekommen. Wie würde sie sich dann über ihn werfen; wie Regen würden ihre Tränen fließen, und ihre Lippen würden zu Gott beten, er möge ihr den Jungen zurückgeben, sie wolle ihn auch nie, nie mehr mißhandeln. Er aber läge kalt und bleich da und gäbe kein Zeichen mehr von sich – ein armer kleiner Dulder, der ausgelitten hatte. Mit diesen tragischen Vorstellungen steigerte er seine Gefühle dermaßen, daß er immerzu schlucken mußte, so sehr war ihm, als ersticke er; vor seinen Augen verschwamm alles hinter einem wäßrigen Schleier, der, als er zwinkerte, überlief, hinunterrann und ihm von der Nasenspitze tropfte. Er schwelgte derart in seinem Kummer, daß er nicht ertragen konnte, sich durch irgendwelche weltliche Fröhlichkeit oder irgendein ablenkendes Vergnügen darin stören zu lassen; sein Schmerz war ihm zu heilig für eine solche Berührung, und als daher kurz darauf seine Kusine Mary hereingetanzt kam, übersprudelnd vor Freude, wieder daheim zu sein, nachdem sie zu einem ewig langen Besuch eine Woche auf dem Lande gewesen war, stand er auf und begab sich, in eine Wolke von Düsterkeit gehüllt, zur einen Tür hinaus, während sie Gesang und Sonnenschein zur anderen hereinbrachte. Er wanderte weit fort von den Plätzen, an denen sich die Jungen gewöhnlich herumtrieben, und suchte einsame Orte, die mit seiner Stimmung im Einklang standen. Ein im Fluß schwimmendes Floß lud ihn ein; er setzte sich auf das äußerste Ende und blickte über die eintönige Weite des Stromes; dabei wünschte er, er könne sofort ertrinken, ohne es zu merken und ohne erst die unangenehme Prozedur durchzumachen, welche die Natur dafür ersonnen hat. Dann fiel ihm seine Blume ein. Er zog sie hervor; sie war zerknittert und verwelkt, und ihr Anblick verstärkte machtvoll seine wohlige Wehmut. Er fragte sich, ob *sie* wohl Mitleid mit ihm hätte, wenn sie wüßte? Ob sie dann wohl weinte und wünschte, sie dürfe ihm die Arme um den Hals legen und ihn trösten? Oder wendete sie sich kalt ab wie die übrige schnöde Welt? Diese Vorstellung brachte ihm ein solches Übermaß angenehmen Schmerzes, daß er sich das Bild in Gedanken immer wieder ausmalte und in neuem, stets verschiedenem Licht erscheinen ließ, bis es seinen Reiz einbüßte. Endlich erhob er sich seufzend und ging in die Dunkelheit hinein. Gegen halb zehn, zehn Uhr kam er durch die einsame Straße, in der die angebetete Unbekannte wohnte; er blieb einen Augenblick stehen – kein Laut traf sein lauschendes Ohr; eine Kerze warf ihren matten Schein auf den Vorhang eines Fensters im zweiten Stock. War dort ihr geheiligtes Gemach? Er kletterte über den Zaun und schlich sich durch die Pflanzen, bis er unter jenem Fenster stand. Lange blickte er bewegt hinauf, dann legte er sich darunter auf den Boden, streckte sich auf dem Rücken aus und hielt über der Brust in den gefalteten Händen die arme, verwelkte Blume. So wollte er sterben – draußen in der kalten Welt, ohne ein Dach über dem heimatlosen Kopf, ohne eine Freundeshand, die ihm den Todesschweiß von der Stirn wischte, ohne ein liebevolles Gesicht, das sich mitleidsvoll über ihn beugte, wenn der große Todeskampf begänne. So sollte *sie* ihn erblicken, wenn sie hinaussah in den heiteren Morgen – und ach, ließe sie wohl eine Träne auf seinen armen, leblosen Körper fallen, stieße sie wohl auch nur einen einzigen kleinen Seufzer aus, ein strahlendes junges Leben so jäh erloschen, so unzeitig dahingemäht zu sehen?

Das Fenster öffnete sich; die mißtönende Stimme eines Hausmädchens entheiligte die geweihte Stille, und ein Wasserguß durchtränkte die sterblichen Überreste des dahingestreckten Märtyrers.

Mit einem erleichternden Prusten sprang der dem Erstikken nahe Held auf die Beine; ein Wurfgeschoß sauste durch die Luft, begleitet von einem leisen Fluch; danach folgte das Klirren splitternden Glases, und eine kleine, undeutlich sichtbare Gestalt schwang sich über den Zaun und schoß in die Dunkelheit davon.

Als Tom kurz darauf, bereits zum Schlafen ausgekleidet, beim Schein eines Talglichts seine durchnäßten Sachen besichtigte, erwachte Sid; falls dieser aber die geringste Absicht gehabt hatte, auch nur die geringste Anspielung zu machen, so überlegte er sich's und hielt Frieden – denn aus Toms Augen blitzte Gefahr. Dieser legte sich hin, ohne sich noch der zusätzlichen Plage zu unterziehen, sein Gebet zu sprechen, und Sid notierte im Geiste diese Unterlassungssünde.

4. Kapitel
Toms Auftritt in der Sonntagsschule

Die Sonne ging auf über einer friedvollen Welt und strahlte hernieder, als fiele ein Segen auf das stille kleine Dorf. Nach dem Frühstück hielt Tante Polly die Familienandacht ab; diese begann mit einem Gebet, das von Grund auf aus soliden Schichten von Bibelzitaten gebaut war, die von einem dünnen Mörtel eigener Worte zusammengehalten wurden, und von der Höhe dieses Gebäudes, wie vom Berge Sinai herab, verkündete sie ein grimmiges Kapitel des mosaischen Gesetzes.

Danach gürtete Tom gewissermaßen seine Lenden und machte sich an die Arbeit, um «seine Verse zu bewältigen». Sid hatte seine Lektion bereits vor Tagen gelernt. Tom spannte seine ganze Energie an, um sich fünf Bibelverse einzuprägen; er wählte sie aus der Bergpredigt, weil er keine kürzeren finden konnte.

Nach Ablauf einer halben Stunde hatte Tom einen unbestimmten allgemeinen Begriff von seiner Lektion, mehr aber nicht, denn sein Geist durchschweifte das ganze Gebiet menschlichen Denkens, und seine Hände waren mit ablenkenden, unterhaltsamen Dingen beschäftigt. Mary nahm sein Buch, um ihn abzufragen, und er versuchte, seinen Weg durch den Nebel zu finden.

«Selig sind, die da... äh... äh»

«Geistlich...»

«Ach ja, geistlich; selig sind, die da geistlich... äh... äh»

«Arm...»

«Arm... Selig sind, die da geistlich arm sind, denn, denn...»

«Das Himmelreich...»

«Das Himmelreich. Selig sind, die da geistlich arm sind, denn das Himmelreich ist ihrer. Selig sind, die da Leid tragen, denn sie... sie...»

«S-...»

«Denn sie... äh...»

«So-...»

«Denn sie so... Ach, ich weiß nicht, wie es heißt!»

«Sollen!»

«Ach ja, sollen! Denn sie sollen... denn sie sollen... äh... äh... sollen Leid tragen... äh... äh... selig sind, die da... die... äh... die da Leid tragen, denn sie sollen... äh... was sollen sie? Warum sagst du's mir nicht, Mary? Warum bist du so gemein?»

«Aber Tom, du armer Dummkopf, ich will dich doch nicht ärgern. Das würde ich nie tun. Du mußt dich hinsetzen und es noch mal lernen. Verlier nicht den Mut, Tom, du wirst's schon schaffen – und wenn du's geschafft hast, dann gebe ich dir was ganz Feines! Sei lieb und geh.»

«Na schön. Was ist's denn, Mary? Sag mir doch, was es ist.»

«Laß nur, Tom. Du weißt ja, wenn ich sage, es ist was Feines, dann ist's auch was Feines.»

«Klar, Mary, das steht fest. Na schön, ich mach mich noch mal dran.»

Und er «machte sich dran», und unter dem doppelten Antrieb der Neugier und der Aussicht auf Gewinn tat er es mit solchem Schwung, daß er einen glänzenden Sieg davontrug.

Mary schenkte ihm ein funkelnagelneues Barlow-Messer, das zwölfeinhalb Cent wert war. Der Schauer des Entzükkens, der ihn durchfuhr, erschütterte ihn bis in die Grundfesten. Gewiß, mit dem Messer würde man nichts schneiden können, aber es war ein «garantiert echtes» Barlow-Messer, und das war etwas unvorstellbar Großartiges. Woher freilich die Jungen des Westens die Idee hatten, man könne eine noch gröbere Fälschung einer solchen Waffe herstellen, ist ein unerfindliches Geheimnis und wird vielleicht auch ewig eins bleiben. Tom brachte es jedoch fertig, damit Kerben in den Schrank zu schnitzen, und machte sich eben bereit, die Kommode in Angriff zu nehmen, als er fortgerufen wurde, um sich für die Sonntagsschule anzukleiden.

Mary reichte ihm eine Blechschüssel mit Wasser und ein Stück Seife; er ging nach draußen und stellte dort die Schüssel auf eine kleine Bank; dann tauchte er die Seife ins Wasser und legte sie hin, krempelte sich die Ärmel auf, goß das Wasser vorsichtig auf die Erde, kehrte dann in die Küche zurück und begann, sich das Gesicht sorgsam mit dem Handtuch abzuwischen, das hinter der Tür hing. Mary aber nahm ihm das Handtuch fort und sagte: «Schämst du dich denn nicht, Tom? Sei doch nicht so ungezogen. Wasser schadet dir nicht.»

Tom war ein klein wenig aus der Fassung gebracht. Die Schüssel wurde von neuem gefüllt, und diesmal stand er ein Weilchen darüber gebeugt und sammelte Mut; dann holte er einmal tief Atem und machte sich ans Werk. Als er kurze Zeit darauf in die Küche trat, beide Augen fest geschlossen und mit den Händen nach dem Handtuch tastend, tropften ihm Wasser und Seife zum Beweis seiner Ehrenhaftigkeit vom Gesicht. Als er hinter dem Handtuch hervorkam, war sein Zustand jedoch noch immer nicht zufriedenstellend, denn das saubere Gebiet hörte wie eine Maske jäh am Kinn und am Unterkiefer auf; unter und hinter dieser Linie breitete sich ein dunkelfarbiges Gebiet unbewässerten Bodens aus, das sich nach vorn seinen Hals hinunter und nach hinten um diesen herum erstreckte. Mary nahm sich ihn vor, und als sie ihr Werk an ihm beendet hatte, stand er da als einer, bei dem es keinen Unterschied der Hautfarbe gab; sein feuchtes Haar war ordentlich gebürstet, und seine kurzen Locken waren in eine solche Form gebracht, daß eine allgemeine anmutige symmetrische Wirkung erzielt wurde. (Insgeheim glättete er die Locken mit viel Fleiß und Mühe, indem er sich das Haar fest an den Kopf klebte, denn Locken hielt er für weibisch, und seine eigenen erfüllten sein Leben mit Bitterkeit.) Dann holte Mary den Anzug hervor, den er seit zwei Jahren nur sonntags trug – er wurde einfach sein «anderer Anzug» genannt –, und so kennen wir nun den Umfang seiner Garderobe. Nachdem er sich angezogen hatte, zupfte das Mädchen «ihn zurecht»; sie knöpfte ihm die saubere Jacke bis zum Kinn zu, legte ihm den riesigen Hemdkragen über die Schultern, bürstete ihn ab und setzte dem ganzen als Krone den mit Tupfen gemusterten Strohhut auf. Jetzt sah er wesentlich besser und äußerst unbehaglich aus, und er fühlte sich auch genauso unbehaglich, wie er aussah, denn ganze Kleider und Sauberkeit bedeuteten eine Behinderung, die ihn erboste. Er hoffte, Mary werde seine Schuhe vergessen, aber dieser Hoffnungsfunke erlosch; sie fettete sie gründlich mit Talg ein, wie es üblich war, und brachte sie ihm heraus. Jetzt wurde er doch wütend und erklärte, immer solle er tun, was er nicht wolle. Mary aber redete ihm gut zu: «Bitte, Tom, sei lieb.»

So fuhr er knurrend in seine Schuhe. Bald war auch Mary fertig, und die drei Kinder begaben sich in die Sonntagsschule, einen Ort, den Tom von ganzem Herzen haßte, während Sid und Mary gern dorthin gingen.

Die Sonntagsschule dauerte von neun bis halb elf Uhr, danach war Gottesdienst. Zwei der Kinder blieben stets freiwillig da, um sich die Predigt anzuhören, und das dritte blieb ebenfalls – aus gewichtigeren Gründen. Die ungepolsterten Kirchenstühle mit den hohen Lehnen boten etwa dreihundert Personen Platz; das Gebäude war nur klein und schlicht; oben drauf saß als Turm eine Art Kasten aus Fichtenholz.

Als sie an der Tür anlangten, blieb Tom einen Schritt zurück und sprach einen sonntäglich gekleideten Kameraden an: «Hör mal, Bill, hast du einen gelben Zettel?»

«Ja.»

«Was willst du dafür?»

«Was gibst du denn?»

«Ein Stück Lakritze und einen Angelhaken.»

«Zeig mal her.»

Tom wies die angebotenen Gegenstände vor. Sie waren zufriedenstellend und wechselten den Besitzer. Dann tauschte Tom zwei weiße Glaskugeln gegen drei rote Zettel und ein paar Kleinigkeiten gegen zwei weiße ein. Er lauerte noch mehr Jungen bei ihrer Ankunft auf und kaufte zehn, fünfzehn Minuten lang weiter Zettel verschiedener Farben. Dann betrat er zusammen mit einem Schwarm sauber gewaschener, lärmender Jungen und Mädchen die Kirche, ging auf seinen Platz und fing mit dem ersten besten Jungen, der zur Hand war, Streit an. Der Lehrer, ein ernster, ältlicher Mann, mischte sich ein und wandte dann einen Augenblick den Rücken; schon zog Tom einen Jungen auf der nächsten Bank am Haar, war, als dieser sich umwandte, gänzlich in sein Buch vertieft, stach gleich darauf einen anderen Jungen mit einer Nadel, damit der «Au!» sagte, und erhielt von neuem einen Verweis von seinem Lehrer. Toms ganze

Klasse war vom gleichen Kaliber – unruhig, lärmend und eine rechte Plage. Als es ans Aufsagen der Lektion ging, konnte nicht einer seine Bibelsprüche ohne Stocken wiedergeben; vielmehr mußten sich alle immer wieder vorsagen lassen. Mit Ach und Krach schafften sie es jedoch und erhielten ihre Belohnung in Form von kleinen blauen Zetteln, auf denen jeweils ein Bibelspruch stand; jeder blaue Zettel war der Lohn für zwei auswendig hergesagte Verse. Zehn blaue Zettel waren soviel wert wie ein roter und konnten dafür eingetauscht werden; zehn rote Zettel galten soviel wie ein gelber, und für zehn gelbe Zettel überreichte der Herr Vorsteher dem Schüler eine sehr einfach gebundene Bibel, die in jener guten alten Zeit vierzig Cent kostete. Wie viele meiner Leser brächten wohl den Fleiß und die Ausdauer auf, zweitausend Bibelverse auswendig zu lernen, selbst wenn man ihnen dafür eine Dorésche Bibel überreichte? Und doch hatte Mary auf diese Weise zwei Bibeln erworben; das hatte zwei Jahre geduldiger Arbeit gekostet, und ein Junge deutscher Herkunft hatte sogar vier oder fünf Bibeln gewonnen. Einmal sagte er hintereinander dreitausend Verse her; die geistige Anstrengung war jedoch zu groß, und von dem Tage an war er kaum mehr als ein Idiot – ein schlimmes Unglück für die Schule, denn bei großen Anlässen, wenn Besuch da war, hatte der Herr Vorsteher stets diesen Jungen nach vorn gerufen und loslegen lassen, wie Tom es nannte. Nur den älteren Schülern gelang es, ihre Zettel zu sammeln und bei der lästigen Arbeit so lange auszuhalten, bis sie eine Bibel erhielten; daher war die Verleihung eines solchen Preises ein seltenes und denkwürdiges Ereignis; der erfolgreiche Schüler war an diesem Tag eine so große und hervorstechende Persönlichkeit, daß in der Brust aller übrigen sogleich neuer Ehrgeiz entflammte, der häufig mehrere Wochen anhielt. Möglicherweise hatte Tom niemals nach einem dieser Preise gedürstet; aber ohne Frage sehnte sich sein ganzes Wesen schon seit langem nach dem Glanz und dem Aufsehen, die damit verbunden waren.

Zu angemessener Zeit stellte sich der Herr Vorsteher vor der Kanzel auf, ein geschlossenes Gesangbuch in der Hand, zwischen dessen Seiten er den Zeigefinger hielt, und bat um Aufmerksamkeit. Wenn ein Sonntagsschulvorsteher seine übliche kurze Ansprache hält, ist dabei ein Gesangbuch in seiner Hand ebenso notwendig wie das unvermeidliche Notenblatt in der Hand eines Sängers, der bei einem Konzert auf dem Podium steht und ein Solo singt. Warum das freilich so ist, bleibt ein Geheimnis, denn weder das Gesangbuch noch das Notenblatt wird je auch nur mit einem Blick zu Rate gezogen. Der Herr Vorsteher war ein schlanker Mensch von fünfunddreißig Jahren, mit sandfarbenem Ziegenbärtchen und kurzem, sandfarbenem Haar; er trug einen hohen Stehkragen, dessen oberer Rand ihm fast bis an die Ohren reichte und dessen scharfe Ecken sich neben den Mundwinkeln nach vorn bogen – ein Zaun, der ihn nötigte, genau nach vorn zu schauen und den ganzen Körper zu wenden, wenn ein Blick zur Seite erforderlich war. Sein Kinn ruhte auf einer ausladenden Krawatte, die so breit und so lang war wie eine Banknote und ausgefranste Enden hatte; seine Schuhspitzen waren, der Mode der Zeit entsprechend, scharf nach aufwärts gebogen, wie Schlittenkufen – eine Wirkung, die von den jungen Männern mühsam und geduldig erzielt wurde, indem sie sich stundenlang hinsetzten und die Zehen an die Wand preßten. Mr. Walters war von sehr ernstem Aussehen und offenem, ehrlichem Herzen; er brachte geheiligten Dingen und Orten so viel Ehrfurcht entgegen und unterschied sie so sehr von weltlichen Angelegenheiten, daß seine Sonntagsschulstimme, ihm völlig unbewußt, einen ganz besonderen Klang hatte, der seiner Alltagsstimme fehlte.

Er begann folgendermaßen: «So, Kinder, nun sitzt einmal alle so hübsch gerade, wie ihr nur könnt, und hört mir für ein paar Minuten aufmerksam zu. So ist's schön. So schickt es sich für artige kleine Jungen und Mädchen. Ich sehe da noch eine Kleine, die zum Fenster hinausblickt – vermutlich denkt sie, ich sitze dort draußen irgendwo, vielleicht oben auf einem Baum, um den Vöglein eine Rede zu halten.» (Beifälliges Kichern.) «Ich möchte euch sagen, wie wohl es mir tut, so viele saubere, strahlende kleine Gesichter hier versammelt zu sehen, an einem solchen Ort, wo sie lernen, das Rechte zu tun und gute Menschen zu sein.»

Und so weiter und so fort. Es erübrigt sich, den Rest der Rede niederzuschreiben. Sie entsprach einer unveränderlichen Schablone, und deshalb ist sie uns allen vertraut.

Das letzte Drittel der Ansprache litt darunter, daß gewisse böse Buben ihre Balgereien und andere erholsame Beschäftigungen wiederaufnahmen, während sich ein Zappeln und Flüstern immer weiter ausbreitete und sogar solche vereinzelten unerschütterlichen Felsen wie Sid und Mary umbrandete. Mit dem Abklingen der Stimme von Mr. Walters verstummte jedoch plötzlich jedes Geräusch, und der Abschluß der Rede wurde mit einem Ausbruch stummer Dankbarkeit begrüßt.

Zu einem erheblichen Teil war das Geflüster durch ein recht seltenes Ereignis verursacht worden – nämlich durch das Erscheinen fremder Besucher: Rechtsanwalt Thatcher trat ein, begleitet von einem sehr hinfällig wirkenden alten Mann; ihm folgte ein fein aussehender, stattlicher Herr mittleren Alters mit grauem Haar und eine würdige Dame, die zweifellos dessen Frau war. Die Dame führte ein Kind an der Hand. Tom war unruhig und voller Ärger und Verdruß gewesen; er empfand auch Gewissensbisse – er vermochte Amy Lawrence nicht in die Augen zu sehen, er konnte ihren liebevollen Blick nicht ertragen. Als er jedoch jetzt die kleine Fremde sah, füllte sich sein Herz im Nu mit flammender Freude. Bereits im nächsten Augenblick gab er nach Kräften an – puffte die Jungen, zog sie am Haar, schnitt Grimassen und ließ, kurz gesagt, alle Künste spielen, die geeignet schienen, ein Mädchen zu faszinieren und ihren Beifall zu gewinnen. In seine Wonne mischte sich nur ein mißliebiger Gedanke – nämlich die Erinnerung an die Demütigung, die er im Garten dieses Engels erlitten hatte; sie war jedoch in Sand geschrieben und wurde von der jetzt darüber hinwegflutenden Welle der Glückseligkeit schnell fortgespült. Man wies den Fremden die Ehrenplätze zu, und sobald Mr. Walters seine Rede beendet hatte, stellte er sie der Sonntagsschule vor. Der Herr mittleren Alters erwies sich als eine hervorragende Persönlichkeit; es war kein Geringerer als der Kreisrichter – das erlauchteste Geschöpf, das den Kindern je vor Augen gekommen war; sie fragten sich, aus welchem Stoff er wohl geschaffen sei, und halb wünschten sie, ihn brüllen zu hören, halb fürchteten sie, er werde es wirklich tun. Er kam aus Constantinople, das zwölf Meilen entfernt lag – er war also ein weitgereister Mann und hatte die Welt gesehen; diese seine Augen hatten das Kreisgerichtsgebäude erblickt, von dem es hieß, es habe ein Blechdach. Die ehrfurchtsvolle Scheu, die solche Gedanken erweckten, drückte sich in dem nun herrschenden eindrucksvollen Schweigen und in den Reihen unverwandt starrender Augen aus. Dies also war der große Richter Thatcher, der Bruder ihres Rechtsanwalts. Jeff Thatcher ging sofort nach vorn, um mit dem großen Mann vertraut zu tun und sich von der ganzen Schule beneiden zu lassen. Es wäre Musik für seine Ohren gewesen, hätte er das Flüstern hören können. «Nun guck dir das an, Jim! Er geht zu ihm hin! Guck doch mal, gleich gibt er ihm die Hand: jetzt gibt er sie ihm tatsächlich. Donnerwetter, möchtest du nicht in Jeff seiner Haut stecken?»

Mr. Walters begann, mit allerlei amtlicher Geschäftigkeit und Beflissenheit anzugeben, hier Befehle zu äußern, dort Urteile zu verkünden und überall Anweisungen zu erteilen, wo er nur eine Gelegenheit erblicken konnte. Auch der Bibliothekar gab an, indem er, den Arm voller Bücher, hierhin und dorthin lief und möglichst viel von dem Getue veranstaltete, das einer insektengroßen Autorität solche Freude bereitet. Auch die jungen Lehrerinnen gaben an, indem sie sich sanft über Schüler beugten, denen sie vor kurzem noch Ohrfeigen versetzt hatten, unartigen kleinen Jungen mit dem erhobenen hübschen Zeigefinger drohten und artigen liebevoll über den Kopf strichen. Die jungen Lehrer gaben an, indem sie ein bißchen schalten oder auf andere Weise ihre Autorität bekundeten und zeigten, welche lobenswerte Aufmerksamkeit sie der Disziplin widmeten, und die Mehrzahl der Lehrer beiderlei Geschlechts fanden, sie hätten in der Leihbücherei bei der Kanzel zu tun, und zwar etwas, das häufig noch zwei-, dreimal wiederholt werden mußte (und anscheinend viel Ärger verursachte). Die kleinen Mädchen gaben auf unterschiedliche Weise an, und die kleinen Jungen gaben mit solcher Emsigkeit an, daß die Luft mit Papiergeschossen und mit dem Lärm von Balgereien erfüllt war. Über all dem thronte der große Mann, ließ sein majestätisches richterliches Lächeln auf das ganze Haus hinunterstrahlen und wärmte sich in der Sonne seiner eigenen

Größe, denn auch er gab an. Nur eines fehlte, um Mr. Walters' Entzücken zu vervollkommnen, und das war eine Gelegenheit, einen Bibelpreis zu verleihen und ein Wunderkind zur Schau zu stellen. Mehrere Schüler besaßen ein paar gelbe Zettel, keiner jedoch genügend – er hatte unter den Musterschülern Umfrage gehalten. Was hätte er nicht alles darum gegeben, wenn er jetzt den deutschen Jungen wieder mit normalem Verstand dagehabt hätte!

Und in eben diesem Augenblick, als jede Hoffnung bereits erstorben war, trat Tom Sawyer vor mit neun gelben, neun roten und zehn blauen Zetteln in der Hand und forderte eine Bibel! Das traf Walters wie ein Blitz aus heiterem Himmel. Er hatte nicht erwartet, daß in den nächsten zehn Jahren von dieser Seite eine Bewerbung kommen werde. Es ließ sich jedoch nicht leugnen; hier lagen die beglaubigten Gutscheine und waren unzweifelhaft echt. Daher wurde Tom auf einen erhöhten Platz neben den Richter und die übrigen Auserwählten gesetzt und die große Neuigkeit vom Hauptquartier her verkündet. Es war die verblüffendste Überraschung des Jahrzehnts; die Sensation war derartig groß, daß sie den neuen Helden auf die gleiche Höhe erhob, die der Richter einnahm, und die Schule hatte anstatt des einen nun zwei Wunder, die sie begaffen konnte. Alle Jungen verzehrten sich vor Neid; die größte Bitterkeit empfanden jedoch diejenigen, denen zu spät klar wurde, daß sie selbst zu dieser verhaßten Größe beigetragen hatten, indem sie Tom gegen die von ihm durch den Verkauf der Tünchprivilegien zusammengerafften Reichtümer Zettel überlassen hatten. Sie verachteten sich selbst, weil sie sich von einem arglistigen Betrüger hatten hinters Licht führen lassen, von einer im Grase verborgenen heimtückischen Schlange.

Der Preis wurde Tom mit einem so wortreichen Redefluß

verliehen, wie ihn der Herr Vorsteher unter den Umständen nur hervorzupumpen vermochte; zu einem richtig sprudelnden Erguß fehlte jedoch einiges, denn dem armen Manne sagte der Instinkt, daß hier ein Geheimnis vorliegen müsse, welches das Licht scheute; es war einfach absurd, daß ausgerechnet dieser Junge zweitausend Garben biblischer Weisheit auf seinem Speicher aufgehäuft haben sollte – der hätte zweifellos bereits ein Dutzend nur mit Mühe zu fassen vermocht. Amy Lawrence war stolz und froh; sie bemühte sich, es Tom in ihrem Gesicht lesen zu lassen, er wollte jedoch nicht zu ihr hinsehen. Sie wunderte sich darüber, dann empfand sie ein wenig Unruhe, danach regte sich ein leiser Verdacht in ihr, erlosch wieder und regte sich von neuem; sie paßte auf – ein verstohlener Blick sprach Bände; dann brach ihr das Herz; sie war eifersüchtig und zornig, Tränen kamen, und sie haßte alle Menschen: Tom am meisten, wie sie glaubte.

Tom wurde dem Richter vorgestellt, aber seine Zunge war wie gelähmt, er vermochte kaum zu atmen, sein Herz bebte – zum Teil wegen der ungeheuren Größe des Mannes, vor allem aber, weil er *ihr* Vater war. Am liebsten wäre er vor ihm niedergefallen und hätte ihn angebetet, wenn es nur dunkel gewesen wäre. Der Richter legte Tom die Hand auf den Scheitel, sagte, er sei ein prächtiger kleiner Mann, und fragte ihn nach seinem Namen. Der Junge stammelte, rang nach Luft und brachte ihn endlich hervor.

«Tom.»

«Oh, nein, doch nicht Tom, du heißt doch...»

«Thomas.»

«Ah, so ist's richtig. Ich habe mir doch gedacht, daß das vielleicht noch nicht alles ist. So ist's recht. Aber bestimmt hast du noch einen zweiten, und den teilst du mir auch mit, nicht wahr?»

«Sag dem Herrn, wie du weiter heißt, Thomas», fiel Walters ein, «und nenne ihn ‹Sir›. Vergiß nicht, was sich gehört.»

«Thomas Sawyer – Sir.»

«Richtig! So ist's brav. Bist ein prächtiger Junge. Ein prächtiger kleiner Mann. Zweitausend Bibelsprüche ist viel – sehr, sehr viel. Und die Mühe, die du dir beim Lernen gegeben hast, wird dich nicht reuen; denn Wissen ist mehr wert als alles übrige in der Welt; Wissen ist's, was einen Mann groß und gut macht; du wirst selber eines Tages ein großer und guter Mann werden, Thomas, und dann wirst du zurückblicken und sagen: All das verdanke ich dem kostbaren Vorrecht, in meiner Kindheit die Sonntagsschule besucht zu haben; all das verdanke ich meinen lieben Lehrern, die mich lehrten, etwas zu lernen; all das verdanke ich dem guten Vorsteher, der mich ermutigte und über mir wachte und der mir eine wunderschöne Bibel, eine prachtvolle, elegante Bibel verlieh, die ich für immer behalten durfte und die mir ganz allein gehörte; all das verdanke ich einer richtigen Erziehung! Das wirst du sagen, Thomas, und nicht mit Geld werden dir dann diese zweitausend Bibelsprüche aufzuwiegen sein – nicht mit Geld. Und jetzt sagst du mir und der Dame hier sicher gern etwas von dem auf, was du gelernt hast – ich weiß, du tust es gern, denn wir sind stolz auf kleine Jungen, die gut lernen. Gewiß kennst du die Namen aller zwölf Apostel. Willst du mir sagen, wie die ersten beiden hießen, die zu Jüngern ernannt wurden?»

Tom zupfte an einem Knopf und sah blöde drein. Dann errötete er und senkte den Blick. Mr. Walters rutschte das Herz in die Hosen. Er dachte insgeheim: Unmöglich, daß dieser Junge auch nur die einfachste Frage beantworten kann – weshalb hat ihn der Richter nur gefragt? Er fühlte sich aber verpflichtet, etwas zu sagen, und sprach: «Antworte dem Herrn, Thomas – du brauchst keine Angst zu haben.»

Tom zauderte noch.

«Mir wirst du's doch sagen», meinte die Dame. «Die ersten beiden Jünger hießen…»

«David und Goliath!»

Lassen wir den Vorhang der Barmherzigkeit vor dem Rest der Szene herniedergehen.

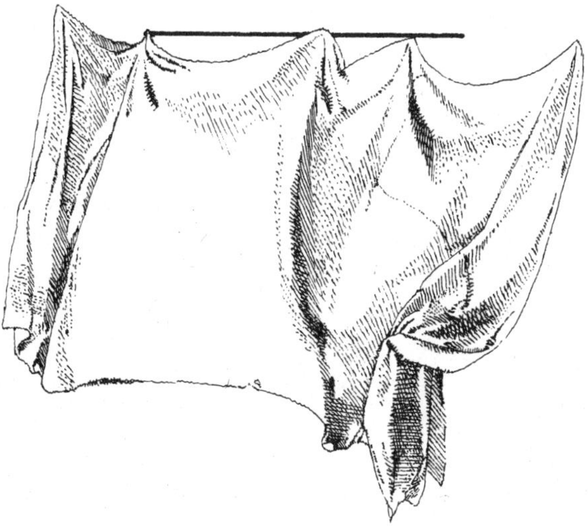

5. Kapitel

Der Kneifkäfer und sein Opfer

Gegen halb elf Uhr begann die gesprungene Glocke der kleinen Kirche zu läuten, und bald darauf versammelten sich die Leute zur Morgenandacht. Die Kinder der Sonntagsschule verteilten sich im ganzen Gebäude und nahmen die Kirchenstühle neben ihren Eltern ein, damit sie unter Aufsicht waren. Tante Polly kam herein, und Tom, Sid und Mary setzten sich an ihre Seite. Tom erhielt den Platz am Mittelgang, damit er so weit wie möglich vom offenen Fenster und dem verführerischen Sommer draußen entfernt wäre. Die Menge drängte sich die Gänge hinauf: der alte Postvorsteher, der bessere Tage gesehen hatte; der Bürgermeister und seine Frau – denn sie hatten neben anderen überflüssigen Dingen auch einen Bürgermeister; der Friedensrichter; die Witwe Douglas, die hübsch, schick und vierzig Jahre alt war, eine großzügige, gutherzige Seele und recht wohlhabend; ihre auf einem Hügel gelegene Villa war der einzige Palast des Städtchens, dazu das gastfreundlichste und in bezug auf Festlichkeiten üppigste Haus, das Sankt Petersburg aufzuweisen hatte; der altersgebeugte, ehrwürdige Major Ward und seine Gattin; der Rechtsanwalt Riverson, die neue Respektsperson, die erst kürzlich zugezogen war; danach das schönste Mädchen der Stadt, gefolgt von einem Trupp in feinstes Linnen gekleideter und mit Bändern geschmückter junger Verehrer; dann kamen alle jungen Verkäufer des Ortes auf einmal – denn sie hatten im Vorraum gestanden und an ihren Stockknäufen gesaugt: eine ganze Wand pomadisierter und einfältig lächelnder Jünglinge, die so lange stehenblieb, bis auch das letzte Mädchen Spießruten gelaufen war; und zu allerletzt kam der Musterknabe Willie Mufferson, der so behutsam auf seine Mutter achtgab, als sei sie aus Kristall. Er brachte seine Mutter stets zur Kirche und war der Stolz sämtlicher würdiger Matronen. Alle Jungen haßten ihn, weil er so gut war; außerdem war er ihnen so oft tadelnd «vorgehalten» worden. Sein weißes Taschentuch hing ihm aus der Tasche, wie es gewöhnlich sonntags der Fall war – zufällig. Tom besaß kein Taschentuch und betrachtete Jungen, die eins hatten, als Snobs. Da die Gemeinde jetzt vollzählig versammelt war, läutete die Glocke noch einmal, um Säumige und Nachzügler zu ermahnen, und dann verbreitete sich feierliches Schweigen in der Kirche, das nur vom Kichern und Flüstern des Chors, der oben auf der Galerie stand, durchbrochen wurde. Immer kicherte und flüsterte der Chor während des ganzen Gottesdienstes. Einmal soll es einen Kirchenchor gegeben haben, der diszipliniert war; ich habe aber vergessen, wo das gewesen ist. Es ist schon viele Jahre her, und ich kann mich kaum noch an irgendwelche Einzelheiten besinnen, doch glaube ich, es war im Ausland.

Der Pfarrer gab den Choral an und las ihn voller Genuß vor, in einem besonderen Stil, der in jenem Teil des Landes sehr bewundert wurde. Seine Stimme begann in mittlerer Tonlage, steigerte sich dann stetig, bis ein gewisser Punkt erreicht war, wo sie das im höchsten Ton gesprochene Wort stark unterstrich, um dann wie von einem Sprungbrett hinabzutauchen.

Soll auf Blumen gebettet ich zum Him-
mel schweben,
Wo andere kämpfend, den Preis zu gewinnen, ihr Blut
hingeben?

Er galt als ein Mann, der ausgezeichnet vorzulesen verstand. Bei kirchlichem «geselligem Beisammensein» zog man ihn immer heran, um Gedichte vorzutragen, und wenn er geendet hatte, hoben die Damen stets die Hände in die Höhe, ließen sie hilflos in den Schoß fallen, verdrehten die Augen und schüttelten den Kopf, als wollten sie sagen: «Worte können es nicht ausdrücken; es ist zu schön, zu schön für diese irdische Welt.»

Nachdem die Gemeinde den Choral gesungen hatte, verwandelte sich Pfarrer Sprague in ein Anschlagbrett und las «Bekanntmachungen» vor von Versammlungen und Vereinen und dergleichen mehr, bis es schien, seine Liste wolle sich bis zum Anbruch des Jüngsten Tages hinziehen – ein merkwürdiger Brauch, der in Amerika auch im Zeitalter der Zeitungen sogar in den Städten noch aufrechterhalten wird. Je weniger ein althergebrachter Brauch Berechtigung hat, um so schwerer ist es häufig, ihn loszuwerden.

Und nun sprach der Pfarrer ein Gebet. Es war ein ordentliches, großzügig bemessenes Gebet und ging ins einzelne: es erflehte Segen für die Kirche und für die kleinen Kinder

der Kirche, für die anderen Kirchen des Ortes, für den Ort selbst, für den Kreis, für den Staat Missouri, für die Beamten des Staates, für die Vereinigten Staaten, für die Kirchen der Vereinigten Staaten, für den Kongreß, für den Präsidenten, für die Mitglieder der Regierung, für die armen, vom sturmgepeitschten Meere hin und her getriebenen Matrosen, für die Millionen Unterdrückten, die unter dem Stiefel europäischer Monarchien und orientalischer Despoten stöhnten, für jene, welchen das Licht gebracht und die frohe Botschaft verkündet wurde und die dennoch nicht Augen haben, um zu sehen, und Ohren, um zu hören, für die Heiden auf den fernen Inseln des Meeres, und das Gebet schloß mit der inständigen Bitte, die Worte, die der Pfarrer nun sprechen werde, mögen Gnade und Erhörung finden und wie der Same sein, der in fruchtbaren Boden gesenkt wird und aus dem zu seiner Zeit eine lohnende Ernte des Guten hervorgeht. Amen.

Ein Rascheln von Kleidern war zu hören, und die stehende Gemeinde setzte sich. Der Junge, dessen Geschichte dieses Buch berichtet, fand keinerlei Gefallen an diesem Gebet – er ertrug es nur einfach, wenn überhaupt. Er war die ganze Zeit über ungeduldig; er notierte unbewußt die Einzelheiten des Gebets – denn er hörte zwar nicht zu, kannte es aber von jeher, sowie die übliche Vortragsweise des Pfarrers –, und wenn auch nur ein winziges neues Stückchen hineingeflickt wurde, entdeckte es sein Ohr, und sein ganzes Wesen wehrte sich dagegen; Zusätze betrachtete er als tückisch und gemein. Mitten im Gebet hatte sich eine Fliege auf der Rückenlehne der Bank vor ihm niedergelassen und reizte ihn maßlos, indem sie sich geruhsam die Vorderbeine rieb, mit ihnen den Kopf umfaßte und diesen so heftig polierte, daß er sich fast vom Körper zu trennen schien und der dünne Faden des

Halses sichtbar wurde; indem sie sich die Flügel mit den Hinterbeinen rieb und sie so eng an den Körper strich, als seien es Frackschöße, und indem sie ihre ganze Toilette so gelassen besorgte, als wisse sie, daß sie völlig in Sicherheit war. Und das war sie auch, denn sosehr es Tom in den Händen juckte, sie zu fangen, er wagte es doch nicht – er glaubte, seine Seele würde sogleich verdammt, wenn er so etwas während des Gebets täte. Noch während des Schlußsatzes aber begann seine Hand, sich zu krümmen und nach vorn zu schleichen, und sowie das Amen heraus war, befand sich die Fliege in Kriegsgefangenschaft. Die Tante entdeckte die Tat und zwang ihn, das Tier wieder fliegen zu lassen.

Der Pfarrer verlas den Bibeltext und leierte mit eintöniger Stimme seine Predigt herunter, die so langweilig war, daß nach und nach so mancher Kopf zu nicken begann – dabei handelte diese Predigt von ewigem Feuer und Schwefel und lichtete die Reihe der vorherbestimmten Auserwählten bis auf eine so kleine Schar, daß sich die Erlösung kaum lohnte. Tom zählte die Seiten der Predigt; nach dem Gottesdienst wußte er immer, wie viele Seiten es gewesen waren, doch selten wußte er sonst noch etwas darüber. Diesmal aber weckte sie für eine kurze Weile wirklich sein Interesse. Der Prediger malte ein großartiges, bewegendes Bild davon, wie sich die irdischen Heerscharen am Jüngsten Tage versammeln werden, wo der Löwe neben dem Lamm liegen und ein kleiner Knabe sie führen soll. Das Pathos, die Lehre, die Moral des großen Schauspiels waren jedoch bei dem Jungen verschwendet; er dachte nur daran, wie sich die Hauptperson vor den zuschauenden Völkern hervortun werde; bei dieser Vorstellung erhellte sich sein Gesicht, und er wünschte im stillen, er wäre dieser Knabe, falls es sich dabei um einen zahmen Löwen handeln sollte.

Dann ergab er sich darein, die trockene Predigt zu ertragen. Bald darauf besann er sich auf einen Schatz, den er besaß, und er holte ihn hervor. Es war ein großer schwarzer Käfer mit fürchterlichen Zangen – ein «Kneifkäfer», wie er ihn nannte. Er steckte in einer Zündhütchenschachtel. Das erste, was der Käfer tat, war, ihn in den Finger zu kneifen. Darauf folgte ein unwillkürliches Fingerschnellen; der Käfer flog zappelnd in den Gang und landete auf dem Rücken, während der schmerzende Finger in den Mund des Jungen wanderte. Der Käfer lag da und arbeitete hilflos mit den Beinen, ohne sich umdrehen zu können. Tom sah ihm zu und sehnte sich nach ihm, aber das Tier lag in sicherer Entfernung außerhalb seiner Reichweite. Andere, nicht an der Predigt interessierte Leute fanden in dem Käfer eine angenehme Zerstreuung und schauten ebenfalls zu.

Bald darauf kam ein schnüffelnder Pudel müßig dahergetrabt, mit hängendem Kopf und faul von der lauen Sommerluft, des Wartens draußen müde und nach einer Abwechslung lechzend. Er erblickte den Käfer; der herabhängende Schwanz hob sich und wedelte. Er betrachtete die Beute, umkreiste sie, roch aus sicherer Entfernung daran, umkreiste sie von neuem, wurde kühner, kam näher, um daran zu schnüffeln, zog dann die Schnauze zurück, schnappte vorsichtig nach dem Insekt und verfehlte es um Haaresbreite, schnappte noch einmal und dann noch einmal danach, begann Freude an der Ablenkung zu finden, legte sich auf den Bauch, den Käfer zwischen den Pfoten, und fuhr mit seinen Experimenten fort; endlich wurde er müde, dann gleichgültig und zerstreut. Sein Kopf nickte, nach und nach sank seine Schnauze herab und berührte den Feind, der sie packte. Ein schrilles Jaulen, ein Schütteln des Pudelkopfes, und der Käfer flog ein paar Yard weiter zu Boden, wobei er wieder auf dem Rücken landete. Die in der Nähe sitzenden Zuschauer erschütterte eine leise innere Freude; mehrere Gesichter verschwanden hinter Fächern und Taschentüchern, und Tom war restlos glücklich. Der Hund sah verblüfft aus und verärgert. Sein Sinn stand nach Rache. So lief er zu dem Käfer und begann, ihn wieder vorsichtig anzugreifen, sprang ihn von jedem Punkt eines Kreises aus an und landete mit den Vorderpfoten einen Zoll weit von dem Tier, schnappte zu, gelangte mit den Zähnen noch näher heran und schüttelte den Kopf, bis die Ohren flogen. Nach einer Weile wurde er jedoch von neuem müde, versuchte, sich mit einer Fliege zu amüsieren, fand aber keinen Spaß dabei, folgte einer Ameise, die Nase dicht am Boden, und wurde auch dessen schnell müde, gähnte, seufzte, vergaß den Käfer ganz und gar und setzte sich darauf! Nun ertönte ein wildes Jaulen, der Pudel sauste das Kirchenschiff hinauf, mit Gejaule am Altar vorbei und das Seitenschiff wieder hinunter, vor der Tür machte er kehrt und jagte den Gang wieder hinauf; seine Qual vergrößerte sich mit der zurückgelegten Strecke, bis er nur noch ein wolliger Komet war, der mit dem Leuchten und der Geschwindigkeit des Lichts seine Bahn zog. Endlich wich der arme Hund von seinem Kurs ab und sprang seinem Herrn auf den Schoß; der warf ihn zum Fenster hinaus, und sein Klagelaut wurde rasch immer leiser und verlor sich schließlich in der Ferne.

Mittlerweile saß die ganze Kirche mit geröteten Gesichtern da, erstickte fast vor unterdrücktem Lachen, und die Predigt war zu einem absoluten Stillstand gekommen. Sie wurde zwar bald wiederaufgenommen, schleppte sich aber lahm und hinkend hin, da jede Möglichkeit, ein Echo zu finden, dahin war; selbst die ernstesten Gedanken wurden hinter einer entfernten Kirchenbank ständig mit einem gedämpften Ausbruch profaner Heiterkeit aufgenommen, als habe der arme Pfarrer etwas besonders Witziges gesagt. Es war für die ganze Gemeinde eine wahre Erleichterung, als die Strapaze vorbei war und der Segen gesprochen wurde.

Tom Sawyer ging recht vergnügt nach Hause und dachte bei sich, der Gottesdienst sei doch ein ganz gute Sache, wenn ein bißchen Abwechslung dabei herrsche. Nur ein Gedanke beeinträchtigte seine Freude: Er war zwar durchaus gewillt, den Hund mit seinem Kneifkäfer spielen zu lassen, meinte jedoch, es sei nicht anständig von ihm gewesen, ihn fortzuschleppen.

6. Kapitel
Tom trifft Becky

Der Montagmorgen fand Tom Sawyer in trübseliger Stimmung. Das war an jedem Montag der Fall, denn da fing wieder eine Woche langen Leidens in der Schule an. Gewöhnlich begann er den Tag mit dem Wunsch, es hätte gar kein Feiertag dazwischen gelegen; das machte es einem nur um so verhaßter, sich wieder in Gefangenschaft zu begeben.

Tom lag da und überlegte. Bald kam ihm der Gedanke, er könnte krank sein; dann dürfte er zu Hause bleiben. Hier gab es vielleicht irgendeine Möglichkeit. Er untersuchte seinen Körper. Er fand keinerlei Leiden und forschte von neuem. Diesmal glaubte er, Symptome von Leibschmerzen feststellen zu können, und versuchte recht hoffnungsvoll, sie zu beleben. Sie wurden jedoch immer schwächer und verschwanden bald ganz und gar. Er überlegte weiter. Plötzlich entdeckte er etwas. Einer seiner oberen Zähne wackelte. Das war Glück; schon wollte er beginnen zu stöhnen, «zur Einleitung», wie er es nannte, da fiel ihm ein: wenn er mit diesem Beweis vor Gericht träte, würde ihm seine Tante den Zahn ziehen, und das täte weh. So beschloß er, den Zahn vorläufig noch in Reserve zu halten und weiter zu suchen. Einige Zeit bot sich nichts, und dann erinnerte er sich, einmal gehört zu haben, wie der Doktor von einem gewissen Leiden sprach, das einen Patienten zwei oder drei Wochen ans Bett fesselte und wobei man einen Finger verlieren könnte. Deshalb zog er nun eifrig seinen wunden Zeh unter der Bettdecke hervor und hielt ihn hoch, um ihn zu inspizieren. Allerdings kannte er nicht die notwendigen Symptome. Immerhin lohnte sich gewiß, es darauf ankommen zu lassen, und so begann er, mit rechter Inbrunst zu stöhnen.

Sid aber schlief weiter und merkte nichts.

Tom stöhnte lauter und bildete sich ein, nun wirklich Schmerzen im Zeh zu spüren.

Keinerlei Ergebnis bei Sid.

Tom atmete bereits schwer vor Anstrengung. Er ruhte sich ein wenig aus, füllte die Brust mit Luft und gab dann eine Reihe bewundernswerter Ächzlaute von sich.

Sid schnarchte weiter.

Tom wurde ärgerlich. Er rief: «Sid, Sid!» und rüttelte ihn. Diese Methode bewährte sich, und Tom stöhnte von neuem. Sid gähnte, streckte sich, hob sich mit einem Schnaufen auf den Ellbogen und starrte Tom an. Tom stöhnte weiter. Sid sagte: «Tom! Hörst du, Tom!»

Keine Antwort.

«So hör doch, Tom! Tom! Was ist los, Tom?» Er schüttelte ihn und blickte ihm ängstlich ins Gesicht.

Tom ächzte: «Oh, nicht, Sid. Schüttle mich nicht.»

«Warum, was ist denn los, Tom? Ich ruf die Tante.»

«Nein, laß. Das geht schon nach und nach vorbei, glaub ich. Ruf niemand.»

«Doch, ich muß! Stöhn nicht so, Tom, das ist ja schrecklich. Wie lange ist dir denn schon so?»

«Stundenlang. Au! Beweg dich nicht so, Sid. Du bringst mich um.»

«Tom, warum hast du mich denn nicht vorher geweckt? Ach, Tom! Ich bekomme Gänsehaut, wenn ich dich höre. Tom, was hast du denn?»

«Ich vergeb dir alles, Sid.» (Stöhnen.) «Alles, was du mir je angetan hast. Wenn ich nicht mehr bin...»

«Oh, Tom, du stirbst doch nicht etwa? Tu's nicht, Tom, tu's nicht. Vielleicht...»

«Ich vergebe allen, Sid.» (Stöhnen.) «Sag's ihnen, Sid. Und Sid, gib meinen Fensterrahmen und meine einäugige Katze dem Mädchen, das neu in die Stadt gekommen ist, und sag ihr...»

Sid hatte aber bereits seine Sachen aufgerafft und war verschwunden. Tom litt jetzt wirklich, so prächtig arbeitete seine Einbildungskraft, und sein Stöhnen hatte daher den Klang der Echtheit angenommen.

Sid stürzte nach unten und rief: «Oh, Tante Polly, komm schnell! Tom liegt im Sterben!»

«Im Sterben!»

«Jawohl. Wirklich. Schnell, komm!»

«Unsinn! Ich glaub's nicht!»

Nichtsdestoweniger flog sie nach oben, und Sid und Mary hinter ihr her. Ihr Gesicht war ganz weiß, und ihre Lippen zitterten. Als sie am Bett anlangte, stieß sie hervor: «Tom! Tom, was hast du?»

«Oh, Tantchen, ich...»

«Was hast du – was hast du nur, Kind?»

«Ach, Tantchen, mein schlimmer Zeh hat den Brand!»

Die alte Dame sank auf einen Stuhl und lachte ein wenig; dann weinte sie ein wenig, und dann tat sie beides gleichzeitig. Dies brachte sie wieder zu sich, und sie sagte: «Tom, was hast du mir für einen Schock versetzt. Jetzt hör aber auf mit dem Unsinn und mach, daß du aus dem Bett kommst.»

Das Stöhnen setzte aus, und der Schmerz schwand aus dem Zeh. Der Junge kam sich ein wenig dumm vor und sagte: «Tante Polly, es hat wirklich so ausgesehen, als ob der Brand drin wär, und hat so weh getan, daß mir mein Zahn gar nichts ausgemacht hat.»

«Dein Zahn, so! Was ist denn mit deinem Zahn los?»

«Einer ist locker und tut furchtbar weh.»

«Na, na, nun fang nicht gleich wieder an zu stöhnen. Mach mal den Mund auf. Ja, dein Zahn ist wirklich lose, aber daran stirbst du nicht gleich. Mary, hol mir mal einen Seidenfaden und aus der Küche ein brennendes Scheit.»

Tom sagte: «Ach bitte, Tantchen, zieh ihn nicht raus, er tut gar nicht mehr weh. Ich will tot umfallen, wenn er noch weh tut. Bitte, nicht, Tantchen. Ich will auch nicht von der Schule wegbleiben.»

«Ach wirklich? Das ganze Theater war also bloß, weil du geglaubt hast, du kannst von der Schule wegbleiben und angeln gehen. Tom, Tom, ich hab dich so lieb, und du scheinst es bloß drauf anzulegen, deiner alten Tante mit deiner Ungezogenheit das Herz zu brechen.»

Mittlerweile waren die zahnärztlichen Instrumente bereit. Die alte Dame befestigte ein Ende des Seidenfadens mit einer Schlinge um Toms Zahn und band das andere um den Bettpfosten. Dann ergriff sie das brennende Scheit und stieß es dem Jungen plötzlich fast ins Gesicht. Schon baumelte der Zahn am Bettpfosten.

Jedes Leid bringt jedoch auch seine Belohnung mit sich. Als Tom sich nach dem Frühstück zur Schule begab, war er der Gegenstand des Neides aller Jungen, die er traf, weil ihn die Lücke in seiner oberen Zahnreihe befähigte, auf eine neue, bewundernswerte Weise zu spucken. Er sammelte ein recht ansehnliches Gefolge von Jungen um sich, die sich für diese Vorführung interessierten, und einer, der sich in den Finger geschnitten und bisher im Mittelpunkt der Aufmerksamkeit und der Bewunderung gestanden hatte, sah sich jetzt plötzlich von seinen Anhängern verlassen und seines Ruhmes beraubt. Das Herz war ihm schwer, und er sagte mit einer Verachtung, die er nicht empfand, es sei ja gar nichts, so zu spucken wie Tom Sawyer; ein anderer Junge aber meinte: «Die Trauben sind sauer!» Da machte er sich davon, ein entthronter Held.

Kurz darauf stieß Tom auf den jugendlichen Paria des Ortes, Huckleberry Finn, den Sohn eines Trunkenboldes. Alle Mütter haßten und fürchteten Huckleberry von Herzen, weil er faul, frech, ordinär und ruppig war – und weil ihre Kinder ihn alle so bewunderten, an seiner ihnen verbotenen Gesellschaft großes Vergnügen fanden und wünschten, sie getrauten sich, so zu sein wie er. Tom ging es wie den übrigen Jungen, indem er Huckleberry um die glanzvolle Stellung eines von der Gesellschaft Ausgestoßenen beneidete, und er hatte strengen Befehl, nicht mit ihm zu spielen. Daher spielte er mit ihm, wo sich nur eine Gelegenheit bot. Huckleberry war immer mit den abgelegten Sachen erwachsener Männer gekleidet, und sie flatterten zu allen Jahreszeiten prächtig zerlumpt um seine Gestalt. Sein Hut war eine geräumige Ruine, und aus dem Rand war eine große Mondsichel ausgeschnitten; die Jacke hing ihm, wenn er eine trug, fast bis zu den Fersen hinab und hatte die hinteren Knöpfe tief unten sitzen; ein einziger Hosenträger hielt das Beinkleid, dessen Sitzfläche tief hinabhing und nichts enthielt; die ausgefransten Hosenbeine schleiften im Schmutz, wenn sie nicht aufgerollt waren. Huckleberry kam und ging, wie es ihm beliebte. Bei gutem Wetter schlief er auf einer Türschwelle und bei nassem in einem großen leeren Faß, er brauchte weder in die Schule noch in die Kirche zu gehen, noch irgendeinen Menschen Herrn zu nennen, noch jemandem zu gehorchen; er konnte angeln und schwimmen gehen, wann und wo er wollte, und so lange dort bleiben, wie es ihm paßte; niemand verbot ihm, sich zu prügeln, und abends konnte er aufbleiben, solange es ihm Spaß machte; er war stets der erste Junge, der im Frühjahr barfuß ging, und der letzte, der im Herbst die Füße wieder in Leder steckte; er brauchte sich niemals zu waschen und auch keine saubere Kleidung anzuziehen, und fluchen konnte er wunderschön. Mit einem Wort: alles, was dazugehört, das Leben köstlich zu machen, das besaß dieser Junge. So dachte jeder gequälte, eingeengte, wohlerzogene Knabe von St. Petersburg.

Tom begrüßte das geächtete Idol: «Hallo, Huckleberry.»

«Gleichfalls höllo – mal sehn, ob's dir gefällt.»

«Was hast du denn da?»

«Tote Katze.»

«Zeig mal her, Huck. Donnerwetter, die ist schon mächtig steif. Wo hast du die denn her?»

«Einem Jungen abgekauft.»

«Was hast du denn dafür gegeben?»

«Einen blauen Zettel und eine Blase, die ich aus dem Schlachthaus hab.»

«Wo hast du denn den blauen Zettel her?»

«Hab ich Ben Rogers vor zwei Wochen gegen einen Stock zum Reifentreiben abgekauft.»

«Sag mal, wozu sind denn tote Katzen gut, Huck?»

«Wozu? Warzen damit zu heilen.»

«Tatsächlich? Ich weiß was Besseres.»

«Wetten, daß es nicht stimmt. Was ist's denn?»

«Na, Wasser von faulem Holz.»

«Wasser von faulem Holz! Dafür würd ich nicht einen Dreck geben.»

«So, würdest du nicht? Hast du das denn überhaupt schon versucht?»

«Nein, hab ich nicht. Aber Bob Tanner.»

«Wer hat dir denn das gesagt?»

«Na, er hat's Jeff Thatcher erzählt, und Jeff hat's Johnny Baker erzählt, und Johnny hat's Jim Hollis erzählt, und Jim hat's Ben Rogers erzählt, und Ben hat's einem Nigger erzählt, und der Nigger hat's mir erzählt. So!»

«Na, und wennschon? Die lügen doch alle. Wenigstens alle außer dem Nigger – den kenne ich nicht. Hab aber noch nie einen Nigger gesehen, der *nicht* gelogen hat. Quatsch! Nun sag mir mal, wie Bob Tanner das gemacht hat, Huck.»

«Hat seine Hand genommen und sie in einen verfaulten Baumstumpf gehalten, wo Regenwasser drin war.»

«Am Tage? Mit dem Gesicht zum Baumstumpf?»

«Ja. Ich glaub wenigstens.»

«Hat er auch was dazu gesagt?»

«Glaub ich nicht, weiß nicht.»

«Aha! Auf so eine idiotische Weise zu versuchen, Warzen mit Wasser von faulem Holz zu kurieren! So nützt's doch überhaupt nicht. Man muß allein mitten in den Wald gehen, zu einem fauligen Baumstumpf, den man kennt, wo Wasser drin ist, und genau um Mitternacht muß man sich mit dem Rücken an den Stumpf stellen, die Hand reintauchen und sagen:

‹Gerstenkorn, Gerstenkorn, Maisgrieß ist Trumpf,
Schluck mir die Warzen, Wasser im Stumpf›,

und dann mußt du schnell mit geschlossenen Augen elf Schritte weit gehen, dich dreimal umdrehen und nach Hause gehen, ohne mit jemand zu sprechen. Wenn du nämlich sprichst, ist der Zauber geplatzt.»

«Na, das klingt, als wär's eine gute Methode, so hat's aber Bob Tanner nicht gemacht.»

«Natürlich nicht, mein Lieber, da kannst du Gift drauf nehmen, der hat doch die meisten Warzen von der Stadt, und er würde nicht eine haben, wenn er wüßte, wie er mit Wasser von faulem Holz umzugehen hat. Ich hab auf die Weise schon Tausende von Warzen an meinen Händen fortgekriegt, Huck. Ich spiel soviel mit Fröschen, daß ich immer eine ganze Menge Warzen hab. Manchmal bring ich sie auch mit einer Bohne weg.»

«Ja, eine Bohne ist gut. Hab ich auch schon öfter mal gemacht.»

«So? Wie ist denn deine Methode?»

«Du nimmst die Bohne und spaltest sie in der Mitte, dann schneidest du dich in die Warze, bis ein bißchen Blut kommt, dann tust du das Blut auf das eine Stück Bohne, dann nimmst du das und gräbst ein Loch und begräbst's drin, so um Mitternacht, am Kreuzweg, wenn der Mond nicht scheint, und dann verbrennst du den Rest von der Bohne. Siehst du, das Stück, wo das Blut drauf ist, zieht und zieht und versucht, das andere Stück heranzuholen, und das hilft dem Blut, die Warze rauszuziehen, und bald geht sie weg.»

«Ja, so ist's richtig, Huck – so ist's richtig; bloß, wenn du sie begräbst, mußt du sagen: ‹Bohne runter, Warze ab, komm nicht wieder, mich zu ärgern!›, dann ist's noch besser. So macht's Joe Harper, und der ist beinah bis Coonville und fast überall schon gewesen. Aber hör mal – wie kuriert man sie denn mit toten Katzen?»

«Na, du nimmst deine Katze und gehst auf einen Friedhof, kurz vor Mitternacht, dahin, wo jemand, der ein schlechter Mensch gewesen ist, begraben liegt, und wenn's Mitternacht ist, kommt ein Teufel oder vielleicht auch zwei oder drei; du kannst sie aber nicht sehen, du kannst nur was hören, was klingt wie der Wind, oder vielleicht hörst du sie reden, und wenn sie den Kerl wegholen, schmeißt du deine Katze hinterher und sagst: ‹Teufel folg Leiche, Katze folg Teufel, Warzen folgt Katze, *ich* bin euch los!› Das bringt dir jede Warze weg.»

«Klingt gut. Hast du's schon mal versucht, Huck?»

«Nein, aber die alte Mutter Hopkins hat's mir gesagt.»

«Na, dann wird's wohl stimmen; es heißt ja, sie ist eine Hexe.»

«Wieso heißt – ich *weiß* doch, daß sie eine ist, Tom. Sie hat Papa behext. Das sagt Papa selbst. Ist eines Tages dahergekommen und hat gesehen, wie sie ihn behext hat; da hat er einen Stein genommen, und wenn sie nicht ausgewichen wär, dann hätt er sie gekriegt. Na, und noch in derselben Nacht ist er von einem Schuppen gerollt, wo er betrunken gelegen hat, und hat sich den Arm gebrochen.»

«Ist ja furchtbar. Woran hat er denn gemerkt, daß sie ihn behext hat?»

«Du lieber Himmel, das kann Papa doch leicht feststellen. Papa sagt, wenn sie einen immerzu fest angucken, dann behexen sie einen, besonders, wenn sie dabei vor sich hin murmeln. Wenn sie nämlich vor sich hin murmeln, dann sagen sie das Vaterunser rückwärts auf.»

«Sag mal, Huck, wann versuchst du denn das mit der Katze?»

«Heut nacht. Ich nehme an, sie kommen heut nacht den alten Ross Williams holen.»

«Der ist aber doch schon am Samstag begraben worden, Huck. Haben sie ihn denn nicht Samstagnacht geholt?»

«Was du nur zusammenredst. Wie kann denn denen ihr Zauber vor Mitternacht wirken? Und dann ist Sonntag. Teufel laufen sonntags nicht viel rum, schätze ich.»

«Daran hab ich überhaupt nicht gedacht. Stimmt. Läßt du mich mitkommen?»

«Klar, wenn du keine Angst hast.»

«Angst! Keine Spur! Miaust du mir?»

«Ja, und du miaust wieder, wenn du eine Möglichkeit hast. Das letztemal hast du mich da so lange rummiauen lassen, bis der alte Hays angefangen hat, Steine nach mir zu schmeißen, und gesagt hat: ‹Verdammter Kater!› Da hab ich ihm einen Backstein ins Fenster gepfeffert – aber verrat's nicht.»

«Tu ich nicht. Ich hab in der Nacht nicht miauen können, weil die Tante auf mich aufgepaßt hat; diesmal werd ich aber miauen. Ach, was ist denn das, Huck?»

«Bloß eine Zecke.»

«Wo hast du die her?»

«Aus dem Wald.»

«Was willst du denn dafür haben?»

«Weiß nicht. Ich will sie gar nicht verkaufen.»

«Na schön. Ist sowieso nur eine winzige Zecke.»

«Ach, eine Zecke, die einem nicht gehört, kann jeder schlechtmachen. Mir genügt sie. Für mich ist sie gut genug.»

«Klar, 's gibt genug. Ich könnte tausend Stück Zecken haben, wenn ich wollte.»

«Na, warum willst du dann nicht? Weil du genau weißt, daß du nicht kannst. Das hier ist eine ziemlich frühe Zecke, schätze ich. Ist die erste, die ich dies Jahr gesehn hab.»

«Hör mal, Huck, ich geb dir dafür meinen Zahn.»

«Zeig mal her.»

Tom holte ein Stück Papier hervor und rollte es sorgsam auseinander. Huckleberry sah den Zahn verlangend an. Die Versuchung war sehr groß. Endlich fragte er: «Ist er denn auch echt?»

Tom zog die Lippe hoch und zeigte seine Zahnlücke.

«Na, ist gut», meinte Huckleberry, «abgemacht.»

Tom schloß die Zecke in die Zündhütchenschachtel ein, die noch vor kurzem das Gefängnis des Kneifkäfers gewesen war; dann trennten sich die Jungen, und jeder von ihnen fühlte sich reicher als zuvor.

Als Tom bei dem kleinen, allein stehenden hölzernen Schulhaus angelangt war, trat er voller Schwung ein, wie einer, der mit ehrlicher Eile hergekommen ist. Er hängte seinen Hut auf einen Haken und warf sich mit geschäftsmäßiger Beflissenheit auf seinen Platz. Der Lehrer, der droben auf seinem großen Korbsessel thronte, döste vor sich hin, vom schläfrigen Gesumm der Lernenden eingelullt. Die Unterbrechung weckte ihn auf.

«Thomas Sawyer!»

Tom wußte: wenn sein Name unverkürzt ausgesprochen wurde, so bedeutete das Verdruß.

«Jawohl, Herr Lehrer.»

«Komm mal hier rauf, Freundchen; weshalb bist du schon wieder zu spät gekommen?»

Tom wollte sich gerade in eine Notlüge flüchten, als er zwei lange gelbe Zöpfe einen Rücken herabhängen sah, den er mit dem Scharfblick der Liebe erkannte, und daneben war *der einzig leere Platz* auf der Mädchenseite. Sofort sagte er: «ICH BIN STEHENGEBLIEBEN UND HAB MICH MIT HUCKLEBERRY FINN UNTERHALTEN.»

Dem Lehrer stand das Herz still, und er starrte Tom hilflos an. Das Gesumm der Lernenden hörte auf; die Schüler fragten sich, ob dieser tollkühne Junge wohl den Verstand verloren habe. Der Lehrer sagte: «Du hast – was hast du getan?»

«Bin stehengeblieben und hab mich mit Huckleberry Finn unterhalten.»

Die Worte waren nicht mißzuverstehen.

«Thomas Sawyer, das ist das erstaunlichste Geständnis, das ich je gehört habe; für dieses Vergehen genügen ein paar mit der Rute nicht. Zieh die Jacke aus.»

Der Arm des Lehrers schlug zu, bis er ermüdete und der Vorrat an Ruten merklich zusammengeschmolzen war. Dann erfolgte der Befehl: «So, Freundchen, jetzt geh und setz dich zu den *Mädchen.* Und laß dir das zur Warnung dienen.»

Das allgemeine Gekicher schien den Jungen in Verlegenheit zu bringen; in Wirklichkeit aber war es die ehrerbietige Scheu, die er vor seinem unbekannten Idol empfand, und die bange Freude über sein Glück, was ihn verlegen machte. Er setzte sich auf das Ende der Bank aus Tannenholz, und das Mädchen rückte von ihm ab, wobei es den Kopf in den Nakken warf. Ein Anstoßen, Zwinkern und Flüstern durchlief den Raum; Tom aber saß still, die Arme auf das lange, niedrige Pult vor ihm gestützt, und schien in sein Buch vertieft. Nach und nach ließ die allgemeine Aufmerksamkeit von ihm ab, und das gewohnte Schulgemurmel erhob sich wieder. Nun begann der Junge, dem Mädchen verstohlene Blicke zuzuwerfen. Sie bemerkte es, zog ihm eine «Schnute» und drehte ihm eine Minute lang den Hinterkopf zu. Als sie sich vorsichtig wieder umwandte, lag ein Pfirsich vor ihr. Sie stieß ihn fort, Tom legte ihn sanft wieder zurück; sie stieß ihn von neuem fort, diesmal aber weniger ablehnend. Tom legte ihn geduldig wieder auf seinen Platz; da ließ sie ihn liegen. Tom kritzelte auf seine Tafel: «Bitte nimm ihn – ich habe noch mehr.» Das Mädchen blickte auf die Worte, verzog aber keine Miene. Jetzt begann der Junge, etwas auf seine Tafel zu zeichnen, wobei er sein Werk mit der linken Hand versteckte. Eine Zeitlang wollte das Mädchen es nicht zur Kenntnis nehmen; bald aber begann sich durch kaum wahrnehmbare Anzeichen eine menschliche Neugier bei ihr bemerkbar zu machen. Der Junge arbeitete weiter, scheinbar ohne sich ihrer Aufmerksamkeit bewußt zu sein. Das Mädchen unternahm einen zu nichts verpflichtenden Versuch, die Zeichnung zu sehen;

der Junge verriet aber in keiner Weise, daß er es bemerkt hatte.

Endlich gab sie nach und flüsterte zögernd: «Laß mich mal sehen.»

Tom enthüllte nun teilweise die traurige Karikatur eines Hauses mit zwei Giebelenden, aus dessen Schornstein korkzieherförmiger Rauch aufstieg. Jetzt begann das Werk das Interesse des Mädchens zu fesseln, und sie vergaß alles übrige. Als es beendet war, staunte sie es einen Augenblick an und flüsterte dann: «Sieht hübsch aus – mal einen Mann dazu.»

Der Künstler errichtete im Vorgarten einen Mann, der einem Ladebaum glich. Er hätte über das Haus hinwegtreten können; das Mädchen war jedoch nicht übermäßig kritisch; sie war mit dem Ungeheuer zufrieden und flüsterte: «Ein wunderschöner Mann – jetzt male mich, wie ich daherkomme.»

Tom zeichnete eine Sanduhr mit einem Vollmond darauf und versah sie mit Strohhalmen als Gliedern; die ausgebreiteten Finger bewaffnete er mit einem ungeheuren Fächer. Das Mädchen sagte: «Wie hübsch – ich wollte, ich könnte zeichnen.»

«Es ist ganz leicht», flüsterte Tom. «Ich werd's dir beibringen.»

«Wirklich? Wann denn?»

«In der Mittagspause. Gehst du zum Essen nach Hause?»

«Wenn du dableibst, bleibe ich auch.»

«Gut, abgemacht. Wie heißt du?»

«Becky Thatcher. Wie heißt du? Ach, ich weiß. Thomas Sawyer.»

«So nennen sie mich, wenn sie mich verprügeln. Eigentlich heiße ich Tom. Du nennst mich Tom, ja?»

«Ja.»

Jetzt begann Tom etwas auf die Schiefertafel zu kritzeln und die Worte vor dem Mädchen zu verbergen. Diesmal aber zierte sie sich nicht, sondern bat ihn, es sie sehen zu lassen. Tom sagte: «Ach, es ist nichts.»

«Doch, es ist was.»

«Nein, es ist nichts, es interessiert dich gar nicht.»

«Doch, wirklich. Bitte laß mich's mal sehen.»

«Du verrätst es doch nur.»

«Nein, ich verrat's nicht – doppeltes großes Ehrenwort.»

«Du sagst es bestimmt keinem Menschen? Solange du lebst nicht?»

«Nein, ich sag's niemand. Jetzt zeig's mir mal.»

«Ach, es interessiert dich ja gar nicht!»

«Jetzt grade, wenn du mich so behandelst, Tom» – und sie legte ihre schmale Hand auf die seine, worauf sich eine kleine Balgerei entspann. Tom tat, als leiste er ihr ernsthaft Widerstand, ließ aber seine Hand nach und nach beiseite gleiten, bis sie die Worte «Ich liebe dich» freiließ.

«Bist du aber ein frecher Kerl!» Sie versetzte seiner Hand einen scharfen Klaps, errötete aber und sah aus, als freue sie es doch.

Gerade in diesem kritischen Augenblick fühlte sich der Junge mit schicksalhaftem Griff am Ohr gepackt und von einem stetigen Antrieb in die Höhe gehoben. Wie in einen Schraubstock eingeklemmt, wurde er durch den Raum befördert und auf seinem richtigen Platz abgesetzt, unter dem aufreizenden Gelächter der ganzen Schule. Dann stand der Lehrer einige schreckliche Augenblicke lang über ihn gebeugt und begab sich schließlich fort auf seinen Thron, ohne ein Wort gesagt zu haben. Obgleich Tom das Ohr brannte, war sein Herz doch voller Jubel.

Nachdem die Schule wieder zur Ruhe gekommen war, bemühte er sich ehrlich zu lernen, aber der Aufruhr, der in ihm tobte, war allzugroß. Erst beteiligte er sich am Lesen und versagte schmählich, danach hatte er Erdkunde und verwandelte Seen in Berge, Berge in Flüsse und Flüsse in Erdteile, bis ein Chaos hereingebrochen war; daraufhin kam er beim Buchstabieren an die Reihe und verhaspelte sich bei einer Folge von kinderleichten Wörtern, bis er der Allerletzte in der Klasse war und die Zinnmedaille wieder abgeben mußte, die er monatelang als Auszeichnung stolz getragen hatte.

7. Kapitel

Zecken-Rennen und ein gebrochenes Herz

Je eifriger sich Tom bemühte, seine Aufmerksamkeit auf sein Buch zu konzentrieren, um so mehr irrten seine Gedanken ab. So gab er es denn schließlich mit einem Seufzer und einem Gähnen auf. Ihm schien, als ob die Mittagspause niemals kommen werde. Die Luft war totenstill. Nicht der leiseste Windhauch regte sich. Es war der schläfrigste aller Tage. Das einlullende Gemurmel der fünfundzwanzig lernenden Schüler umhüllte die Seele wie das magische Gesumm der Bienen. Fern im flammenden Sonnenschein stiegen die grünen Hänge des Cardiff-Hügels auf, hinter einem flimmernden Hitzeschleier, durch die Entfernung violett gefärbt; auf trägen Schwingen schwebten hoch oben am Himmel ein paar Vögel; sonst war kein lebendes Wesen zu sehen, außer einigen Kühen, und die schliefen.

Tom lechzte danach, frei zu sein oder wenigstens irgend etwas Interessantes unternehmen zu können, damit die eintönige Zeit verginge. Seine Hand wanderte in die Tasche, und sein Gesicht erhellte sich voller Dankbarkeit, die ein Gebet war, obgleich er das nicht wußte. Verstohlen kam die Zündhütchenschachtel zum Vorschein. Er befreite die Zecke und setzte sie auf das lange flache Pult. Wahrscheinlich empfand das Geschöpf in diesem Augenblick ebenfalls eine Dankbarkeit, die einem Gebet gleichkam; aber das war voreilig, denn als es sich frohlockend entfernen wollte, schob Tom es mit einer Nadel herum und zwang es, seine Richtung zu ändern.

Neben Tom saß sein Busenfreund, der ebenso litt, wie Tom gelitten hatte, und im Nu erfüllte ihn ein tiefes und dankbares Interesse an dieser Unterhaltung. Der Busenfreund war Joe Harper. Die ganze Woche über waren die beiden Jungen unzertrennliche Freunde, samstags aber waren sie zur Schlacht bereite Feinde. Joe zog jetzt eine Stecknadel aus seinem Jackenaufschlag und begann, sich daran zu beteiligen, den Gefangenen exerzieren zu lassen. Die Belustigung wurde von Augenblick zu Augenblick interessanter. Bald darauf meinte Tom, sie behelligten sich gegenseitig, und so habe keiner den rechten Genuß von dem Spiel mit der Zecke. Deshalb legte er Joes Schiefertafel auf das Pult und zog darauf in der Mitte von oben nach unten eine Linie.

«So», sagte er, «solange sie auf deiner Seite ist, kannst du sie schubsen, und ich laß sie in Ruh, wenn du sie aber fortläßt und sie auf meine Seite krabbelt, dann mußt du sie zufriedenlassen, solange ich sie dran hindern kann, wieder rüberzulaufen.»

«Also gut, mach los – stups sie an.»

Die Zecke entfloh Tom schon bald und überquerte den Äquator. Ein Weilchen quälte sie Joe, dann entkam sie und begab sich auf die andere Seite zurück. So wechselte sie häufig das Feld. Während der eine Junge voll gespannten Interesses die Zecke piesackte, sah ihm der andere mit ebenso großem Interesse zu; die beiden Köpfe beugten sich über die Tafel, und die beiden Seelen waren unempfänglich für alles, was ringsum geschah. Endlich schien sich das Glück Joe zuzuwenden und bei ihm verharren zu wollen. Die Zecke versuchte, nach dieser oder jener Seite zu laufen, und war ebenso aufgeregt und besorgt wie die Jungen selbst, aber jedesmal, wenn der Sieg sozusagen schon greifbar war und Toms Finger bereits zuckte, um zu beginnen, lenkte Joes Nadel das Tier gewandt um und sicherte den Besitz. Endlich konnte Tom es nicht länger aushalten. Die Versuchung war zu groß. Er streckte die Hand aus und half mit seiner Nadel ein wenig nach. Joe wurde sogleich wütend. Er sagte: «Tom, laß sie in Ruh.»

«Ich will sie doch nur ein bißchen schubsen, Joe.»

«Nein, mein Lieber, das ist unfair; laß sie schön zufrieden.»

«Zum Donnerwetter, ich schubse ja fast gar nicht.»

«Laß sie zufrieden, sag ich dir!»

«Ich denk ja nicht dran.»

«Doch, du mußt – sie ist auf meiner Seite vom Strich.»

«Hör mal zu, Joe Harper – wem gehört denn eigentlich die Zecke?»

«Ist mir doch wurscht, wem sie gehört – sie ist auf meiner Seite vom Strich, und du faßt sie nicht an.»

«Das wolln wir ja mal sehen. Mir gehört sie, und ich mach mit ihr, was mir paßt, oder der Schlag soll mich treffen.»

Ein fürchterlicher Hieb sauste auf Toms Schultern hernieder, ein Zwillingsbruder dieses Hiebes fiel auf Joe, und zwei Minuten lang wirbelte unaufhaltsam Staub von ihren beiden Jacken auf, zur Freude der ganzen Schule. Die Jungen waren viel zu vertieft gewesen, um die Stille zu bemerken, die sich vor einer Weile in der Klasse ausgebreitet hatte, als der Lehrer auf Zehenspitzen durch den Raum geschlichen und hinter sie getreten war. Dort hatte er ein gut Teil der Vorstellung mit angesehen, bevor er auf seine Weise für Abwechslung dabei gesorgt hatte.

Als die Schüler endlich zur Mittagspause entlassen worden waren, stürzte Tom auf Becky Thatcher zu und flüsterte ihr ins Ohr: «Setz dir die Mütze auf und tu, als wenn du nach Hause gingst; wenn du dann an der Ecke bist, läufst du den anderen fort, kehrst um und kommst durch die Gasse zurück. Ich geh andersrum und führ sie genauso an.»

So ging der eine von ihnen mit einem Trupp Schulkinder davon und der andere mit einem zweiten. Nach einer kleinen Weile trafen sie sich am Ende der Gasse, und als sie wieder in die Schule kamen, hatten sie diese ganz für sich allein. Sie setzten sich nebeneinander, eine Schiefertafel vor sich; Tom gab Becky den Griffel, nahm ihre Hand, führte sie und schuf so wieder ein bemerkenswertes Haus. Als das Interesse an der Kunst zu erlahmen begann, gerieten die beiden ins Plaudern. Tom war eitel Wonne. Er sagte: «Magst du Ratten gern?»

«Nein, ich kann sie nicht ausstehen!»

«Ich ja auch nicht – lebendige. Aber ich meine tote, die man mit einer Schnur um den Kopf schwingt.»

«Nein, ich mach mir überhaupt nicht viel aus Ratten. Ich hab nun wieder Kaugummi gern!»

«Natürlich! Ich wünschte, ich hätt jetzt welchen.»

«Wirklich? Ich hab welchen. Ich laß dich ein bißchen kauen, aber du mußt ihn mir wieder zurückgeben.»

Darüber ließ sich reden, und so kauten sie abwechselnd und ließen im Übermaß der Zufriedenheit die Beine gegen die Bank baumeln.

«Bist du schon mal im Zirkus gewesen?» fragte Tom.

«Ja, und wenn ich artig bin, nimmt mich mein Papa nächstes Mal wieder mit.»

«Ich bin schon drei- oder viermal im Zirkus gewesen – x-mal schon. Die Kirche ist ein Dreck gegen den Zirkus. Da ist immerzu was los. Wenn ich groß bin, werd ich Zirkusclown.»

«Tatsächlich? Das wird aber prima. Die sind so hübsch überall gesprenkelt.»

«Ja, stimmt. Und Geld kriegen sie auch wie Heu – fast

einen Dollar pro Tag, sagt Ben Rogers. Hör mal, Becky, bist du schon mal verlobt gewesen?»

«Was ist denn das?»

«Na, verlobt, um später zu heiraten.»

«Nein.»

«Möchtest du gern?»

«Ich glaub schon. Ich weiß nicht. Wie ist denn das?»

«Wie? Na, wie gar nichts. Du sagst einfach zu einem Jungen, du würdest nie einen anderen nehmen als nur ihn, nie – niemals, und dann küßt ihr euch, und das ist alles. Kann jeder.»

«Küssen? Wozu denn das?»

«Ja, das ist, weißt du, um – na, sie machen's eben immer so.»

«Alle Leute?»

«Natürlich, alle, die ineinander verliebt sind. Weißt du noch, was ich auf die Tafel geschrieben hab?»

«J–ja.»

«Was denn?»

«Das sag ich nicht.»

«Soll ich's sagen?»

«J–ja, aber ein andermal.»

«Nein, jetzt.»

«Nein, jetzt nicht – morgen.»

«Oh, nein, jetzt, bitte, Becky. Ich flüster's nur, ich flüster's ganz, ganz leise.»

Da Becky zögerte, nahm Tom ihr Schweigen für Zustimmung, legte ihr den Arm um die Hüfte und flüsterte, den Mund an ihrem Ohr, ganz leise das magische Wort. Dann fügte er hinzu: «Jetzt flüster du mir's zu – genauso.»

Eine Weile sträubte sie sich, dann sagte sie: «Dreh das Gesicht weg, damit du nichts sehen kannst, dann sag ich's.

Du darfst's aber nie jemand erzählen – hörst du, Tom? Bestimmt nicht – hörst du?»

«Nein, ganz, ganz bestimmt nicht. Jetzt, Becky.»

Er wandte das Gesicht ab. Sie beugte sich schüchtern zu ihm, bis ihr Atem seine Locken streifte, und flüsterte dann: «Ich – liebe – dich!»

Dann sprang sie davon und lief rings um die Bänke und Pulte und Tom hinter ihr her, bis sie sich endlich in eine Ecke flüchtete und das Gesicht hinter ihrer kleinen weißen Schürze verbarg. Tom umhalste sie und bat: «So, Becky, jetzt ist alles vorbei, alles, außer dem Kuß. Davor brauchst du keine Angst zu haben – das ist gar nichts. Bitte, Becky.»

Er zog sie an der Schürze und an den Händen.

Allmählich gab sie nach und ließ die Hände sinken; ihr Gesicht, das noch ganz gerötet war, wurde sichtbar und fügte sich. Tom küßte ihr die roten Lippen und sagte: «Nun ist alles erledigt, Becky. Und von jetzt an, weißt du, darfst du nie jemand lieben als nur mich, und darfst nie jemand heiraten als nur mich, nie, nie und nimmer. Ja?»

«Nein, ich werde nie einen anderen lieben als dich, Tom, und ich werde nie einen anderen heiraten als nur dich, und du darfst auch nie jemand anders heiraten als nur mich.»

«Aber sicher. Natürlich nicht. Das gehört ja dazu. Und immer, wenn du zur Schule kommst oder auf dem Heimweg, mußt du mit mir gehen, wenn keiner guckt – und bei Gesellschaften wählst du mich und ich dich, so macht man's, wenn man verlobt ist.»

«Das ist aber hübsch. Das hab ich noch nie gehört.»

«Oh, das ist mächtig lustig! Was denkst du, als ich und Amy Lawrence...»

Ihre großen Augen sagten Tom, was für einen Schnitzer er gemacht hatte, und verwirrt hielt er inne.

«Ach, Tom! Dann bin ich ja gar nicht die allererste, mit der du dich verlobt hast!»

Das Kind begann zu weinen. Tom sagte: «Ach, Becky, wein doch nicht. Ich mach mir doch gar nichts mehr aus ihr.»

«Doch, Tom, du machst dir noch was aus ihr, das weißt du ganz genau.»

Er versuchte, ihr den Arm um den Hals zu legen; sie stieß ihn jedoch fort, wandte das Gesicht zur Wand und fuhr fort zu weinen. Tom versuchte es noch einmal mit besänftigenden Worten und wurde wiederum abgewiesen. Dann regte sich sein Stolz; er schritt davon und ging hinaus. Eine Zeitlang stand er draußen voller Unruhe und Unbehagen herum, blickte hin und wieder auf die Tür und hoffte, sie werde Reue empfinden und herauskommen, um ihn zu suchen. Aber sie kam nicht. Dann begann er, sich unglücklich zu fühlen und zu befürchten, er sei im Unrecht. Der Entschluß, noch mal einen Annäherungsversuch zu machen, kostete ihn einen harten Kampf; er faßte sich jedoch ein Herz und trat ein. Sie stand noch immer dort hinten in der Ecke und schluchzte, das Gesicht zur Wand gekehrt. Tom war ergriffen. Er ging zu ihr und stand einen Augenblick da, ohne genau zu wissen, wie er es nun anstellen sollte. Dann sagte er zögernd: «Becky, ich – ich mach mir aus niemand was als nur aus dir allein.»

Keine Antwort – nur Schluchzen.

«Becky», erklang es bittend, «Becky – willst du denn gar nichts sagen?»

Wieder nur Schluchzen.

Tom holte sein kostbarstes Kleinod hervor, einen Messingknopf, der von der Spitze eines Feuerbockes stammte, legte den Arm um sie, hielt ihn so, daß sie ihn sehen konnte, und sagte: «Bitte, Becky, willst du den nicht haben?»

Sie schlug ihm den Knopf aus der Hand. Da ging Tom aus dem Haus, über die Hügel und weit fort; er kehrte an diesem Tage nicht mehr in die Schule zurück. Becky begann schon bald, ihn zu vermissen. Sie lief zur Tür, er war nirgends zu sehen; sie rannte um das Haus zum Spielplatz, aber auch dort war er nicht. Nun rief sie: «Tom! Komm zurück, Tom!»

Sie lauschte gespannt, aber keine Antwort erklang. Um sie war nur Schweigen und Einsamkeit. So setzte sie sich nieder, um von neuem zu weinen und sich Vorwürfe zu machen, und jetzt kamen die Schüler, um sich wieder zu versammeln; daher mußte sie ihren Kummer verbergen, ihr gebrochenes Herz zur Ruhe zwingen und das Kreuz eines langen, öden, schmerzvollen Nachmittags auf sich nehmen, ohne unter den Fremden, die sie umgaben, jemanden zu haben, mit dem sie ihren Kummer hätte teilen können.

8. Kapitel

Ein kühner Pirat

Tom schlüpfte im Zickzack durch Gassen davon, bis er weit ab von dem Weg war, auf dem die Schüler zur Schule kamen; dann fiel er in einen verdrießlichen Trott. Zwei-, dreimal sprang er über einen kleinen Bach, weil unter den Jungen die abergläubische Vorstellung herrschte, man leite Verfolger irre, wenn man Wasser überquerte. Eine halbe Stunde darauf verschwand er hinter der Douglasschen Villa, die auf dem Gipfel des Cardiff-Hügels stand; weit weg im Tal, das er hinter sich gelassen hatte, lag das Schulhaus und war kaum noch zu erkennen. Er kam nun in einen dichten Wald, suchte sich seinen Weg ins Innere und ließ sich auf einem moosigen Flecken unter einer breitausladenden Eiche nieder. Nicht das leiseste Lüftchen regte sich; die bleierne Mittagshitze hatte sogar die Lieder der Vögel zum Verstummen gebracht; die Natur lag in einem Zustand der Entrückung, der von keinem Laut unterbrochen wurde als nur vom gelegentlichen fernen Hämmern eines Spechts, und das schien das Schweigen und die Einsamkeit, die hier herrschten, nur noch zu vertiefen. Des Jungen Seele war in Schwermut getaucht; seine Gefühle stimmten auf harmonische Weise mit seiner Umgebung überein. Lange saß er da, die Ellbogen auf den Knien und das Kinn in die Hand gestützt, und dachte nach. Ihm schien, das Leben sei im besten Fall nur Mühsal, und fast beneidete er Jimmy Hodges, der erst vor so kurzer Zeit erlöst worden war. Es müßte etwas sehr Friedliches sein, dachte er, so dazuliegen, zu schlummern und für ewige Zeiten zu träumen, während der Wind in den Zweigen flüsterte und das Gras und die Blumen auf dem Grab streichelte; dann gäbe es nichts mehr, um das man sich Gedanken machen und grämen müßte – nie mehr. Wenn er nur in der Sonntagsschule tadellos dastünde, könnte er bereit sein, zu gehen und alles hinter sich zu lassen. Was jetzt dieses Mädchen betraf: was hatte er denn getan? Gar nichts. Das Allerbeste hatte er gewollt, und wie ein Hund war er behandelt worden – wie ein Hund. Eines Tages täte es ihr leid – vielleicht, wenn es zu spät war. Ach, könnte er doch wenigstens *vorübergehend* sterben!

Das elastische Herz der Jugend läßt sich jedoch nicht für lange in ein und dieselbe enge Form pressen. Schon bald begann Tom, sich unmerklich wieder mit den Dingen dieses Lebens zu beschäftigen. Was wäre, wenn er allem den Rükken kehrte und auf geheimnisvolle Weise verschwände? Wenn er fortginge – ganz weit weg, in ferne Länder jenseits des Ozeans – und nie mehr zurückkehrte! Was empfände sie dann? Der Gedanke, Clown zu werden, kam ihm von neuem, erfüllte ihn aber jetzt mit Abscheu. Denn Frivolitäten, Späße und ein buntes Trikot wirkten beleidigend, wenn sie sich einem Geist aufdrängten, der sich in das ungewisse, erhabene Reich der Romantik erhoben hatte. Nein, ein Soldat wollte er werden und nach langen Jahren erschöpft und berühmt zurückkehren. Nein, besser wäre noch, wenn er zu den Indianern ginge, Büffel jagte und sich in den Gebirgen und den pfadlosen weiten Ebenen des fernen Westens auf den Kriegspfad begäbe; viel später einmal konnte er dann als großer Häuptling im Federschmuck und gräßlich bemalt zurückkehren, um an einem schläfrigen Sonntagmorgen mit einem Kriegsgeheul, das allen das Blut in den Adern erstarren ließe, in die Sonntagsschule zu kommen, so daß allen seinen Kameraden vor blassem Neid die Augen brannten. Aber nein, es gab noch etwas Größeres als selbst das. Ein Pirat wollte er werden! Das war's. Jetzt lag seine Zukunft deutlich vor ihm und strahlte in unvorstellbarem Glanz. Wie sollte sein Name in der Welt widerhallen und die Menschen zum Schaudern bringen! Wie glorreich wollte er in seinem langen, schwarzen, wie ein Pfeil dahinfliegenden Schiff, dem «Sturmgeist», die tanzenden Wellen durchpflügen, die graue Fahne auf dem Vortoppmast! Und wie wollte er dann, auf der Höhe seines Ruhmes angelangt, plötzlich in dem alten Städtchen auftauchen und wettergebräunt in die Kirche treten, in sein schwarzes Sammetwams, seine Pumphosen und seine hohen Reiterstiefel gekleidet, die purpurne Schärpe umgeschlungen, den Gürtel mit Reiterpistolen gespickt, den von Verbrechen rostigen Säbel an der Seite, den Schlapphut mit den wehenden Federn auf dem Kopf, seine schwarze Fahne mit dem Totenschädel und den gekreuzten Totenbeinen entfaltet, während er mit wachsender Verzükkung dem Geflüster lauschte: «Tom Sawyer ist das, der Pirat! Der schwarze Rächer der spanischen Meere!»

Ja, es war entschieden, seine Laufbahn stand fest. Er wollte von zu Hause fortlaufen und sie beginnen. Schon gleich morgen früh wollte er das tun. Darum mußte er bereits jetzt an die Vorbereitungen gehen. Er wollte alle seine Mittel zusammentragen. Er trat zu einem in der Nähe stehenden alten Baumstumpf und begann, mit seinem Barlow-Messer unter dem einen Ende zu graben. Bald stieß er auf Holz, das hohl klang. Er legte die Hand darauf und sprach eindringlich die Beschwörungsformel: «Was noch nicht hier ist, *komme*! Was hier ist, *bleibe*!»

Dann scharrte er die Erde fort und legte ein Stück Tannenholz frei. Er nahm es auf und enthüllte eine schmucke kleine

Schatzkammer, deren Boden und Seiten mit Holz verkleidet waren. Darin lag eine Murmel. Toms Erstaunen war grenzenlos! Er kratzte sich mit verdutzter Miene am Kopf und sagte: «Na, da hört doch alles auf!»

Dann warf er die Murmel ärgerlich fort und überlegte. Tatsache war, daß hier eine abergläubische Vorschrift, die er und alle seine Spielkameraden stets für unfehlbar gehalten hatten, versagt hatte. Wenn man eine Murmel mit gewissen notwendigen Beschwörungsformeln begrub, sie zwei Wochen liegen ließ und das Loch dann mit der Beschwörungsformel, die Tom soeben gesprochen hatte, wieder öffnete, stellte man fest, daß sich alle Murmeln, die einem je verlorengegangen waren, inzwischen dort versammelt hatten, gleichgültig, wie weit sie verstreut gewesen waren. Und jetzt erwies sich die Sache wirklich und eindeutig als mißglückt. Das ganze Gefüge der Glaubensgrundsätze Toms war bis in die Grundfesten erschüttert. Wie oft hatte er nicht von dem Gelingen des Unternehmens gehört, noch nie aber davon, daß es bereits einmal mißglückt sei. Es kam ihm gar nicht in den Sinn, daß er selbst es schon mehrmals versucht, hinterher aber nie das Versteck wiedergefunden hatte. Einige Zeit zerbrach er sich den Kopf, wie alles wohl zusammenhinge, und endlich kam er zu dem Schluß, eine Hexe müsse eingegriffen und den Zauber unwirksam gemacht haben. Er wollte sich hierüber Gewißheit verschaffen und suchte deshalb die Umgebung ab, bis er einen schmalen Sandflecken gefunden hatte, der eine kleine trichterförmige Vertiefung aufwies. Er legte sich auf den Boden, hielt den Mund dicht an die Vertiefung und rief:

«Ameisenbär, Ameisenbär, sag mir, was ich wissen will!
Ameisenbär, Ameisenbär, sag mir, was ich wissen will!»

Im Sand begann es zu arbeiten; gleich darauf erschien eine Sekunde lang ein kleiner schwarzer Käfer und zog sich dann sofort erschreckt wieder zurück.

«Er traut sich nicht, es zu sagen! Es war also wirklich eine Hexe, die's gemacht hat. Hab ich mir doch gedacht!»

Da er genau wußte, wie nutzlos es ist, mit Hexen zu streiten, gab er es entmutigt auf. Dann fiel ihm ein, er könne wenigstens die Murmel wiederhaben, die er soeben fortgeworfen hatte, und deshalb machte er sich geduldig daran, sie zu suchen. Er konnte sie jedoch nicht finden. Jetzt kehrte er zu seiner Schatzkammer zurück und stellte sich sorgfältig genau so auf, wie er vorhin gestanden hatte, als er die Murmel fortwarf; dann zog er eine zweite aus der Tasche, schleuderte sie in dieselbe Richtung wie die erste und sagte: «Bruder, geh und such den Bruder!»

Er paßte auf, wo sie niederfiel, ging hin und hielt Umschau. Sie mußte aber zu kurz oder zu weit geflogen sein, deshalb versuchte er es noch zweimal. Beim letztenmal hatte er Erfolg. Die beiden Murmeln lagen nur einen Fuß auseinander.

In diesem Augenblick ertönte eine blecherne Spielzeugtrompete gedämpft durch das grüne Gewölbe des Waldes. Tom riß sich die Jacke und die Hose vom Leibe, verwandelte seinen Hosenträger in einen Gürtel, schob ein wenig Gestrüpp beiseite, das hinter dem alten Baumstumpf lag, und brachte einen primitiven Bogen samt Pfeilen, ein Schwert, das aus einer Latte gefertigt war, und eine Blechtrompete zum Vorschein; im Nu hatte er sie ergriffen und sprang mit nackten Beinen und im flatternden Hemd davon. Unter einer großen Ulme machte er halt und ließ zur Antwort die Trompete erschallen; dann begann er, auf Zehenspitzen hin und her zu gehen und wachsam nach allen Seiten zu spähen.

Vorsichtig mahnte er eine – nur in seiner Einbildung existierende – Schar von Begleitern: «Zurück, meine wackren Männer! Haltet euch verborgen, bis ich ins Horn stoße!»

Jetzt erschien Joe Harper, ebenso luftig bekleidet und schwer bewaffnet wie Tom. Dieser rief: «Halt! Wer kommt da ohne meine Ermächtigung in den Forst von Sherwood?»

«Guy von Guisborne bedarf keines Menschen Ermächtigung! Wer seid Ihr, der Ihr... der Ihr...»

«...es wagt, eine solche Sprache zu führen», half Tom nach, denn sie sprachen «nach dem Buch», aus dem Gedächtnis.

«Wer seid Ihr, der Ihr es wagt, eine solche Sprache zu führen?

«Ich? Sehr wohl. Ich bin Robin Hood, und Eure elenden Knochen sollen es alsbald erfahren.»

«Ihr wäret in der Tat jener berühmte Geächtete? So will ich denn recht freudig mit Euch streiten um das Recht, durch diesen ergötzlichen Wald zu ziehen. Seht Euch vor!»

Sie zogen ihre Lattenschwerter, ließen ihre übrigen Habseligkeiten zu Boden fallen, nahmen Fechtstellung ein, Fuß an Fuß, und begannen ernsthaft und vorsichtig ein den Regeln gemäßes Gefecht: «Zweimal oben gekreuzt, zweimal unten gekreuzt.» Nach einiger Zeit sagte Tom: «Wenn du's jetzt kapiert hast, wolln wir mal ein bißchen loslegen.»

So «legten sie los» und schnauften und schwitzten bei der Arbeit. Nach einer Weile rief Tom: «Fall doch! So fall doch! Warum fällst du denn nicht?»

«Mach ich nicht! Warum fällst du denn nicht selbst? Du kriegst ja das Schlimmste ab!»

«I wo, das ist gar nichts. *Ich* kann doch gar nicht fallen. So steht's ja nicht im Buch. Im Buch steht: ‹Dann fällte er den armen Guy von Guisborne mit einem einzigen, von links nach rechts geführten Streich.› Du mußt dich umdrehen und mich dich von hinten erschlagen lassen.»

Eine solche Autorität ließ sich nicht umgehen, und so drehte sich Joe um, empfing den Hieb und fiel zu Boden.

«So», sagte er und stand auf. «Jetzt mußt du mich aber auch dich töten lassen. Das ist nur gerecht.»

«Aber das kann ich doch nicht. Das steht ja nicht im Buch.»

«Mensch, das ist aber eine Gemeinheit!»

«Weißt du was, Joe, du kannst ja der Mönch Tuck sein oder Much der Müllerssohn, und mich mit einem Schlagholz dreschen; oder ich bin der Sheriff von Nottingham, und du bist für eine Weile Robin Hood und tötest mich.»

Das war eine befriedigende Lösung, und so wurden diese Abenteuer in die Tat umgesetzt. Dann wurde Tom wieder Robin Hood, und die verräterische Nonne ließ ihn an seiner vernachlässigten Wunde verbluten. Zum Schluß schleifte ihn Joe, der einen ganzen Stamm klagender Räuber verkörperte, traurig mit sich; er gab ihm den Bogen in die schwachen Hände, und Tom sagte: «Wo dieser Pfeil niederfällt, dort begrabt den armen Robin Hood unter dem grünenden Baum.» Dann schoß er den Pfeil ab und sank zurück und wäre eigentlich gestorben; er landete jedoch auf einer Brennessel und sprang, für eine Leiche allzu munter, wieder auf.

Die Jungen kleideten sich an, versteckten ihre Ausrüstung und zogen davon, voller Kummer, daß es keine Räuber mehr gab, und sie fragten sich, was ihnen die moderne Zivilisation als Ausgleich für diesen Verlust wohl zu bieten habe. Sie meinten, lieber wollten sie ein Jahr lang Räuber im Forst von Sherwood als für immer Präsident der Vereinigten Staaten sein.

9. Kapitel
Tragödie auf dem Friedhof

Wie gewöhnlich wurden Tom und Sid an diesem Abend um halb zehn Uhr zu Bett geschickt. Sie sprachen ihr Gebet, und Sid schlief bald ein. Tom lag wach und wartete voller Ungeduld. Als ihm schien, der Morgen müsse schon bald heraufdämmern, hörte er die Uhr zehn schlagen! Es war zum Verzweifeln. Er hätte sich herumgewälzt und sich nervös hin und her geworfen, wenn er nicht gefürchtet hätte, Sid aufzuwecken. So lag er denn reglos da und starrte in die Finsternis. Alles war schrecklich still. Nach und nach drängten sich aber aus dieser Stille kleine, kaum vernehmbare Geräusche. Das Ticken der Uhr begann überlaut zu werden. Alte Balken begannen, auf geheimnisvolle Weise zu knakken. Die Treppenstufen knarrten leise. Offensichtlich trieben sich Geister herum. Ein gleichmäßiges, gedämpftes Schnarchen kam aus Tante Pollys Schlafzimmer. Und jetzt setzte das Zirpen eines Heimchens ein, von dem kein Mensch festzustellen vermochte, woher es kam. Als nächstes brachte das gräßliche Ticken einer Totenuhr in der Wand am Kopfende von Toms Bett einen zum Schaudern – es bedeutete, daß jemand sterben mußte. Danach stieg in der Ferne das Geheul eines Hundes zum Nachthimmel empor und wurde von einem leiseren Geheul aus noch größerer Ferne beantwortet. Tom litt Qualen. Endlich war er davon überzeugt, daß die Zeit aufgehört und die Ewigkeit begonnen hatte; gegen seinen Willen schlummerte er ein; die Uhr schlug elf, er hörte es jedoch nicht. Und dann erklang, sich mit Toms halb gestaltlosen Träumen mischend, das höchst melancholische Gejammer eines Katers. Das Öffnen eines benachbarten Fensters störte ihn. Der Ruf: «Hau ab, du Biest!» und das Krachen einer leeren Flasche gegen die Hinterwand des Holzschuppens seiner Tante ließen Tom hellwach auffahren, und nur eine Minute später war er bereits angezogen und zum Fenster hinaus, und nun kroch er auf allen vieren das Dach des Vorbaus entlang. Er miaute dabei vorsichtig ein-, zweimal, sprang dann auf das Dach des Holzschuppens hinab und von da auf den Boden. Dort stand Huckleberry Finn mit seiner toten Katze. Die Jungen machten sich davon und verschwanden in die Dunkelheit. Eine halbe Stunde später wateten sie durch das hohe Friedhofgras.

Der Friedhof war von der alten, im Westen üblichen Art. Er lag auf einem Hügel etwa anderthalb Meilen vom Ort entfernt. Umgeben war er von einem wackligen Bretterzaun, der an manchen Stellen nach innen und an vielen nach außen lehnte, nirgends aber gerade stand. Gras und Unkraut überwucherten den ganzen Friedhof. Die alten Gräber waren alle eingesunken. Auf dem Friedhof gab es nicht einen Grabstein; statt dessen schwankten wurmstichige, oben gerundete Bretter über den Gräbern hin und her, vergeblich nach einer Stütze suchend. Dem Soundso «zum Andenken geweiht», war einmal darauf gemalt worden; bei den meisten hätte man es jetzt aber nicht mehr lesen können, auch wenn es hell gewesen wäre.

Ein leiser Wind ächzte in den Bäumen, und Tom fürchtete, es könnten die Geister der Toten sein, die sich beklagten, weil man sie störte. Die Jungen sprachen wenig und auch das nur flüsternd, denn Zeit und Ort sowie das hier herrschende feierliche Schweigen bedrückten sie. Sie fanden den scharf sich abhebenden neuen Erdhügel, den sie suchten, und verbargen sich hinter drei großen Ulmen, die wenige Fuß vom Grabe entfernt dicht beieinander wuchsen.

Nun warteten sie schweigend eine sehr lange Zeit, wie ihnen schien. Der ferne Schrei einer Eule war der einzige Laut, der die Totenstille unterbrach. Toms Gedanken begannen ihn zu bedrücken. Er mußte ein Gespräch in Gang bringen. Darum flüsterte er: «Hucky, was meinst du, ob's den Toten da unten wohl recht ist, daß wir hergekommen sind?»

Huckleberry wisperte: «Möcht ich selbst mal wissen. Furchtbar feierlich ist's hier, was?»

«Na, und ob!»

Darauf folgte eine lange Pause, während der die Jungen die Frage überdachten. Dann flüsterte Tom: «Hör mal, Hucky – meinst du, Ross Williams hört uns reden?»

«Klar hört er uns. Zumindest sein Geist.»

Tom, nach einer Weile: «Ich wollte, ich hätte Mister Williams gesagt. Aber ich hab mir nichts Böses dabei gedacht. Alle nennen sie ihn ja Ross.»

«Man kann nicht genug drauf achten, wie man von den Toten da redet, Tom.»

Das wirkte wie ein Dämpfer, und die Unterhaltung verstummte wieder. Nach einer Weile packte Tom seinen Kameraden am Arm und sagte: «Pst!»

«Was ist denn, Tom?»

Klopfenden Herzens hielten sich die beiden umschlungen.

«Pst! Da ist's wieder! Hast du nichts gehört?»

«Ich...»

«Da! Jetzt hörst du's.»

«Mein Gott, Tom, sie kommen! Bestimmt, sie kommen. Was machen wir bloß?»

«Weiß nicht. Meinst du, sie werden uns sehen?»

«Ach, Tom, die können doch im Dunkeln sehen, genau wie Katzen. Wenn ich nur nicht hergekommen wär.»

«Ach, hab doch keine Angst. Ich glaub nicht, daß sie uns was tun werden. Wir tun ja nichts Böses. Wenn wir uns ganz still verhalten, dann merken die vielleicht überhaupt nichts von uns.»

«Ich werd mir Mühe geben, Tom, aber mein Gott, ich zittre von oben bis unten!»

«Horch!»

Die Jungen neigten die Köpfe zueinander und atmeten kaum. Vom anderen Ende des Friedhofs hörte man gedämpft Stimmen.

«Da schau nur!» flüsterte Tom. «Was ist das?»

«Das ist ein Irrlicht. Ach, Tom, das ist ja furchtbar.» Ein paar vage Gestalten näherten sich durch die Finsternis; sie schwangen eine alte Blechlaterne, die den Boden mit zahllosen kleinen Lichtpünktchen sprenkelte. Kurz darauf flüsterte Huckleberry schaudernd: «Das sind die Teufel, klar. Drei Stück! Mein Gott, Tom, wir sind geliefert! Kannst du beten?»

«Ich werd's versuchen, aber hab doch keine Angst. Die tun uns nichts. Müde bin ich, geh zur...»

«Pst!»

«Was ist los, Huck?»

«Das sind ja *Menschen*! Einer wenigstens. Dem einen seine Stimme ist wie dem alten Muff Potter seine.»

«Das gibt's doch nicht!»

«Klar, die kenn ich doch. Rühr dich bloß nicht. Der ist nicht vif genug, um uns zu bemerken. Vermutlich besoffen, wie immer – der blöde alte Kerl!»

«Schon gut, ich halt mich ruhig. Jetzt sitzen sie fest. Können's nicht finden. Da kommen sie wieder weiter. Jetzt wird's heiß. Kalt. Wieder heiß. Es brennt! Diesmal steuern sie in die richtige Richtung. Weißt du was, Huck, ich kenne noch eine von den Stimmen da; 's ist der Indianer-Joe.»

«Tatsächlich – dieses mörderische Halbblut! Da wär mir's verdammt noch mal lieber, sie wärn Teufel. Was können die bloß im Schilde führen?»

Das Geflüster verstummte jetzt ganz, denn die drei Männer hatten das Grab erreicht und standen nur wenige Fuß vom Versteck der Knaben entfernt.

«Hier ist's», sagte die dritte Stimme; ihr Eigentümer hob die Laterne in die Höhe, so daß ihr Schein auf sein Gesicht fiel: es war der junge Doktor Robinson.

Potter und der Indianer-Joe schleppten eine Trage, auf der ein Strick und ein paar Schaufeln lagen. Sie warfen ihre Last zu Boden und begannen, das Grab zu öffnen. Der Doktor stellte die Laterne am Kopfende der Grube ab, kam dann näher und setzte sich mit dem Rücken gegen eine der Ulmen. Er war so dicht bei den Jungen, daß sie ihn mit der Hand hätten berühren können.

«Beeilt euch, Leute!» sagte er leise. «Der Mond kann jeden Augenblick hervorkommen.»

Sie brummten eine Antwort und gruben weiter. Eine Zeitlang war kein Laut zu hören, nur das schabende Geräusch der Spaten, die ihre Last von Erde und Kies entluden. Es klang sehr eintönig. Endlich stieß ein Spaten mit dumpfem, hölzernem Klang auf den Sarg, und ein paar Minuten darauf hatten ihn die Männer heraufgehoben und auf den Boden gesetzt. Sie stemmten mit ihren Spaten den Deckel auf, holten die Leiche heraus und ließen sie einfach auf die Erde plumpsen. Der Mond trat hinter den Wolken hervor und beleuchtete das bleiche Antlitz des Toten. Die Trage wurde bereitgemacht, der Leichnam darauf gelegt, mit einer Decke verhüllt und mit dem Strick festgebunden. Potter zog ein langes, feststellbares Klappmesser hervor, schnitt das herabbaumelnde Ende des Stricks ab und sagte: «So, jetzt sind wir mit der verdammten Sache soweit, Knochensäger, und du rückst noch mal 'nen Fünfer raus, oder 's bleibt hier.»

«So ist's richtig!» meinte der Indianer-Joe.

«Hört mal her, was soll denn das bedeuten?» fragte der Doktor. «Ihr habt euren Lohn im voraus verlangt, und ich habe euch bezahlt.»

«Freilich, und du hast sogar noch mehr getan», sagte der Indianer-Joe und näherte sich dem Doktor, der jetzt wieder stand. «Vor fünf Jahren hast du mich abends mal bei deinem Vater von der Küche weggejagt, als ich um was zu Essen bat, und hast gesagt, zu was Gutem wär ich bestimmt nicht da, und als ich schwor, ich würd schon noch mit dir abrechnen, und wenn's hundert Jahre dauerte, hat mich dein Vater als Landstreicher einsperren lassen. Hast du vielleicht geglaubt, ich hätt das vergessen? Hab doch nicht umsonst Indianerblut in mir. Und jetzt hab ich dich, und jetzt mußt du das begleichen, verstehst du!»

Er hielt nun dem Doktor drohend die Faust unter die Nase. Der schlug plötzlich zu und streckte den brutalen Kerl zu Boden. Potter ließ sein Messer fallen und rief:

«He, schlag du meinen Kumpel nicht!», und im nächsten Augenblick hatten er und der Doktor sich umklammert; die beiden rangen ungestüm miteinander, zertraten dabei das Gras und scharrten die Erde mit den Absätzen auf. Der Indianer-Joe sprang auf die Füße, die Augen voll flammender Wut, raffte Potters Messer vom Boden, schlich sich, einer Katze gleich, gebückt rings um die Kämpfenden und spähte nach einer Gelegenheit. Ganz plötzlich machte sich der Doktor mit einem Ruck frei, packte das schwere Namensbrett, das am Kopfende von Williams' Grab stand, und schlug Potter damit zu Boden; im selben Augenblick sah der Mischling seine Gelegenheit kommen und stieß dem jungen Mann das Messer bis an das Heft in die Brust. Der schwankte und fiel halb über Potter, den er mit seinem Blut überströmte; im gleichen Moment verbargen die Wolken das furchtbare Schauspiel, und in der Dunkelheit rannten die beiden entsetzten Jungen davon.

Kurze Zeit darauf, als der Mond wieder hinter den Wolken hervorkam, stand der Indianer-Joe über den beiden Gestalten und betrachtete sie. Der Doktor murmelte etwas Unverständliches, atmete noch ein paarmal schwer und war dann still. Das Halbblut brummte: «Die Rechnung wär beglichen – verfluchter Kerl.»

Dann raubte er die Leiche aus. Danach legte er das verhängnisvolle Messer in Potters geöffnete rechte Hand und setzte sich auf den zerbrochenen Sarg. Drei – vier – fünf Minuten vergingen, dann begann Potter sich zu rühren und zu stöhnen. Seine Hand schloß sich um das Messer, er hob sie empor, warf einen Blick darauf und ließ sie schaudernd wieder fallen. Nun setzte er sich auf, stieß die Leiche von sich, starrte darauf hernieder und sah dann verwirrt um sich. Sein Blick begegnete dem Joes.

«Allmächtiger, wie ist das nur gekommen, Joe?» fragte er.

«Eine dumme Geschichte», erwiderte der, ohne sich zu rühren. «Warum hast du das eigentlich getan?»

«Ich? Das hab doch nicht ich getan!»

«Hör mal her. Diese Art Gerede zieht nicht.»

Potter zitterte und erblaßte. «Ich dachte, ich wär schon wieder nüchtern gewesen. War dumm von mir, heut abend zu saufen. Aber 's steckt mir noch im Schädel – schlimmer als vorhin beim Herkommen. Ich bin ganz benebelt, kann mich kaum noch an was erinnern. Sag mal, Joe – aber jetzt *ehrlich,* alter Junge –, hab ich das getan, Joe? Das hab ich nicht gewollt; bei meiner Seele, Joe, auf Ehre, das hab ich nicht gewollt. Sag mir, wie ist denn das gekommen, Joe? Ach, wie gräßlich – und so ein hoffnungsvoller junger Mensch!»

«Na, ihr beiden habt eben gerauft, und er hat dir eins mit dem Brett da verpaßt, und du bist umgekippt; dann bist du wieder hoch, taumelnd und schwankend, hast das Messer gepackt und es ihm zwischen die Rippen gejagt, grade als er dir wieder eins mit dem Brett verpaßte, und dann bist du bis jetzt wie ein Klotz dagelegen.»

«Ach, ich hab ja nicht gewußt, was ich tat. Ich will gleich auf der Stelle tot sein, wenn ich's gewußt hab. Ist alles bloß wegen dem Whisky und wohl auch wegen der Aufregung gekommen, denke ich. In meinem ganzen Leben hab ich noch keine Waffe gebraucht, Joe. Geschlagen hab ich mich, ja, aber nie mit Waffen. Das wird dir jeder bestätigen. Joe, verrat's bloß niemand! Sag, daß du's nicht verrätst, Joe, sei ein anständiger Kerl. Hab dich immer gern gemocht, Joe, und hab dir auch die Stange gehalten. Weißt du das nicht mehr? Du wirst's doch nicht verraten, was, Joe?» Und der arme Kerl fiel vor dem abgebrühten Mörder auf die Knie und faltete flehend die Hände.

«Nein, du bist immer ehrlich und anständig zu mir gewesen, Muff Potter, und ich fall dir nicht in den Rücken. So, mehr kannst du wirklich nicht verlangen.»

«Ach, Joe, du bist ein Engel. Dafür werd ich dir bis an mein Lebensende dankbar sein.» Und Potter begann zu weinen.

«Nun hör aber auf, das reicht. Zum Flennen ist jetzt keine

Zeit. Verschwinde du da, und ich geh hier rum. Mach jetzt, daß du fortkommst, und laß ja keine Spuren zurück.»

Potter setzte sich in Trab und steigerte diesen bald zum Galopp. Das Halbblut blieb stehen und blickte ihm nach. Er murmelte vor sich hin: «Wenn der von dem Hieb so betäubt und vom Rum so beduselt ist, wie's ausgesehen hat, wird er nicht an das Messer denken, bis er so weit fort ist, daß er sich fürchtet, allein an so einen Ort zurückzukommen – der Hasenfuß!»

Ein paar Minuten später blickte nur noch der Mond auf den Ermordeten, auf die in eine Decke gehüllte Leiche, den deckellosen Sarg und das offene Grab. Nun herrschte wieder lautlose Stille.

10. Kapitel

Düstere Prophezeiung und ein heulender Hund

Sprachlos vor Entsetzen liefen die beiden Jungen in atemloser Flucht der Stadt zu. Von Zeit zu Zeit warfen sie einen angstvollen Blick über die Schulter zurück, als fürchteten sie, verfolgt zu werden. Jeder Baumstumpf, der sich an ihrem Weg erhob, schien ihnen ein Mensch, ein Feind, zu sein und ließ sie den Atem anhalten; als sie an einigen außerhalb gelegenen Hütten vorbeijagten, war es, als verleihe das Bellen der aufgestörten Wachhunde ihren Sohlen Flügel.

«Wenn wir bloß noch die alte Gerberei erreichen, bevor wir umfallen!» flüsterte Tom in abgerissenen Wortfetzen zwischen heftigen Atemstößen. «Lange halt ich's nicht mehr aus!»

Huckleberrys Keuchen war die einzige Antwort; die Jungen hefteten ihre Blicke auf das Ziel ihrer Hoffnungen und setzten alle Kraft daran, es zu erreichen. Sie kamen ihm immer näher, und endlich stürzten sie, Schulter an Schulter, durch die offene Tür und fielen, froh und erschöpft, in den dahinterliegenden schirmenden Schatten. Nach und nach beruhigte sich ihr jagender Puls, und Tom flüsterte: «Huckleberry, was glaubst denn du, was da draus wird?»

«Wenn Dr. Robinson stirbt, wird einer gehenkt, schätze ich.»

«Glaubst du wirklich?»

«Na klar, das weiß ich, Tom.»

Tom überlegte eine Weile und sagte dann: «Wer wird's denn sagen? Wir etwa?»

«Wo denkst du denn hin. Stell dir vor, irgendwas geht schief, und der Indianer-Joe wird nicht gehenkt, na, dann bringt er uns doch todsicher früher oder später um, so gewiß, wie wir hier liegen.»

«Genau das hab ich im stillen auch gedacht, Huck.»

«Wenn irgendwer was sagt, dann laß es doch Muff Potter tun, wenn der so dämlich besoffen ist. Besoffen genug ist er gewöhnlich dazu.»

Tom erwiderte nichts – er überlegte weiter. Schließlich flüsterte er: «Huck, Muff Potter weiß ja nichts davon, wie kann er's dann sagen?»

«Aus welchem Grunde weiß er's denn nicht?»

«Weil er grade diesen Hieb versetzt bekommen hat, als der Indianer-Joe es tat. Denkst du vielleicht, der hat was sehen können? Denkst du vielleicht, der weiß irgendwas?»

«Beim Hokus, da hast du recht, Tom!»

«Und außerdem, hör mal zu – vielleicht hat ihn der Hieb auch fertiggemacht!»

«Nein, das ist nicht wahrscheinlich, Tom. Er war ja benebelt – ich hab's sehen können, und außerdem ist er's immer. Na, wenn mein Papa voll ist, kannst du ihn nehmen und mit einer Kirche übern Kopf klopfen, ohne daß du ihn fertigmachst. Das sagt er selber. Mit Muff Potter ist's natürlich dasselbe. Wenn einer aber stocknüchtern ist, da ist er vielleicht nach so einem Hieb hinüber, glaub ich; bestimmt weiß ich's nicht.»

Nachdem Tom wieder nachdenklich geschwiegen hatte, sagte er: «Hucky, bist du sicher, daß du dichthalten kannst?»

«Tom, wir müssen dichthalten. Das weißt du. Der Teufel von einem Indianer würd sich überhaupt nichts draus machen, uns wie zwei junge Katzen zu ersäufen, wenn wir das hier verpfeifen und er nicht gehenkt wird. Nun hör mal zu, Tom, wolln wir doch lieber uns gegenseitig schwören – jawohl, so müssen wir's machen –, schwören, daß wir dichthalten.»

«Bin einverstanden, Huck. Das ist das beste. Willst du, daß wir uns einfach die Hand geben und schwören, daß wir...»

«Ach nein, für so was hier würd das nicht reichen. Das langt für kleine, unwichtige Sachen – besonders bei Mädchen, weil die einen sowieso hintergehen und quatschen, wenn sie einen Koller kriegen –, aber bei so einer großen Sache wie der hier muß etwas Geschriebenes sein. Und Blut.»

Tom stimmte diesem Gedanken mit Leib und Seele bei. Der war tiefgründig, düster und schrecklich; die Stunde, die Umstände und der Ort entsprachen ihm. Er las eine saubere Tannenschindel auf, die im Mondlicht lag, zog ein Endchen Stift aus der Tasche, ließ den Mond auf seine Arbeit scheinen und kritzelte mühsam folgende Zeilen nieder, wobei er jeden seiner langsam gezogenen Grundstriche betonte, die Zunge zwischen die Zähne preßte und bei den Haarstrichen den Druck wieder nachließ:

Huck Finn und Tom Sawyer
schwören sie werden dichthalten
wegen dem hier und sie wollen
auf der stelle tot Nieder
fallen wenn sie je drüber
reden und Verfaulen.

Huckleberry war von Bewunderung für Toms Schreibkünste und die Erhabenheit seines Stils erfüllt. Er zog sogleich eine Stecknadel aus dem Jackenaufschlag und wollte sich eben ins Fleisch stechen; aber da sagte Tom: «Halt! Mach das nicht. Eine Stecknadel ist aus Messing. Da kann Grünspan dran sein.»

«Was ist denn Grünspan?»

«Na, ein Gift. Jawohl. Schluck bloß mal ein bißchen, dann wirst du ja sehen.»

Tom wickelte also den Faden von einer seiner Nähnadeln ab; jeder der Jungen stach sich in die Daumenkappe und quetschte einen Tropfen Blut heraus.

Nach und nach und mittels häufigen Quetschens gelang es Tom, mit seinen Initialen zu unterschreiben, wobei er die Spitze seines kleinen Fingers als Feder benutzte. Dann zeigte er Huck, wie er ein H und ein F zu malen hatte, und der Eid war vollzogen. Sie begruben die Schindel unter einigen schaurigen Zeremonien und Beschwörungsformeln dicht an der Wand, und dann war es ihnen, als sei ihr Mund endgültig versiegelt.

Verstohlen kroch jetzt eine Gestalt durch eine Lücke am anderen Ende des verfallenen Gebäudes, aber sie bemerkten es nicht.

«Tom», flüsterte Huckleberry, «dürfen wir nun für immer und ewig nichts davon sagen?»

«Natürlich. Egal, was passiert, wir müssen dichthalten. Sonst würden wir ja tot umfallen – weißt du das nicht?»

«Ja, 's wird wohl so sein.»

Sie unterhielten sich noch eine Weile flüsternd miteinander. Da ließ draußen ein Hund, keine zehn Schritt von ihnen entfernt, ein langgezogenes klägliches Geheul ertönen. Hastig umklammerten die Jungen einander voller Todesangst.

«Wen von uns beiden meint er denn?» stieß Huckleberry atemlos hervor.

«Weiß nicht – luchs doch mal durch die Ritze. Schnell!»

«Nein, du, Tom!»

«Ich kann nicht – kann's nicht, Huck!»

«Bitte, Tom. Da ist's wieder!»

«Ach, meine Güte, bin ich froh!» flüsterte Tom. «Die Stimme kenn ich. Das ist Bull Harbison.»*

«Ach, dann ist's ja gut – ich sag dir, Tom, ich bin zu Tode erschrocken; hätt sonst was gewettet, daß es ein herrenloser Köter ist.»

Der Hund heulte von neuem. Wieder sank den Jungen das Herz in die Hosen.

«Ach, du lieber Gott, das ist doch kein Bull Harbison nicht!» flüsterte Huckleberry. «Bitte, sieh nach, Tom.»

Angstschlotternd gab Tom nach und legte das Auge an die Ritze. Kaum hörbar flüsterte er: «Oh, Huck, es ist ein *herrenloser Köter*!»

«Schnell Tom, schnell! Wen meint er denn?»

«Huck, er muß uns beide meinen – wir sind ja ganz dicht beisammen.»

«Ach, Tom, jetzt geht's mit uns dahin. Ich glaube, wo *ich* hinkomme, darüber gibt's wohl keinen Zweifel. Ich bin ja so böse gewesen!»

«Ich werd' verrückt! Das kommt davon, wenn man die Schule schwänzt und alles tut, was man nicht tun soll. Ich hätt ja auch brav sein können wie Sid, wenn ich mir Mühe gegeben hätte – aber nein, das wollte ich natürlich nicht.

* Hätte Mr. Harbison einen Sklaven namens Bull besessen, so wäre der von Tom «Harbisons Bull» genannt worden; ein Sohn oder ein Hund dieses Namens aber war «Bull Harbison».

Aber wenn ich diesmal noch davonkomme, dann schwör ich, werd ich in der Sonntagsschule richtig schuften!»

Tom begann zu schluchzen.

«Du und schlecht!» Auch Huckleberry begann zu schluchzen. «Verdammt noch mal, Tom Sawyer, gegen das, was ich bin, bist du harmlos. Ach, mein Gott, mein Gott, ich wollte, ich wäre nur halb so brav wie du!»

Toms Schluchzen brach plötzlich ab, und er flüsterte: «Du, Hucky, schau! Er dreht uns ja den *Rücken* zu!»

Huck blickte erleichtert hinaus. «Ich werd' verrückt! Hat er das vorher auch schon gemacht?»

«Jawohl, hat er. Aber ich Dummkopf hab überhaupt nicht dran gedacht. Das ist ja ganz prima. Aber wen kann er nun eigentlich meinen?»

Das Geheul verstummte. Tom spitzte die Ohren.

«Pst! Was ist denn das?» flüsterte er.

«Klingt wie – wie Schweinegrunzen. Du – da schnarcht jemand, Tom.»

«Meinst du wirklich? Wo kommt's denn her, Huck?»

«Ich glaub von da unten, vom anderen Ende. Klingt jedenfalls so. Papa hat da früher manchmal geschlafen bei den Schweinen, aber wenn der schnarcht, dann hebt er das Dach ab. Außerdem glaub ich nicht, daß er je wieder hierher in die Stadt kommt.»

Der Abenteuergeist regte sich wieder in den Herzen der Buben.

«Hucky, traust du dich mitzukommen, wenn ich vorausgehe?»

«Gern nicht, Tom. Wenn's nun der Indianer-Joe ist?»

Tom schreckte zurück. Bald aber stieg die Versuchung wieder mächtig in ihm auf, und die Buben machten aus, daß sie Fersengeld geben wollten, sobald das Schnarchen aufhörte. So stahlen sie sich also auf Zehenspitzen hin, einer hinter dem anderen. Als sie nur noch fünf Schritt von dem Schnarcher entfernt waren, trat Tom auf einen Stecken, der mit scharfem Knacks zerbrach. Der Mann stöhnte und wand sich ein wenig, so daß ihm der Mond ins Gesicht schien. Es war Muff Potter. Den Buben war das Herz stehengeblieben, als sich der Schläfer bewegt hatte; jetzt aber verging ihre Furcht. Auf Zehenspitzen schlichen sie durch die zerbrochene Holzwand hinaus und blieben dann in einiger Entfernung stehen, um voneinander Abschied zu nehmen. Wieder stieg jenes langgezogene, klägliche Geheul zum Nachthimmel empor. Sie wandten sich um und sahen den fremden Hund ein paar Schritte von Potters Lager stehen, dem Schläfer zugewandt und die Schnauze zum Himmel erhoben.

«Ach, den meint er also!» riefen beide Jungen wie aus einem Munde.

«Hör mal, Tom, es heißt, ein herrenloser Hund wär schon vor zwei Wochen gegen Mitternacht heulend um Johnny Millers Haus gestrichen und noch am selben Abend wär auch ein Ziegenmelker reingekommen, hätt sich aufs Treppengeländer gesetzt und gezwitschert, und bei denen ist immer noch keiner gestorben.»

«Weiß ich, weiß ich. Ist Gracy Miller vielleicht nicht am Samstag drauf ins Küchenfenster gefallen und hat sich schrecklich verbrannt?»

«Das schon, aber tot ist sie doch nicht. Und noch dazu geht's ihr schon wieder besser.»

«Na, wart nur ab, du wirst ja sehen. Die ist hin, genauso todsicher, wie Muff Potter hin ist. Wenn es die Nigger sagen, stimmt's, die wissen über solche Sachen genau Bescheid, Huck.»

Dann trennten sie sich nachdenklich.

Als Tom zum Fenster seines Schlafzimmers hineinkroch, war die Nacht schon beinah vergangen. Er zog sich außerordentlich vorsichtig aus und schlief ein, froh, daß niemand von seinem Abstecher etwas wußte. Er ahnte nicht, daß der leise schnarchende Sid wach war, und das bereits seit einer Stunde.

Als Tom erwachte, war Sid angekleidet und verschwunden. Das Tageslicht sah aus, als sei es schon spät – die ganze Atmosphäre wirkte so. Er schreckte hoch. Weshalb hatten sie ihn denn nicht geweckt – wie gewöhnlich, und geplagt, bis er aufgestanden war? Der Gedanke erfüllte ihn mit bösen Ahnungen. Fünf Minuten darauf war er bereits angezogen und unten; alles tat ihm weh, und er war ganz schlaftrunken. Die Familie saß noch um den Tisch, hatte das Frühstück aber schon beendet. Keine Stimme erhob sich, um ihm Vorwürfe zu machen, jedoch wichen ihm alle Blicke aus; es herrschte Schweigen und eine gespannte Atmosphäre, die das Herz des Sünders erstarren ließ. Er setzte sich nieder und versuchte, fröhlich zu scheinen, aber das war vergebliche Liebesmüh; kein Lächeln, keine Antwort erfolgte, und er versank in Schweigen, während ihm das Herz immer tiefer sank.

Nach dem Frühstück nahm ihn die Tante beiseite, und fast hellte sich Toms Gesicht in der Hoffnung auf, daß er jetzt seine Tracht Prügel erhalten würde; dem war jedoch nicht so. Die Tante weinte, fragte, wie er ihr nur das Herz so brechen könne, und sagte schließlich, er solle nur so weitermachen, sie zugrunde richten und vor Kummer ins Grab bringen, denn es habe keinen Zweck, daß sie sich noch länger mit ihm abmühte. Das war schlimmer als tausend Tracht Prügel, und Tom tat das Herz jetzt mehr weh als der Körper. Er weinte, flehte um Verzeihung, versprach immer wieder, sich zu bessern, und hatte dann doch das Gefühl, er habe nur unvollständig Vergebung erlangt und nur geringes Vertrauen erworben.

Er ging hinaus, zu elend, um auch nur Rachegefühle gegen Sid empfinden zu können, und so war dessen eiliger Rückzug durch die Hintertür überflüssig. Finster und traurig schlich er zur Schule und nahm die Prügel, die er zusammen mit Joe Harper erhielt, weil sie am Tage zuvor geschwänzt hatten, mit der Miene eines Menschen entgegen, dessen Herz von schlimmerem Leid belastet und für Kleinigkeiten völlig unempfindlich ist. Dann begab er sich auf seinen Platz, stützte die Ellbogen auf das Pult und das Kinn auf die Hände und starrte mit dem versteinerten Blick des tiefsten Grams, der nicht mehr gesteigert zu werden vermag, die Wand an. Sein Ellenbogen drückte auf etwas Hartes. Nach langer Zeit erst änderte er langsam und traurig seine Stellung und hob mit einem Seufzer das Ding empor. Es war in Papier gewickelt. Er rollte es auseinander. Dann kam ein langer, nicht enden wollender, ungeheurer Seufzer, und sein Herz brach nun endgültig. Es war sein Messingknopf vom Feuerbock! Dieser letzte Tropfen brachte das Faß der Trostlosigkeit zum Überlaufen.

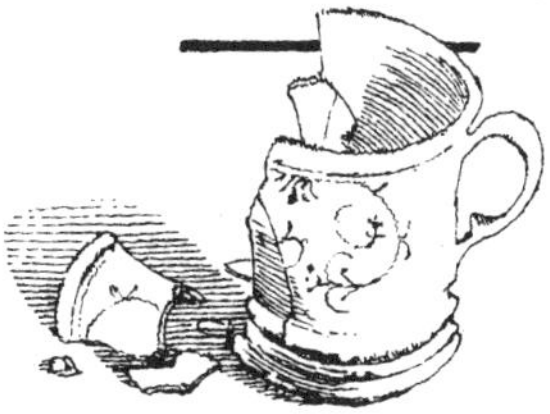

11. Kapitel
Tom schlägt das Gewissen

Um die Mittagsstunde durchfuhr die grausige Nachricht die ganze Stadt wie ein elektrischer Schlag. Dazu bedurfte es nicht des Telegrafen, von dem sich damals noch niemand träumen ließ; die Botschaft flog mit einer Geschwindigkeit von Mund zu Mund, von Haus zu Haus, die dem Telegrafen kaum nachstand. Natürlich gab der Schulmeister für den Nachmittag schulfrei; man hätte es im Dorf als sonderbar empfunden, wenn er das nicht getan hätte. Beim Ermordeten war ein blutiges Messer gefunden worden, und jemand hatte es als Muff Potters Eigentum erkannt – so lautete die Nachricht. Es hieß auch, einer aus dem Dorf, der spät heimgekehrt sei, habe Potter gegen ein oder zwei Uhr morgens gesehen, wie er sich am Bach wusch, und Potter habe sich gleich davongeschlichen – lauter verdächtige Umstände, besonders das Waschen, denn das gehörte nicht zu Potters Gewohnheiten. Die ganze Stadt sei nach dem «Mörder» durchsucht worden, so hieß es (das Publikum ist schnell bei der Hand, Beweise zu sichten und ein Urteil zu fällen), er sei jedoch nicht zu finden gewesen. Nach allen Richtungen waren Reiter ausgeschickt worden, und der Sheriff meinte zuversichtlich, Potter werde noch vor Anbruch der Nacht gefangen werden.

Die ganze Bevölkerung zog zum Friedhof hinaus. Toms Kummer verflog, und er schloß sich dem Pilgerzug an, nicht, weil er nichts Besseres zu tun hatte, sondern ein schrecklicher, unerklärlicher Bann zog ihn dorthin. Als er an den Ort des Grauens gelangt war, drängte er seine schmale Gestalt durch die Menge und sah das gräßliche Bild. Ihm schien es eine Ewigkeit her zu sein, seit er zuletzt hier gewesen war. Jemand zwickte ihn am Arm. Er wandte sich um, und sein Blick traf den Huckleberrys. Dann sahen beide gleich weg und fragten sich, ob wohl bei dem Blick, den sie einander zugeworfen hatten, jemand etwas bemerkt haben könnte. Aber alle unterhielten sich miteinander und waren mit dem grausigen Anblick beschäftigt, der sich ihnen bot.

«Armer Mensch!» – «Armer junger Mensch!» – «Das sollte für Grabschänder eine Lehre sein!» – «Dafür wird Muff Potter gehängt werden, wenn sie ihn kriegen!» In diese Richtung gingen die Bemerkungen, und der Pfarrer sagte: «Es war ein Gottesurteil; dabei ist Seine Hand im Spiel.»

Jetzt zitterte Tom von Kopf bis Fuß, denn sein Blick fiel auf das unbewegte Gesicht des Indianer-Joe. In diesem Augenblick begann die Menge unruhig zu werden und zu drängen, und Stimmen wurden laut: «Er ist's! Er ist's! Er kommt von selbst!»

«Wer? Wer denn?»

«Muff Potter!»

«So, ist er gestellt worden. Paßt auf, er dreht sich um! Laßt ihn nicht entwischen!»

Die Leute, die über Toms Kopf auf den Ästen der Bäume saßen, sagten, Muff versuche gar nicht zu entwischen – er sehe nur ganz durcheinander aus.

«So eine verdammte Frechheit!» sagte einer der Umstehenden, «herkommen und in aller Ruhe einen Blick auf sein Werk werfen – mit uns hat er wohl nicht gerechnet.»

Jetzt teilte sich die Menge; der Sheriff schritt gewichtig hindurch und führte Potter beim Arm. Das Gesicht des armen Kerls war eingefallen, und aus seinen Augen blickte die Angst. Als er vor dem Ermordeten stand, schüttelte es ihn wie in einem Krampf; er verbarg sein Gesicht in den Händen und brach in Tränen aus.

«Ich hab's nicht getan, Leute», schluchzte er; «auf mein Ehrenwort, ich hab's nicht getan.»

«Wer hat dich denn beschuldigt?» rief eine Stimme.

Dieser Schuß schien ins Schwarze zu treffen. Potter hob das Gesicht und sah sich mit tragischer Hoffnungslosigkeit um. Er erblickte den Indianer-Joe und rief aus: «Ach, Indianer-Joe, du hast mir doch versprochen, du würdest niemals...»

«Ist das Ihr Messer?» Der Sheriff stieß es vor ihn hin.

Potter wäre umgefallen, hätte man ihn nicht aufgefangen und langsam zu Boden gleiten lassen. Dann sagte er: «Irgendwas hat mir doch zugeflüstert, wenn ich nicht zurückkommen würde und das...» Er schauderte; dann machte er mit kraftloser Hand eine hilfesuchende Geste und sagte: «Sag du's ihnen, Joe, sag's ihnen – es hat doch keinen Zweck mehr.»

Huckleberry und Tom standen stumm da, starrten auf den hartherzigen Lügner und hörten, wie er gelassen seine Aussage machte; sie erwarteten jeden Augenblick, Gott werde aus dem blauen Himmel einen Blitz auf sein Haupt herabschleudern, und wunderten sich nur, wie lange der Schlag auf sich warten ließ. Als er am Ende war und immer noch lebend und unversehrt dastand, erlosch der Impuls, der sich leise in ihrem Innern geregt hatte, ihren Eid zu brechen und den armen verratenen Potter zu retten; denn offensichtlich hatte sich dieser Bösewicht dem Teufel verschrieben, und es könnte verhängnisvoll ausgehen, wenn man sich mit einer solchen Macht einließ.

«Weshalb bist du denn nicht abgehauen? Wozu hast du denn herkommen wollen?» fragte jemand.

«Ich konnte nicht anders – ich konnte einfach nicht anders», stöhnte Potter. «Ich wollte davonlaufen, aber es war, als könnt ich nirgends anders hin als nur hierher.» Und er begann wieder zu schluchzen.

Kurz darauf, bei der Totenschau, wiederholte der Indianer-Joe ebenso unverfroren seine Aussage unter Eid, und da immer noch kein Blitz niedergegangen war, sahen die Jungen sich in ihrem Glauben, Joe habe sich dem Teufel verschrieben, bestärkt. Von nun an wurde er für sie zum leibhaftigen Satansbraten, und sie vermochten die gebannt auf sein Gesicht gerichteten Augen nicht von ihm zu wenden. Am liebsten hätten sie ihn einmal nachts heimlich beobachtet in der Hoffnung, auch einen Blick auf seinen gefürchteten Herrn werfen zu können.

Der Indianer-Joe half, die Leiche des Ermordeten aufzuheben und auf einen Karren zu legen. Da flüsterte die schaudernde Menge, die Wunde habe dabei geblutet! Die Jungen glaubten, diese Tatsache werde den Verdacht auf die richtige Bahn lenken; sie wurden jedoch enttäuscht, denn mehr als einer der Dorfbewohner bemerkte:

«War ja auch kaum drei Schritt von Muff Potter entfernt, als sie zu bluten begann.»

Toms schreckliches Geheimnis und sein schlechtes Gewissen störten seinen Schlaf noch eine ganze Woche lang, und eines Morgens sagte Sid: «Tom, du wirfst dich immer so rum und redest so viel im Schlaf, daß ich nicht schlafen kann die halbe Nacht.»

Tom erblaßte und senkte den Blick.

«Das ist ein schlechtes Zeichen», meinte Tante Polly ernst. «Was hast du denn auf dem Herzen, Tom?»

«Gar nichts.» Die Hand des Jungen zitterte jedoch so, daß er den Kaffee vergoß.

«Und du redest so ein Zeug zusammen», fuhr Sid fort. «Heut nacht hast du gesagt: ‹Blut, Blut, das ist ja Blut!› Das hast du immer wieder gesagt. Und dann hast du noch gemurmelt: ‹Quält mich doch nicht so, ich will's ja erzählen.› Was denn erzählen? Was willst du erzählen?»

Vor Toms Augen verschwamm alles. Es läßt sich gar nicht sagen, was jetzt geschehen wäre; doch da verschwand der besorgte Ausdruck aus Tante Pollys Gesicht, und ohne es zu wissen, kam sie Tom zu Hilfe.

«Natürlich! Dieser gräßliche Mord ist es. Ich träume selbst fast jede Nacht davon. Manchmal träume ich sogar, ich hätt's selbst getan.»

Auch Mary erklärte, auf sie habe die Sache eine ähnliche Wirkung. Sid schien zufrieden zu sein. Tom verschwand aus dem Zimmer, sobald er nur konnte; eine Woche lang klagte er über Zahnweh und wickelte sich jede Nacht ein Tuch um das Gesicht. Er merkte nie, daß Sid ihn allnächtlich belauerte; Sid streifte ihm das Tuch ab, stützte sich dann auf den Ellbogen und lauschte eine Weile. Dann schob er das Tuch wieder an Ort und Stelle.

Nach und nach schwächte sich Toms Kummer ab; die Zahnschmerzen wurden lästig, und er ließ sie deshalb fallen. Wenn es Sid wirklich gelungen war, aus Toms zusammenhanglosem Gemurmel klug zu werden, so behielt er es für sich. Tom schien es, als wollten seine Schulkameraden nur deshalb bei toten Katzen Leichenschau halten, um ihn an seine Not zu erinnern. Sid fiel auf, daß Tom dabei nie die Rolle des Leichenbeschauers übernahm, obwohl es immer seine Art gewesen war, bei jeder neuen Unternehmung den Anführer zu machen; ihm fiel ebenfalls auf, daß Tom nie den Zeugen spielte – und das war seltsam; er übersah auch nicht, daß Tom eine offensichtliche Abneigung gegen diese Leichenschauen empfand und sie mied, wo er nur konnte. Sid wunderte sich im stillen, sagte jedoch nichts. Aber selbst die Leichenschauen kamen einmal aus der Mode und hörten auf, Tom zu martern.

Während dieser Zeit paßte Tom fast jeden Tag eine Gelegenheit ab und lief zu dem kleinen, vergitterten Gefängnisfenster; dort schmuggelte er dem «Mörder» kleine Liebesgaben hinein. Das Gefängnis war ein unscheinbarer kleiner Backsteinbau, der am Rande des Ortes inmitten eines Sumpfes stand; Wächter wurden keine gestellt, das Gefängnis war auch nur selten besetzt. Diese Gaben halfen sehr, Toms Gewissen zu entlasten. Die Einwohner hatten nicht übel Lust, den Indianer-Joe wegen Leichenraubs zu teeren und zu federn und auf einer Stange reiten zu lassen; so furchterregend war aber sein Ruf, daß sich niemand fand, der die Sache in die Hand genommen hätte, und so ließ man es. Er hatte sorgsam darauf geachtet, bei seinen beiden Aussagen bei der Leichenschau nur von dem Handgemenge zu berichten, ohne die Grabschändung einzugestehen, die vorausgegangen war; darum hielt man es für das klügste, den Fall einstweilen nicht vor Gericht zu bringen.

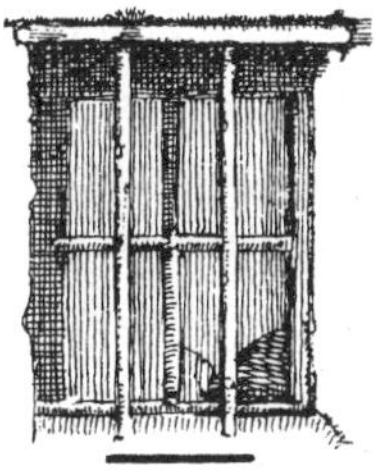

12. Kapitel
Die Katze und der Schmerztöter

Einer der Gründe, weshalb Toms Gedanken von seinen geheimen Sorgen abgelenkt wurden, war die Tatsache, daß es ein neues, äußerst wichtiges Problem gab, für das es sich zu interessieren galt. Becky Thatcher kam nicht mehr zur Schule. Ein paar Tage lang kämpfte Tom mit seinem Stolz und versuchte, sie «fallenzulassen»; das gelang ihm jedoch nicht. Er ertappte sich dabei, wie er abends um ihres Vaters Haus strich, und ihm war sehr elend zumute. Sie war krank. Wenn sie nun sterben würde! Bei dem Gedanken konnte man wahnsinnig werden. Er fand kein Interesse mehr am Krieg und nicht einmal mehr an der Seeräuberei. Die Lebensfreude war dahin, nichts als Trübsal war übriggeblieben. Er stellte seinen Reifen und seinen Baseballschläger fort; er hatte kein Interesse mehr an ihnen. Seine Tante machte sich Sorgen; sie probierte allerlei Arzneien an ihm aus. Sie gehörte zu den Menschen, die von einer Leidenschaft für alle möglichen Medizinen und für alle neumodischen Methoden, die Gesundheit wiederherzustellen, ausgesprochen besessen sind. Sie war eine Liebhaberin von Experimenten auf diesem Gebiet. Sobald in dieser Richtung etwas Neues herauskam, fieberte sie danach, es auszuprobieren, nicht an sich selbst, denn ihr fehlte nie etwas, aber an jedem anderen, der gerade zur Hand war. Sie hatte alle Zeitschriften für «Gesundheitspflege» und jeden Schwindel über «Phrenologie» abonniert, und jeder Unsinn, der darin feierlich verkündet wurde, war ein belebender Hauch in

Tante Pollys Nüstern. Der ganze Quatsch, den sie enthielten: wie man das Zimmer lüften, wie man zu Bett gehen, wie man aufstehen, was man essen, was man trinken, wieviel Bewegung man sich machen, in welcher Stimmung man sich halten und welche Art Kleidung man tragen müsse, das nahm sie alles für bare Münze, und es fiel ihr niemals auf, daß ihre Gesundheitszeitschriften im nächsten Monat gewöhnlich alles wieder umwarfen, was sie zuvor empfohlen hatten. Sie war so arglos, wie der Tag lang ist, und daher leicht zu betrügen. Sie kramte ihre Kurpfuscherzeitschriften und ihre Kurpfuschermedizinen zusammen, und so ritt sie, wie der Tod persönlich, bildlich gesprochen, auf ihrem fahlen Klepper einher, «die Hölle in ihrem Gefolge». Es kam ihr jedoch nie der Verdacht, daß sie für ihre leidenden Nachbarn keineswegs ein wahrer Engel der Heilkunst sein könnte.

Jetzt waren gerade Wasserkuren das neueste, und Toms Zustand kam ihr wie gerufen. Jeden Morgen holte sie ihn bei Tagesanbruch aus dem Bett, stellte ihn in den Holzschuppen und ertränkte ihn fast mit einer Sintflut kalten Wassers; dann schrubbte sie ihn mit einem Handtuch ab, das einer Feile glich, und brachte ihn so wieder zur Besinnung; dann rollte sie ihn in ein feuchtes Tuch und steckte ihn unter Dekken, bis er sich die Seele aus dem Leib geschwitzt hatte und «deren Flecken durch die Poren kamen», wie Tom sich ausdrückte.

Trotz alledem wurde der Junge jedoch immer melancholischer, blasser und niedergeschlagener. Tante Polly verfiel nun auf Bäder, Sitzbäder, Brausebäder und Tauchbäder. Der Junge blieb so trübselig wie ein Leichenwagen. Sie begann, den Wasserkuren mit einer mageren Hafermehlkost sowie mit Zugpflastern zu Hilfe zu kommen. Sie berechnete

Toms Fassungsvermögen, als sei er ein Krug, und füllte ihn jeden Tag mit quacksalberischen Wundertränken…

Tom war mittlerweile allen Martern gegenüber gleichgültig geworden. Diese Tatsache erfüllte die alte Dame mit Bestürzung. Jene Gleichgültigkeit mußte um jeden Preis durchbrochen werden. Jetzt hörte sie zum erstenmal vom «Schmerztöter». Sogleich bestellte sie eine größere Menge. Sie probierte ihn und empfand höchste Dankbarkeit. Es war geradezu flüssiges Feuer. Sie ließ die Wasserkur sowie alles übrige sein und richtete ihre ganze Hoffnung auf den Schmerztöter. Sie verabreichte Tom einen Teelöffel voll und wartete mit banger Spannung auf das Ergebnis. Ihre Sorge wurde sogleich behoben, und in ihrer Seele herrschte wieder Frieden, denn die «Gleichgültigkeit» war durchbrochen. Der Junge hätte keine heftigere Reaktion zeigen können, wenn sie ein Feuer unter ihm angezündet hätte.

Tom meinte, nun sei es an der Zeit, allmählich aufzuwachen; diese Art Leben im Zustand der Bedrücktheit mochte zwar recht romantisch sein; doch kam dabei das Gefühl zu kurz, und es gab allzuviel Störendes. So ließ er sich die verschiedensten Pläne durch den Kopf gehen, wie er es sich leichter machen könne, und verfiel schließlich darauf, eine Neigung für den Schmerztöter vorzutäuschen. Er verlangte ihn so häufig, daß er seiner Tante auf die Nerven fiel und sie ihm endlich erklärte, er solle sich den Trank gefälligst selbst nehmen und sie damit nicht mehr belästigen. Hätte es sich um Sid gehandelt, so hätten sich keinerlei böse Ahnungen in ihre Freude gemischt; da es aber Tom war, beobachtete sie insgeheim die Flasche. Sie stellte fest, daß die Flüssigkeit tatsächlich abnahm; es kam ihr freilich nicht in den Sinn, daß der Junge damit eine Fußbodenritze im Wohnzimmer gesund pflegte.

Eines Tages war Tom gerade im Begriff, der Ritze die übliche Dosis zu verabfolgen, als der gelbe Kater seiner Tante daherkam, schnurrte, den Teelöffel gierig beäugte und darum bettelte, einmal lecken zu dürfen. Tom sagte: «Verlang's nicht, wenn du's nicht brauchst, Peter.»

Peter gab jedoch zu verstehen, daß er es brauchte.

«Bist du auch ganz sicher?»

Peter war sicher.

«Na schön, du hast's gewollt, und ich geb's dir, denn ich bin ja nicht so gemein; aber wenn du's dann nicht magst, darfst du's nur dir selbst zuschreiben!»

Peter war damit einverstanden, und so öffnete ihm Tom das Maul und goß den Schmerzenstöter hinein. Peter sprang ein paar Yard in die Luft, stieß dann ein Kriegsgeschrei aus und sauste los, rings um das Zimmer, wobei er gegen die Möbel prallte, Blumentöpfe umwarf und eine allgemeine Verwüstung anrichtete. Danach erhob er sich auf die Hinterbeine und tanzte wahnsinnig vor Vergnügen herum, warf den Kopf über die Schulter zurück, während seine Stimme eine wilde Freude verkündete. Dann raste er wieder im Haus umher und ließ Chaos und Verheerung hinter sich zurück. Tante Polly kam gerade noch zurecht, wie er ein paar doppelte Purzelbäume schlug, einen letzten, kräftigen Laut von sich gab und durch das offene Fenster hinaussegelte, wobei er die restlichen Blumentöpfe mitnahm. Die alte Dame stand wie versteinert da und äugte über ihre Brille hinweg; Tom lag auf dem Boden und starb fast vor Lachen.

«Tom, was in aller Welt hat denn der Kater?»

«Weiß ich doch nicht, Tante», stieß der Junge hervor.

«Nein, so was hab ich mein Lebtag noch nicht gesehen. Was hat ihn nur dazu gebracht, sich so zu benehmen?»

«Weiß ich wirklich nicht, Tante Polly; Katzen benehmen sich doch immer so, wenn sie vergnügt sind.»

«So? Wirklich?» In ihrem Ton lag etwas, was Tom besorgt machte.

«Aber freilich. Ich glaub's wenigstens.»

«So, du glaubst's!»

«Jawohl.»

Die alte Dame hatte sich gebückt, und Tom beobachtete sie mit ängstlichem Interesse. Zu spät erriet er ihre «Zielrichtung». Der Stiel des verräterischen Teelöffels sah unter den Fransen der Bettdecke hervor. Tante Polly ergriff ihn und hielt ihn empor. Tom zuckte zusammen und senkte den Blick. Tante Polly zog ihn an dem meist benutzten Henkel – seinem Ohr – empor und schlug ihn mit dem Fingerhut kräftig auf den Kopf.

«Also, Freundchen, warum hast du das arme hilflose Tier so behandelt?»

«Ich hab's aus Mitleid getan – weil er ja keine Tante hat.»

«Weil er keine Tante hat! Du Narr. Was hat denn das damit zu tun?»

«Eine ganze Menge. Denn wenn er eine hätte, dann würde sie ihn selbst ausbrennen. Dann hätte sie ihm die Eingeweide geröstet, ohne mehr dabei zu fühlen, als wenn er ein Mensch wär!»

Plötzlich empfand Tante Polly Gewissensbisse. Das ließ die Sache in einem neuen Licht erscheinen; was grausam gegenüber einem Kater war, mochte vielleicht auch grausam gegenüber einem Jungen sein. Sie begann weich zu werden: es tat ihr leid. Die Augen wurden ihr ein wenig feucht, sie legte Tom die Hand auf den Kopf und sagte sanft: «Ich hab ja nur das Beste gewollt, Tom. Und es hat dir wirklich gutgetan, Tom.»

Tom sah sie an, und nur ein kaum merkliches Zwinkern blitzte durch den Ernst in seinen Augen, als er sagte: «Ich weiß ja, daß du nur das Beste gewollt hast, Tantchen, und genau so geht's mir mit Peter. Ihm hat's auch gutgetan. Hab ihn noch nie so herumspringen sehen...»

«Ach, scher dich fort, Tom, bevor du mich wieder in Zorn bringst. Versuch's doch mal, ob's dir nicht ausnahmsweise mal gelingt, ein braver Junge zu sein, dann brauchst du keine Medizin mehr zu nehmen.»

Tom kam zu früh zur Schule. Es fiel auf, daß dieses seltsame Ereignis in der letzten Zeit täglich vorgekommen war. Und wie neuerdings bei ihm üblich, trieb er sich am Tor des Schulhofs herum, anstatt mit seinen Kameraden zu spielen. Er sei krank, sagte er und sah auch so aus. Er versuchte, sich den Anschein zu geben, als blicke er überall hin, außer in die Richtung, in die er wirklich blickte – die Straße hinunter. Bald darauf tauchte Jeff Thatcher auf, und Toms Gesicht strahlte; einen Augenblick schaute er ihm entgegen, und dann wandte er sich kummervoll ab. Als Jeff Thatcher herankam, redete Tom ihn an und versuchte diplomatisch eine Gelegenheit «herbeizuführen», damit er eine Bemerkung über Becky machen konnte; aber der blöde Kerl merkte einfach nichts. Tom spähte und spähte, voller Hoffnung, sobald sich nur ein wippender Mädchenrock zeigte, und voller Haß gegen dessen Besitzerin, sobald er sah, daß es nicht die richtige war. Schließlich erschienen keine Röcke mehr, und hoffnungslos sank er in Trübsinn; er betrat das leere Schulhaus und setzte sich elend nieder. Dann schlüpfte noch einmal ein Rock zum Tor herein, und Toms Herz machte einen Sprung. Im nächsten Augenblick war er draußen und gab an wie ein Indianer, johlte, lachte, jagte den Jungen nach, sprang Kopf und Kragen riskierend über den Zaun, schlug Rad, stand auf dem Kopf – kurz, vollbrachte alle Heldentaten, die ihm nur einfielen, und schielte dabei heimlich auf Becky Thatcher, um festzustellen, ob sie es auch bemerkte. Sie schien jedoch nicht die geringste Notiz zu nehmen und blickte nicht einmal zu ihm hin. War es denn möglich, daß sie seine Gegenwart gar nicht bemerkte? Er verlegte seine Großtaten in ihre unmittelbare Nähe, umkreiste sie mit Kriegsgeheul, riß einem Mitschüler die Mütze ab und schleuderte sie auf das Dach der Schule, warf sich auf einen Haufen von Jungen, so daß sie nach allen Seiten auseinanderpurzelten, und fiel dann selbst vor Beckys Nase auf den Bauch, wobei er sie beinah umwarf – sie aber wandte sich ab, die Nase hoch in die Luft, und er hörte, wie sie sagte: «Mpf! Wofür manche Leute sich schon halten – immer müssen sie angeben!»

Tom brannten die Wangen. Er rappelte sich hoch und schlich davon, zutiefst gedemütigt und niedergeschmettert.

13. Kapitel

Die Piraten setzen Segel

Tom hatte jetzt seinen Entschluß gefaßt. Ihm war düster und verzweifelt zumute. Er war einsam und verlassen, niemand liebte ihn; wenn sie erst einmal erführen, wozu sie ihn getrieben hatten, dann täte es ihnen vielleicht leid; er hatte sich bemüht, alles recht zu machen, aber sie ließen ihn ja nicht; wenn sie ihn also durchaus los sein wollten, nun, dann sollte es eben so sein; mochten sie ihn ruhig für die Folgen verantwortlich machen – warum auch nicht? Kein Freund – kein Ehr. Jawohl, jetzt hatten sie ihn dazu getrieben: Er wollte jetzt ein Verbrecher werden! Ihm blieb ja keine Wahl. Als er mit seinen Gedanken bis dahin gekommen war, hatte er sich schon weit in die Wiesen hinaus entfernt, und das Gebimmel der Glocke, die zur Rückkehr in die Schule rief, drang nur noch leise an sein Ohr. Der Gedanke tat ihm weh, daß er den alten, vertrauten Klang niemals, niemals wieder hören werde – wie schwer war das doch, aber sie zwangen ihn ja dazu; weil sie ihn in die kalte Welt hinaustrieben, mußte er sich eben beugen – doch er vergab ihnen. Jetzt kamen die Tränen unaufhaltsam.

Eben in diesem Augenblick stieß er auf den vertrauten Gefährten seines Herzens, Joe Harper, der mit hartem, entschlossenem Blick und von einem offensichtlich großen, schrecklichen Vorsatz beseelt daherkam. Hier fanden sich «zwei Seelen und ein Gedanke». Tom wischte sich mit dem Ärmel über die Augen und stieß allerlei über einen Entschluß hervor, den er gefaßt habe, um der schlechten Behandlung und dem Mangel an Verständnis daheim zu entgehen. Er wollte in die weite Welt hinauswandern, um nie wiederzukehren; zum Schluß sagte er, hoffentlich werde Joe ihn nicht vergessen.

Doch siehe da! Joe hatte genau dasselbe vor, und zu diesem Zweck war er auf der Suche nach ihm gewesen. Seine Mutter hatte ihn verprügelt, weil er einen Rahm getrunken haben sollte, den er nicht einmal probiert hatte und von dem er überhaupt nichts wußte; ganz offensichtlich wollte sie von ihm nichts mehr wissen und ihn los sein; wenn das so war, bliebe ihm nichts anderes übrig, als fortzugehen; er hoffte, sie werde glücklich sein und nie bereuen, ihren armen Jungen in die lieblose Welt hinausgetrieben zu haben.

Während die beiden Jungen kummervoll dahinwanderten, schlossen sie einen neuen Pakt; sie wollten zusammenhalten, einander Brüder sein und sich niemals trennen, bis zu ihrem Tode. Dann begannen sie, Pläne zu schmieden. Joe war dafür, Eremit zu werden und in einer fernen Höhle von Brotkrumen zu leben, bis sie eines Tages vor Kälte, Entbehrungen und Kummer starben; nachdem er aber Toms Vorschlag angehört hatte, gab er zu, daß das Leben eines Verbrechers einige nicht zu übersehende Vorteile bot, und so willigte er ein, Pirat zu werden.

Drei Meilen unterhalb von St. Petersburg, an einer Stelle, wo der Mississippi etwas über eine Meile breit ist, gab es eine langgestreckte, schmale, bewaldete Insel, vor der eine flache Sandbank lag; die eignete sich gut zu einem Versteck. Sie war unbewohnt und drüben in der Nähe des anderen Ufers gelegen, gegenüber einem dichten und fast ganz menschenleeren Wald. So fiel die Wahl der Jungen also auf Jacksons Insel. Zu überlegen, wer denn die Opfer ihrer Piratenstreiche sein sollten, kam ihnen nicht in den Sinn. Nun stöberten sie Huckleberry Finn auf, und ohne weiteres schloß er sich ihnen an, denn es war ihm gleich, welche Laufbahn er wählte, ihm war jede recht. Dann trennten sie sich und verabredeten, sich an einer einsamen Stelle zwei Meilen oberhalb des Ortes am Flußufer wieder zu treffen, und zwar zu ihrer Lieblingsstunde, um Mitternacht. Dort lag ein kleines Holzfloß, das sie kapern wollten. Jeder sollte Angelhaken und -schnüre mitbringen und dazu so viel Proviant, wie er nur heimlich entwenden konnte – wie es sich für Räuber gehörte; und noch vor Ablauf des Nachmittags war es allen dreien gelungen, die süße Genugtuung auszukosten, die ihnen das Verbreiten der Mitteilung verlieh, man werde bald «etwas zu hören bekommen». Allen, die diesen unbestimmten Wink erhielten, wurde eingeschärft, «dichtzuhalten und abzuwarten».

Gegen Mitternacht langte Tom mit einem gekochten Schinken sowie einigen Kleinigkeiten an und machte in dem dichten Gestrüpp halt, das auf einer schmalen Klippe oberhalb des Treffpunktes wuchs. Die Nacht war sternenklar und sehr still. Der mächtige Fluß glich einem ruhenden Ozean. Tom lauschte einen Augenblick, aber kein Laut unterbrach die Stille. Da ließ er einen leisen, aber deutlich hörbaren Pfiff ertönen. Von unterhalb der Klippe kam eine Antwort. Tom pfiff noch zweimal; beide Signale wurden auf die gleiche Weise beantwortet. Dann fragte eine Stimme vorsichtig: «Wer da?»

«Tom Sawyer, der Schwarze Rächer der Spanischen Meere. Nennt eure Namen.»

«Huck Finn, der Rothändige, und Joe Harper, der Schrekken des Ozeans.» Diese Titel hatte Tom aus seiner Lieblingslektüre gewählt.

«Sehr wohl. Gebt die Losung!»

Zwei heisere Stimmen flüsterten zugleich ein und dasselbe schreckliche Wort in die brütende Nacht:

«BLUT!»

Dann ließ Tom seinen Schinken über den Rand der Klippe hinunterfallen und glitt selbst hinterher, wobei er sich Haut und Kleidung erheblich beschädigte. Es gab zwar einen leichten, bequemen Weg unterhalb der Klippe am Ufer entlang, aber der bot nicht die Schwierigkeiten und Gefahren, wie sie von einem Piraten so hoch geschätzt werden.

Der Schrecken des Ozeans hatte eine Speckseite mitgebracht und war unterwegs unter dieser Last fast zusammengebrochen. Finn, der Rothändige, hatte eine Pfanne sowie ein Bündel halbgetrockneter Tabaksblätter gestohlen; er hatte auch ein paar Maiskolben mitgebracht, um Pfeifen daraus zu machen. Außer ihm selbst rauchte oder «kaute» freilich keiner der Piraten. Der Schwarze Rächer der Spanischen Meere meinte, sie dürften auf keinen Fall ohne Feuer abfahren. Das war ein guter Gedanke; Streichhölzer waren damals in dieser Gegend noch kaum bekannt. Hundert Yard weiter stromaufwärts sahen sie auf einem großen Floß ein Feuer glimmen; dahin schlichen sie und eroberten ein glühendes Scheit. Sie machten daraus ein imponierendes Abenteuer, sagten alle Augenblicke «Pst» und blieben plötzlich stehen, den Finger auf den Lippen; dann schlichen sie sich weiter, die Hand auf einem nicht existierenden Dolch, und gaben flüsternd grausige Befehle, «dem Feind das Messer bis ans Heft in die Brust» zu stoßen, wenn er sich rühre, «denn Tote reden nicht». Sie wußten recht gut, daß sämtliche Flößer in der Stadt waren, um Vorräte einzukaufen oder um einen zu heben; das war jedoch keine Entschuldigung, diese Sache auf unpiratische Weise durchzuführen.

Dann stießen sie ab; Tom führte das Kommando, Huck saß am hinteren Ruder und Joe am vorderen. Tom stand mit finsterer Miene und untergeschlagenen Armen mittschiffs und gab in leisem, strengem Flüsterton seine Befehle: «Luven, bringt sie an den Wind!»

«Luven, Kapitän.»

«Stet jetzt, ste-e-et!»

«Stet, Kapitän.»

«Jetzt einen Strich abfallen lassen vom Kurs!»

«Kapitän, einen Strich abfallen.»

Da die Jungen das Floß mit ruhigen, gleichmäßigen Schlägen der Mitte des Stromes zu trieben, verstand es sich allerdings von selbst, daß diese Befehle nur des «guten Klangs» halber gegeben wurden und nichts Besonderes zu bedeuten hatten.

«Welche Segel führt das Schiff?»

«Untersegel, Toppsegel und Außenklüver, Kapitän!»

«Setzt die Oberbramsegel. Legt aus, da oben, Jungens, ein halbes Dutzend von euch, Vormarsbeisegel! Fix, jetzt!»

«Jawohl, Kapitän!»

«Bringt das Großbramsegel in den Wind, Schoten und Brassen vertammen! Jetzt, Leute!»

«Jawohl, Kapitän!»

«Leewärts jetzt – hart nach backbord! Macht euch bereit, es abzufangen, wenn es kommt! Backbord! Backbord! Jetzt Leute. Tüchtig! Ste-e-et!»

«Jawohl, stet, Kapitän!»

Das Floß überquerte jetzt die Mitte des Stromes; die Jungen richteten es aus und zogen dann die Riemen ein. Der Fluß führte nicht viel Wasser, daher hatte die Strömung keine größere Geschwindigkeit als nur zwei oder drei Meilen. Während der nächsten dreiviertel Stunde wurde kaum ein Wort gesprochen. Jetzt trieb das Floß am fernen Dorf vorbei. Zwei, drei schimmernde Lichter verrieten, wo es, friedlich schlummernd, jenseits der weiten, sternenfunkelnden Wasserfläche lag, ohne etwas von dem gewaltigen Ereignis zu ahnen, das sich eben abspielte.

Regungslos und mit verschränkten Armen stand der Schwarze Rächer da; er warf einen «letzten Blick» auf den Ort seiner früheren Freuden und späteren Leiden und wünschte, «sie» könne ihn jetzt sehen, wie er draußen auf wilder See der Gefahr und dem Tode mit unerschrockenem Herzen entgegensah und, ein verächtliches Lächeln auf den Lippen, in den Untergang zog. Es kostete seine Phantasie nur wenig Mühe, Jacksons Insel aus der Sichtweite des Ortes zu verlegen, und so warf er mit gebrochenem, aber zufriedenem Herzen seinen «letzten Blick» darauf. Die anderen Piraten warfen ebenfalls ihren «letzten Blick» auf das Dorf, und alle blickten so lange hin, daß sie sich fast von der Strömung an der Insel vorbeitreiben ließen. Sie entdeckten die Gefahr jedoch noch rechtzeitig, und es gelang ihnen, beizulenken. Gegen zwei Uhr morgens lief das Floß zweihundert Yard oberhalb der Inselspitze auf die Sandbank auf, und sie wateten nun hin und zurück, bis sie ihre ganze Ladung geborgen hatten. Zur Ausrüstung des kleinen Floßes gehörte auch ein altes Segel; dieses breiteten sie zum Schutz für ihre Vorräte im Gebüsch als Zelt aus; sie selbst aber wollten bei gutem Wetter unter freiem Himmel schlafen, wie es sich für Räuber geziemte.

Im Schutz eines großen Baumstamms, der zwanzig oder dreißig Schritt weit in der dunklen Tiefe des Waldes lag, zündeten sie ein Feuer an; dann brieten sie sich zum Abendbrot ein wenig Speck in der Pfanne und vertilgten die Hälfte des mitgebrachten Vorrats an Maisbrot. Es schien ihnen ein herrlicher Spaß zu sein, auf so freie, ungebundene Weise inmitten eines unberührten Waldes zu schmausen, der auf einer unerforschten, menschenlosen Insel weitab vom gewohnten Aufenthalt der Menschen lag, und sie erklärten, sie wollten niemals wieder in die Zivilisation zurückkehren. Das aufsteigende Feuer beleuchtete ihre Gesichter und warf seinen rötlichen Schein auf die Baumsäulen ihres Waldtempels, auf das glänzende Laub und auf die zu Girlanden sich schlingenden Ranken. Als die letzte knusprige Scheibe Speck vertilgt und das letzte Stück Maisbrot verschlungen war, streckten sich die Jungen zufrieden und selig im Grase aus. Sie hätten auch ein kühleres Plätzchen finden können; sie wollten jedoch auf etwas so Romantisches wie ein Lagerfeuer, an dem man sich rösten konnte, nicht verzichten.

«Ist das nicht prima?» fragte Joe.

«Haut hin», meinte Tom.

«Was würden wohl die andern sagen, wenn die uns sehen könnten?»

«Was die sagen würden? Na, die gäben sonst was drum, wenn sie hier sein könnten, was, Hucky?»

«Ist anzunehmen», meinte Huckleberry. «Mir gefällt's jedenfalls. Wünsch mir gar nichts Besseres. Ich krieg nie genug zu essen, im allgemeinen – und hierher können sie auch nicht kommen und einen rumstoßen und anbrüllen.»

«Es ist genau das richtige Leben für mich», stellte Tom fest. «Morgens braucht man nicht aufstehen, braucht nicht zur Schule gehen, braucht sich nicht waschen und all den verdammten Blödsinn tun. Siehst du, Joe, ein Pirat braucht überhaupt nichts zu machen, wenn er an Land ist, aber ein Eremit, der muß eine Menge beten, und Spaß hat er sowieso nicht viel, so ganz allein.»

«Ja, das stimmt», erwiderte Joe, «aber ich hatte mir das nicht so genau überlegt, weißt du. Jetzt, wo ich's ausprobiert hab, möcht ich viel lieber Seeräuber sein.»

«Siehst du», meinte Tom, «heutzutage sind die Leute nicht mehr so scharf auf Eremiten wie früher mal, aber ein Seeräuber wird immer geachtet. Und ein Eremit muß auf der härtesten Stelle schlafen, die er finden kann, und muß sich Sack und Asche auf den Kopf tun, und muß im Regen draußen stehen, und...»

«Wozu tut er sich Sack und Asche auf den Kopf?» wollte Huck wissen.

«Weiß ich nicht. Aber sie müssen's eben tun. Machen Eremiten immer. Wenn du Eremit wärst, müßtest du's auch so machen.»

«Den Teufel würd ich», meinte Huck.

«So, was würdst du denn sonst machen?»

«Weiß nicht. Aber das würd ich nicht machen.»

«Aber Huck, du müßtest. Wie würdest du denn da drum rumkommen?»

«Na, ich würd's einfach nicht aushalten. Ich würde weglaufen.»

«Weglaufen! Na, du würdest ja vielleicht eine schöne alte Schlafmütze von Eremiten abgeben. Eine Schande wärst du.»

Der Rothändige antwortete nicht, da er Besseres zu tun hatte. Er war gerade damit fertig geworden, einen Maiskolben auszuhöhlen, und befestigte jetzt einen Binsenstengel daran, füllte den Maiskolben mit Tabak, preßte ein Stück Holzkohle darauf und blies eine lieblich duftende Rauchwolke aus; er befand sich im Zustand größten Behagens. Die anderen Seeräuber beneideten ihn um dieses großartige Laster und gelobten insgeheim, es sich recht bald anzueignen.

Kurz darauf fragte Huck: «Was müssen denn Piraten eigentlich machen?»

Tom antwortete: «Och, die haben's einfach prima – kapern Schiffe, verbrennen sie, nehmen sich das Geld und vergraben's auf ihrer Insel an geheimen Plätzen, wo's Geister und so was gibt, die's bewachen, und auf den Schiffen bringen sie alle um – lassen sie über die Planke gehen.»

«Und die Frauen schleppen sie auf die Insel», sagte Joe. «Die Frauen töten sie nicht.»

«Nein», gab Tom zu, «die Frauen töten sie nicht – dazu ist man zu vornehm. Und die Frauen sind auch immer wunderschön.»

«Und prima Sachen haben sie an! Donnerwetter! Lauter Gold und Silber und Diamanten drauf», sagte Joe begeistert.

«Wer?» fragte Huck.

«Na, die Piraten.»

Huck blickte wie verloren an seiner Kleidung hinunter.

«Ich schätze, ich bin für einen Piraten nicht fein genug», meinte er, und in seiner Stimme lag tiefstes Bedauern, «aber ich hab sonst keine als die hier…»

Die beiden anderen Jungen versicherten ihm jedoch, die prächtige Kleidung komme schon schnell genug, wenn sie erst einmal auf Abenteuer ausziehen würden. Sie sagten ihm, daß seine ärmlichen Lumpen für den Anfang genügten, obgleich es bei wohlhabenden Piraten üblich sei, mit einer entsprechenden Garderobe zu beginnen.

Nach und nach erlahmte das Gespräch, und Müdigkeit senkte sich auf die Lider der kleinen Ausreißer. Die Pfeife entfiel dem Rothändigen, und er schlief den Schlaf der Gerechten und der Müden. Dem Schrecken des Ozeans und dem Schwarzen Rächer der Spanischen Meere fiel es schwerer, Schlaf zu finden. Sie sprachen im stillen ihr Gebet im Liegen, denn hier gab es ja keine Respektsperson, die sie gezwungen hätte, sich auf die Knie zu erheben und es laut aufzusagen; in Wahrheit hatten sie eigentlich Lust, überhaupt nicht zu beten, fürchteten sich aber, so weit zu gehen, um nicht vielleicht doch einen plötzlichen Blitzstrahl vom Himmel auf sich herabzubeschwören. Dann erreichten sie die Grenze zwischen Wachsein und Schlaf, ohne sie zu überschreiten – denn jetzt meldete sich ein Störenfried, der sich nicht beschwichtigen lassen wollte. Es war das Gewissen. Die unbestimmte Furcht, sie hätten mit ihrem Davonlaufen vielleicht doch etwas Unrechtes getan, begann sich in ihnen zu regen; danach fiel ihnen das gestohlene Fleisch ein, und nun gingen die Qualen erst richtig los. Sie bemühten sich, sie zu verscheuchen, indem sie ihr Gewissen daran erinnerten, daß sie ja schon oft Süßigkeiten und Äpfel gestohlen hatten; das Gewissen aber ließ sich durch solche durchsichtigen Vorwände nicht beschwichtigen. Am Ende war ihnen, als könne man die hartnäckige Tatsache nicht umgehen, daß Süßigkeiten zu nehmen bloß «stibitzen» war, während Schinken, Speck und derartige Wertgegenstände zu entwenden ganz gewöhnliches Stehlen war – und dagegen gab es ein Gebot in der Bibel. So gelobten sie sich im stillen, solange sie bei dem Geschäft blieben, wollten sie ihre Piratenstreiche nicht mehr durch das Verbrechen des Diebstahls beschmutzen. Danach ließ das Gewissen sie vorläufig in Ruhe, und diese merkwürdig inkonsequenten Piraten sanken in friedlichen Schlummer.

14. Kapitel

Das fröhliche Lager der Ausreißer

Als Tom am Morgen erwachte, wußte er nicht, wo er war. Er setzte sich auf, rieb sich die Augen und blickte sich um; dann begriff er. Es war die Zeit der kühlen, grauen Dämmerung, und ein köstliches Gefühl des Friedens ging von der tiefen Stille und Regungslosigkeit des Waldes aus.

Kein Blättchen rührte sich, kein Laut störte die Beschaulichkeit der Natur. Auf Blättern und Gräsern lagen Tauperlen. Weiße Asche bedeckte die Glut des Feuers, und ein dünner blauer Rauchfaden stieg in die Luft. Joe und Huck schliefen noch. Jetzt erklang tief im Walde der Ruf eines Vogels, ein zweiter antwortete, dann ließ sich das Hämmern eines Spechts vernehmen. Nach und nach wurde das kühle Grau der Morgendämmerung licht, und ebenso allmählich wurden es mehr Stimmen ringsum, und das Leben erwachte. Dem in Gedanken versunkenen Knaben tat sich das Wunder der Natur auf, die den Schlaf von sich streift und sich ans Werk begibt. Ein kleiner grüner Wurm kam über ein tauiges Blatt gekrochen, hob hin und wieder zwei Drittel seines Körpers in die Luft, um «herumzuschnüffeln», und kroch dann weiter, denn er «nahm Maß», meinte Tom, und als sich ihm der Wurm arglos näherte, saß er mäuschenstill, wobei seine Hoffnung, daß das Tier näher zu ihm kriechen würde, abwechselnd stieg und sank. Als es schließlich einen quälenden Augenblick lang überlegte, den gekrümmten Körper in der Luft, sich entschied und auf Toms Bein niederließ, dann auf ihm entlangwanderte, da war Tom von ganzem Herzen froh, denn das bedeutete, er werde einen neuen Anzug erhalten – ohne jeden Zweifel eine prächtige Piratenuniform. Jetzt erschien wie aus dem Nichts eine Ameisenprozession und begab sich an ihre Arbeit; eine von ihnen schleppte sich tapfer mit einer toten Spinne ab, die fünfmal so groß war wie sie selbst, und zerrte sie dann einen Baumstumpf gerade hinauf. Ein brauner gefleckter Marienkäfer erklomm die schwindelnde Höhe eines Grashalms; Tom beugte sich zu ihm hinunter und sagte:

«Käferchen, Käferchen, fliege schnell heim,
Dein Haus steht in Flammen, deine Kinder sind allein»,

worauf das Tier die Flügel entfaltete und davonflog, um einmal nachzusehen – was den Jungen nicht wunderte, denn er wußte schon von alters her, daß dieses Insekt in bezug auf Feuersbrünste sehr leichtgläubig war, und hatte dessen Gutgläubigkeit schon öfter ausprobiert. Als nächster kam ein Mistkäfer, der fleißig seine Kugel hievte, und Tom berührte das Geschöpf, um zu sehen, wie es die Beine an den Körper legte und sich totstellte. Die Vögel waren jetzt geradezu in Aufruhr. Ein Fliegenschnäpper, die amerikanische Spottdrossel, ließ sich über Toms Kopf in einem Baum nieder und imitierte mit seinem Trillern das Gezwitscher seiner Nachbarn; dann schoß wie ein blauer Blitz eine kreischende Elster hernieder, machte auf einem Zweig halt, den der Knabe fast berühren konnte, legte den Kopf schief und beäugte die Fremdlinge mit verzehrender Neugier; ein graues Eichhörnchen und ein großer Kerl aus der Familie der Füchse eilten vorbei und setzten sich hin und wieder auf, um die Jungen zu inspizieren und dabei loszuschwatzen, denn die wilden Tiere hatten wahrscheinlich noch nie ein menschliches Wesen gesehen und wußten kaum, ob sie sich davor fürchten sollten oder nicht. Die ganze Natur war jetzt hellwach und rührte sich; langen Lanzen gleich durchdrangen die Sonnenstrahlen überall das dichte Laub, und ein paar Schmetterlinge kamen angeflattert.

Tom rüttelte jetzt die anderen Piraten hoch; mit lauten Freudenrufen tobten sie davon, waren fix ausgezogen und jagten und überpurzelten sich in dem seichten, lauen Wasser der weißen Sandbank. Sie empfanden keine Sehnsucht nach dem kleinen Dorf, das drüben in der Ferne hinter der majestätischen breiten Wasserfläche lag. Eine unstete Strömung oder ein geringes Steigen des Wassers hatte ihr Floß fortgespült; aber das freute sie nur, denn das Verschwinden des Bootes war etwas Ähnliches, als hätten sie die Brücke hinter sich verbrannt, die sie mit der Zivilisation verband.

Sie kehrten wunderbar erfrischt, fröhlichen Herzens und mit einem Wolfshunger ins Lager zurück; bald hatten sie das Feuer auch wieder in hellen Flammen. Huck entdeckte in der Nähe eine Quelle mit klarem, kaltem Wasser; die Jungen fertigten sich Becher aus großen Eichen- oder Hickoryblättern und fanden, daß durch den Zauber der Waldwildnis gewürztes Wasser ein guter Ersatz für Kaffee sei. Als Joe zum Frühstück Speckscheiben abschnitt, sagten Tom und Huck, er solle einen Augenblick warten; sie traten an eine vielversprechende geschützte Stelle am Flußufer und warfen ihre Angelhaken aus; fast augenblicklich wurden sie belohnt. Joe hatte noch nicht einmal Zeit gehabt, ungeduldig zu werden, da waren sie schon mit einigen schönen Fischen, ein paar Sonnenbarschen und einem kleinen Katzenwels zurück – einem Vorrat, der für eine ganze Familie gereicht hätte. Sie brieten die Fische mit dem Speck und waren erstaunt, denn noch nie hatte ihnen Fisch so köstlich gemundet. Sie wußten nicht, daß ein Süßwasserfisch um so besser schmeckt, je schneller er nach dem Gefangenwerden in der Pfanne liegt, und sie dachten auch wenig darüber nach, was für eine gute Würze das Schlafen unter freiem Himmel, die Bewegung in der frischen Luft, das Baden und eine gehörige Portion Hunger abgeben.

Nach dem Frühstück lagen sie im Schatten herum, während Huck eine Pfeife rauchte; danach zogen sie auf eine Forschungsreise durch den Wald. Munter trabten sie dahin, über modernde Baumstämme, durch wirres Unterholz, zwischen feierlichen Waldriesen, die von der Krone bis zum Boden mit einem Königsmantel aus Schlingpflanzen behängt waren. Hin und wieder trafen sie auf ein lauschiges Fleckchen, das mit einem Grasteppich gepolstert und mit Blumen geschmückt war.

Sie fanden vielerlei Dinge, die sie entzückten, nichts aber, was sie erstaunt hätte. Sie entdeckten, daß die Insel etwa drei Meilen lang und eine Viertelmeile breit war und daß nur ein kaum zweihundert Yard breiter schmaler Kanal sie von dem nächsten Ufer trennte. Etwa jede Stunde einmal schwammen sie ein wenig, und so war der Nachmittag schon vorgerückt, als sie ins Lager zurückkehrten. Sie waren zu hungrig, um erst noch zu fischen, aber sie hatten ein prächtiges Mahl von kaltem Schinken und legten sich dann in den Schatten nieder, um zu plaudern. Das Gespräch erlahmte jedoch bald und verstummte dann ganz. Die Stille, die Feierlichkeit, die über dem Wald ruhte, sowie das Gefühl der Einsamkeit begannen, die Knaben zu bedrücken. Sie versanken in Nachdenken. Eine Art unbestimmter Sehnsucht befiel sie. Bald nahm dies Formen an – es war aufkommendes Heimweh. Selbst Finn, der Rothändige, träumte von seinen Treppenstufen und leeren Fässern. Alle schämten sich jedoch ihrer Schwäche, und keiner hatte den Mut, seine Gedanken auszusprechen.

Bereits seit einer Weile hatten die Jungen halb unbewußt in der Ferne einen seltsamen Laut vernommen, so, wie man zuweilen das Ticken einer Uhr hört, ohne davon besonders Notiz zu nehmen. Jetzt aber wurde dieser geheimnisvolle Laut deutlicher und erzwang sich ihre Aufmerksamkeit. Die Jungen fuhren auf, starrten einander an und spitzten die Ohren. Lange herrschte lautloses, ungestörtes Schweigen; dann tönte aus der Ferne ein tiefes, dumpfes Rumpeln.

«Was ist denn das?» rief Joe leise.

«Möcht ich auch wissen», flüsterte Tom.

«Donner ist's nicht», sagte Huckleberry in bangem Ton, «nämlich Donner...»

«Horch», sagte Tom, «hör zu, red nicht.»

Sie warteten eine Zeitlang, die ihnen wie eine Ewigkeit vorkam, und dann unterbrach das dumpfe Rumpeln abermals die feierliche Stille.

«Gehn wir hin und schaun nach.»

Sie sprangen auf und rannten zum Ufer, das dem Dorf gegenüberlag. Sie teilten die am Ufer wachsenden Büsche und lugten über das Wasser hinaus. Die kleine Dampffähre trieb etwa eine Meile unterhalb des Ortes mit der Strömung daher. Das breite Deck schien gedrängt voll von Menschen zu sein. In der Nachbarschaft der Fähre ruderten viele Boote oder trieben mit der Strömung flußab; die Jungen konnten jedoch nicht feststellen, was die Männer, die darin saßen, taten. Plötzlich brach ein dicker Schwaden weißen Rauchs aus der Seite der Fähre hervor, und während er sich ausdehnte und zu einer träge dahinschwebenden Wolke erhob, drang der gleiche dumpfe Laut von neuem zu den Lauschenden herüber.

«Jetzt weiß ich», rief Tom, «irgendwer ist ersoffen.»

«Richtig», fiel Huck ein; «letzten Sommer haben die das auch gemacht, als Bill Turner ersoffen war; sie schießen eine Kanone übers Wasser ab, und das bringt ihn an die Oberfläche. Ja, und sie nehmen auch Brotlaibe, stecken Quecksilber rein und lassen sie dann schwimmen; wenn irgendwo ein Ersoffener ist, dann schwimmen die genau dahin und halten an.»

«Ja, davon hab ich schon gehört», sagte Joe. «Möcht wissen, wieso das Brot gerade dahin schwimmt.»

«Es ist nicht so sehr das Brot», meinte Tom; «ich denke, wichtig ist vor allem, womit sie's besprechen, bevor sie's aussetzen.»

«Sie besprechen's aber gar nicht», erklärte Huck. «Ich hab es gesehen – sie tun das nicht.»

«Das ist aber komisch», sagte Tom. «Vielleicht tun sie's im stillen. Natürlich! So wird's sein!»

Die anderen beiden Jungen waren der Meinung, das klinge vernünftig; denn von einem unwissenden, nicht durch eine Beschwörung behexten Laib Brot konnte man doch nicht erwarten, daß es einen so schwierigen Auftrag erfüllte.

«Donnerwetter, ich wollte, ich wär jetzt da drüben», sagte Joe.

«Ich auch», sagte Huck. «Ich würd allerhand drum geben, wenn ich wüßte, wer's ist.»

Die Jungen lauschten und schauten weiter hinüber. Bald blitzte eine Offenbarung durch Toms Hirn, und er rief: «Mensch, ich weiß, wer da ersoffen ist: wir!»

Und gleich fühlten sie sich wie Helden. Welch großartiger Triumph war das doch: sie wurden vermißt, sie wurden betrauert, ihretwegen brachen Herzen; Tränen flossen, Erinnerungen an Unfreundlichkeiten, die man diesen armen, verschwundenen Jungen gegenüber begangen hatte, stiegen auf; man gefiel sich in nutzlosem Bedauern und in Gewissensbissen, und was das beste war, die Verschwundenen waren das Gesprächsthema des ganzen Ortes und erregten den Neid aller Jungen. Das war großartig. Es lohnte sich schließlich doch, Seeräuber zu sein.

Als die Dämmerung hereinbrach, kehrte die Fähre zu ihrem gewohnten Betrieb zurück, und die Boote verschwanden. Die Piraten begaben sich wieder in ihr Lager. Eitelkeit erfüllte sie ob ihrer neuen Größe und all dieser ihnen zum Ruhm gereichenden Sorgen. Sie angelten Fische, bereiteten das Abendessen und verzehrten es; danach begannen sie herumzurätseln, was man in der Stadt wohl über sie dachte und sprach, und die Bilder von dem allgemeinen Kummer, die sie sich ausmalten, waren von ihrem Standpunkt aus gesehen recht erfreulich zu betrachten. Als aber die Schatten der Nacht die Jungen umfingen, verstummte allmählich ihr Gespräch, und sie saßen da und starrten ins Feuer, wobei ihre Gedanken ganz woanders waren. Die Sensation war jetzt vorüber, und Tom wie auch Joe gingen gewisse Leute daheim nicht aus dem Sinn, die diesen herrlichen Spaß wohl weniger lustig fanden als sie selbst. Böse Ahnungen stellten sich ein, sie fühlten sich besorgt und unglücklich; unbewußt seufzten sie laut auf. Schließlich wagte Joe, vorsichtig einen Fühler auszustrecken, um zu hören, wie die anderen wohl über eine Rückkehr in die Zivilisation dächten – nicht jetzt gleich, aber...

Toms beißender Hohn ließ Joe in sich zusammenschrumpfen! Huck, der sich bisher noch nicht festgelegt hatte, pflichtete Tom bei; Joe rechtfertigte sich eiligst und war froh, sich aus der Affäre zu ziehen, ohne daß der Geruch hasenherzigen Heimwehs allzu stark an ihm haftenblieb. Die Meuterei war für den Augenblick erfolgreich unterdrückt.

Als die Nacht undurchdringlich wurde, nickte Huck ein und begann zu schnarchen; ihm folgte Joe. Tom lag noch eine Zeitlang reglos auf den Ellbogen gestützt und beobachtete die beiden aufmerksam. Endlich erhob er sich vorsichtig und suchte beim flackernden Schein des Lagerfeuers im Grase herum. Er sammelte mehrere Stücke der dünnen weißen Platanenrinde, untersuchte sie und wählte schließlich zwei, die ihm zusagten. Dann kniete er am Feuer nieder und schrieb mühselig mit seinem Stift etwas darauf; eins rollte er zusammen und steckte es in die Jackentasche; das andere legte er in Joes Hut und schob diesen ein Stückchen fort. In den Hut legte er ebenfalls einige Schuljungen-Kostbarkeiten von fast unschätzbarem Wert, darunter ein Stück Kreide, einen Gummiball, drei Angelhaken und eine von jenen Murmeln, die für «echtes Kristall» galten. Danach schlich er sich vorsichtig auf Zehenspitzen unter den Bäumen davon, bis er meinte, außer Hörweite zu sein; dann setzte er sich in schnellen Trab, geradenwegs auf die Sandbank zu.

15. Kapitel

Toms heimlicher Besuch zu Hause

Wenige Minuten später stand Tom im seichten Wasser der Sandbank und watete dem Ufer von Illinois zu. Bevor ihm das Wasser bis zur Brust ging, war er bereits halb drüben; jetzt aber erlaubte ihm die Strömung nicht mehr weiterzuwaten, und so begann er voller Selbstvertrauen, die restlichen hundert Yard schwimmend zurückzulegen. Er schwamm schräg gegen den Strom, wurde aber trotzdem schneller stromabwärts getrieben, als er erwartet hatte. Endlich erreichte er jedoch das Ufer und ließ sich daran entlangtreiben, bis er eine flache Stelle fand und sich an Land zog. Er streckte die Hand in die Jackentasche, fand das Rindenstück an seinem Platz und trabte mit triefender Kleidung am Ufer entlang durch den Wald. Kurz vor zehn Uhr kam er auf einen freien Platz auf der anderen Seite des Dorfes heraus und sah die Fähre im Schatten der Bäume und des hohen Ufers liegen. Alles war still unter den funkelnden Sternen. Er kroch zum Ufer hinunter, wobei er aufmerksam umherspähte, schlüpfte ins Wasser, schwamm drei oder vier Stöße und kletterte dann in den Kahn, der als Beiboot diente. Er legte sich unter die Ruderbänke und wartete gespannt. Nach kurzer Zeit läutete die scheppernde Glocke, und eine Stimme erteilte den Befehl zum Abfahren. Ein paar Minuten darauf stand der Bug des Bootes steil gegen die Kielwellen der Fähre, und die Reise hatte begonnen. Tom freute sich über seinen Erfolg, denn er wußte, daß dies für heute nacht die letzte Überfahrt war.

Nach Ablauf endloser zwölf oder fünfzehn Minuten standen die Räder still; Tom schlüpfte über Bord, schwamm in der Dunkelheit ans Ufer und landete fünfzig Yard weiter stromabwärts, wo er nicht mehr Gefahr lief, Nachzüglern zu begegnen. Er jagte durch einsame Gassen und war bald hinten am Zaun, der den Hof seiner Tante umgab. Er kletterte darüber, näherte sich dem Vorbau und blickte durchs Wohnzimmerfenster, denn dort brannte ein Licht. Drinnen saßen Tante Polly, Sid, Mary und Joe Harpers Mutter beieinander und redeten. Sie saßen neben dem Bett zwischen ihnen und der Tür. Tom trat zum Eingang und begann, leise den Riegel anzuheben; dann drückte er vorsichtig dagegen, und die Tür gab einen Spalt weit nach; er schob sie behutsam weiter nach innen und zitterte jedesmal, wenn sie knarrte, bis er glaubte, der Spalt sei groß genug, daß er sich auf Knien hindurchquetschen konnte; nun steckte er den Kopf ins Zimmer und begann, vorsichtig hineinzukriechen.

«Warum flackert denn das Licht so?» fragte Tante Polly. Tom beeilte sich. «Nanu, die Tür ist ja offen. Natürlich, sie ist offen. Immerzu kommen jetzt die seltsamsten Dinge vor. Geh mal hin und mach sie zu, Sid.» Tom verschwand gerade noch rechtzeitig unter dem Bett. Dort lag er still, um erst einmal zu verschnaufen; dann kroch er weiter, bis er fast den Fuß seiner Tante berühren konnte.

«Wie ich schon gesagt hab», meinte Tante Polly, «richtig schlecht ist er nie gewesen – nur voller Unfug. Einfach nur unbesonnen und übermütig, wissen Sie. So wenig Verstand wie ein Fohlen. Er hat nie was Böses gewollt und war der gutherzigste Junge der Welt», und sie begann zu weinen.

«Genauso war mein Joe – immer voller Schabernack und für jeden Spaß zu haben, aber so selbstlos und gut, wie man nur sein kann – und, du lieber Himmel, wenn ich dran denke, daß ich ihn wegen dem Rahm verhauen hab und mir überhaupt nicht eingefallen ist, daß ich ihn selbst fortgegossen hatte, weil er sauer war, und daß ich ihn nun nie, nie mehr wiedersehen werde, den armen Jungen, dem ich unrecht getan hab!» Mrs. Harper schluchzte, als wolle ihr das Herz brechen.

«Tom hat's bestimmt jetzt viel besser», sagte Sid, «aber wenn er nur artiger gewesen wär…»

«Sid!» Tom fühlte geradezu den strafenden Blick der alten Dame, obgleich er ihn nicht sehen konnte. «Nicht ein Wort gegen meinen Tom, jetzt, wo er nicht mehr ist! Gott wird sich schon seiner annehmen – darum brauchst du dir keine Sorgen zu machen, mein Lieber. Ach, Mrs. Harper, ich weiß nicht, wie ich ohne ihn auskommen soll, ich weiß nicht, wie ich ohne ihn auskommen soll! So ein Trost ist er mir gewesen, wenn er mir alten Frau auch fast das Herz aus dem Leibe geärgert hat.»

«Der Herr hat's gegeben, der Herr hat's genommen, der Name des Herrn sei gelobt! Aber wie hart ist das doch – ach, wie hart ist das doch! Erst letzten Samstag hat mein Joe direkt vor meiner Nase einen Knallfrosch losgelassen, und ich hab ihm eine gelangt, daß es gereicht hat. Da hab ich noch nicht gewußt, wie bald… ach, wenn er's noch mal täte, würd ich ihn dafür umarmen und küssen!»

«Ja, ja, ich weiß ganz genau, wie Ihnen zumute ist, Mrs. Harper, ich weiß es ganz genau. Erst gestern mittag hat sich mein Tom die Katze vorgenommen und sie mit Schmerztöter vollgefüllt – ich hab geglaubt, das Tier würd das Haus einreißen. Und, Gott verzeih mir, ich hab Tom eins mit dem Fingerhut auf den Kopf gegeben, dem armen Jungen, dem armen, toten Jungen. Aber er ist jetzt allem

Leid entrückt. Und die letzten Worte, die ich je von ihm gehört hab, waren, mir vorzuwerfen…»

Diese Erinnerung war jedoch für die alte Dame zuviel, und sie brach gänzlich zusammen. Tom schluckte jetzt ebenfalls – mehr aus Mitleid mit sich selbst als mit sonst jemand. Er hörte auch Mary weinen und von Zeit zu Zeit ein freundliches Wort über ihn sagen. Er begann eine höhere Meinung von sich zu gewinnen, als er je zuvor hatte. Freilich rührte ihn der Kummer seiner Tante so, daß er am liebsten unter dem Bett hervorgestürzt wäre, damit die Freude sie überwältige – und der ungeheure theatralische Effekt, den das haben müßte, reizte ihn gewaltig; aber er widerstand der Versuchung und blieb still liegen. Er lauschte weiter und erriet aus Bruchstücken der Unterhaltung, daß man zuerst angenommen hatte, die Jungen seien beim Schwimmen ertrunken, dann war das kleine Floß vermißt worden; danach hatten einige Buben erzählt, die Verschwundenen hätten versprochen, das Städtchen werde bald «etwas zu hören bekommen»; die Leute hatten eins ans andere gereiht und daraus geschlossen, die Jungen seien auf dem Floß durchgebrannt und müßten bald in der nächsten Stadt flußabwärts auftauchen; gegen Mittag sei jedoch das Floß, das fünf oder sechs Meilen unterhalb des Ortes am Missouriufer gestrandet war, gefunden worden, und nun schwand jede Hoffnung; sie mußten ertrunken sein, sonst hätte der Hunger sie bei Einbruch der Nacht, wenn nicht schon vorher, nach Hause getrieben. Man dachte, die Suche nach den Leichen sei nur deshalb erfolglos gewesen, weil die Jungen wohl in der Mitte des Stromes ertrunken sein mußten, denn da sie gute Schwimmer waren, hätten sie sich sonst ans Ufer gerettet. Heute war Mittwoch abend. Falls man die Leichen nicht bis zum Sonntag fände, müßte man alle Hoffnung aufgeben, und dann würde die Totenfeier für sie abgehalten. Tom schauderte.

Mrs. Harper sagte schluchzend gute Nacht und wandte sich zum Gehen. Dann fielen sich die beiden Frauen wortlos in die Arme und weinten sich tüchtig aus, worauf sie sich trennten. Tante Polly sagte Sid und Mary mit größerer Zärtlichkeit als sonst gute Nacht. Sid schluckte ein bißchen, und Mary ging heftig weinend davon.

Tante Polly kniete nieder und betete so rührend, so flehentlich für Tom und in ihren Worten und in ihrer zitternden Stimme lag eine solche Liebe, daß Tom, bereits eine Weile bevor sie geendet hatte, in Tränen zerfloß.

Noch lange, nachdem sie zu Bett gegangen war, durfte er sich nicht rühren, denn von Zeit zu Zeit stieß sie tiefe Seufzer aus und warf sich unruhig hin und her. Endlich aber war sie still und jammerte nur noch ein wenig im Schlaf. Jetzt stahl sich Tom hervor, trat neben das Bett, schirmte die Kerzenflamme mit der Hand ab und betrachtete die Tante. Sein Herz war voll Mitleid mit ihr. Er zog sein Stück Platanenrinde hervor und legte es neben die Kerze. Da fiel ihm jedoch etwas ein, und er zögerte. Sein Gesicht erhellte sich, als er eine glückliche Lösung gefunden hatte; hastig steckte er die Rinde wieder in die Tasche, beugte sich nieder und küßte Tante Polly; darauf stahl er sich schleunigst hinaus und schloß die Tür hinter sich.

Er schlich sich zurück zur Landungsstelle der Fähre, fand dort im Freien niemand vor und trat kühn an Bord, denn er wußte ja, daß sich kein Mensch auf dem Schiff befand, außer einem Wächter, der immer in die Kajüte ging und dort wie ein Stein schlief. Er band das Beiboot, das am Heck lag, los, schlüpfte hinein und ruderte vorsichtig stromaufwärts. Als er eine Meile oberhalb des Ortes war, hielt er schräg über den Fluß und legte sich tüchtig ins Zeug. Er kam auf der gegenüberliegenden Seite genau an der Landungsstelle an, denn dies tat er nicht zum erstenmal. Er war versucht, das Boot als Beute zu behalten, denn er meinte, man könne es als Schiff und deshalb für einen Piraten als legitime Beute betrachten; aber er wußte, daß man genau nach seinem Verbleib forschen würde, und das konnte mit seiner Entdeckung enden. So stieg er an Land und lief in den Wald. Er setzte sich nieder und ruhte lange aus, wobei er sich bemühte, wach zu bleiben, und dann machte er sich müde an das letzte Stück des Rückwegs. Die Nacht war schon fast vorüber. Es war bereits hell, bevor er sich wieder gegenüber der Sandbank befand. Er ruhte sich wieder ein bißchen aus und wartete, bis die Sonne aufgegangen war und den Strom mit ihrem goldenen Glanz übergoß, dann tauchte er ins Wasser.

Kurz darauf kam er triefend am Eingang des Lagers an und hörte, wie Joe sagte: «Nein, Tom ist schon in Ordnung, Huck, der kommt zurück. Der desertiert nicht. Er weiß ja, das wär eine Schande für einen Piraten, und für so was ist Tom viel zu stolz. Irgendwas hat er vor. Ich möcht nur wissen, was?»

«Na, die Sachen gehören jedenfalls uns, was?»

«So ziemlich, aber noch nicht ganz, Huck. Hier steht geschrieben, sie gehören uns, wenn er bis zum Frühstück nicht zurück ist.»

«Was er aber ist!» rief Tom und erreichte eine ausgezeichnete dramatische Wirkung, als er mit großer Geste das Lager betrat.

Ein üppiges Frühstück, bestehend aus Speck und Fisch, war bald bereitet, und während sich die Jungen darüber hermachten, berichtete Tom seine Abenteuer – und schmückte sie aus. Als die Erzählung beendet war, saß dort eine prahlerische Gesellschaft von Helden. Nun verkroch sich Tom an einen stillen, schattigen Platz, um bis zum Mittagessen zu schlafen, während sich die anderen Seeräuber bereit machten, zu fischen und auf Entdeckungen auszuziehen.

16. Kapitel

Die erste Pfeife – «Ich hab mein Messer verloren»

Nach dem Mittagessen zog die ganze Bande aus, um auf der Sandbank nach Schildkröteneiern zu suchen. Sie stocherten mit Stöcken im Sande umher, und wenn sie eine weiche Stelle fanden, ließen sie sich auf die Knie nieder und gruben mit den Händen nach. Zuweilen holten sie fünfzig bis sechzig Eier aus einem einzigen Loch. Es waren kugelrunde weiße Dinger, ein wenig kleiner als eine Walnuß. An diesem Abend bereiteten sie sich ein köstliches Mahl von Spiegeleiern, und am Freitagmorgen noch einmal. Nach dem Frühstück liefen sie lärmend und springend zur Sandbank hinaus, wobei sie einander im Kreise herumjagten und ihre Kleidung abwarfen, dann setzten sie das übermütige Tollen bis weit hinaus ins seichte Wasser fort, gegen den kräftigen Strom ankämpfend, der ihnen hin und wieder die Beine unter dem Körper hinwegzog, was das Vergnügen noch beträchtlich erhöhte. Ab und zu spritzten sie sich gegenseitig Wasser ins Gesicht, rückten mit abgewandtem Gesicht, um den Spritzern zu entgehen, immer näher aufeinander zu, packten sich schließlich und rangen miteinander, bis der Stärkere den anderen getaucht hatte; dann gingen alle in einem Gewirr von weißen Armen und Beinen unter Wasser und kamen schnaufend, prustend, lachend und nach Luft ringend wieder empor.

Als sie ordentlich müde geworden waren, rannten sie aus dem Wasser und streckten sich auf dem trockenen, heißen Sand aus, blieben liegen und deckten sich damit zu; nach einer Weile stürmten sie wieder in den Fluß und begannen das Spiel von neuem. Endlich kam ihnen der Gedanke, ihre nackte Haut könne recht gut fleischfarbene Trikots darstellen; so zogen sie einen Kreis in den Sand und hatten jetzt einen Zirkus – mit drei Clowns darin, denn keiner wollte diese stolze Rolle einem anderen überlassen.

Dann holten sie ihre Murmeln hervor und spielten damit, bis auch diese Belustigung ihren Reiz verlor. Dann schwammen Huck und Joe noch einmal; Tom aber wollte nicht, weil er entdeckte, daß er sich beim Abwerfen der Hose die Schnur mit Klapperschlangenklappern vom Fußgelenk geschleudert hatte, und er wunderte sich schon, daß er ohne den Schutz dieses geheimnisvollen Zaubers so lange einem Beinkrampf entgangen war. Er traute sich nicht wieder ins Wasser, bis er die Klappern gefunden hatte, und da waren die anderen bereits müde und ruhebedürftig. Nun schlenderten sie einzeln davon, verfielen in «Katzenjammer» und warfen sehnsüchtige Blicke über den breiten Fluß, dorthin, wo das kleine Dorf schläfrig in der Sonne lag. Tom ertappte sich dabei, wie er mit dem großen Zeh «Becky» in den Sand schrieb; er wischte es aus und war ärgerlich über seine Schwäche. Er schrieb es aber trotzdem noch einmal hin; er konnte nicht anders. Wieder wischte er es aus, und dann entzog er sich der Versuchung, indem er die beiden anderen Jungen zusammenrief und sich zu ihnen gesellte.

Joes Stimmung war inzwischen auch gesunken. Er litt so an Heimweh, daß er es kaum noch ertragen konnte. Die Tränen stiegen ihm bis in die Kehle. Sogar Huck war melancholisch. Tom war niedergeschlagen, bemühte sich aber nach Kräften, es nicht zu zeigen. Er verschwieg ein Geheimnis, das er noch nicht preisgeben wollte; sollte sich diese meuterische Verzagtheit jedoch nicht bald geben, dann war er gezwungen, damit herauszurücken. Er sagte mit gespielt großer Munterkeit: «Wetten, Leute, auf dieser Insel sind schon vor uns Piraten gewesen. Wir werden sie noch mal durchforschen. Irgendwo haben die hier Schätze vergraben. Wie würde euch denn das gefallen, auf so eine verfaulte Kiste mit Gold und Silber zu stoßen – he?»

Seine Worte erweckten jedoch kaum einen Schimmer Begeisterung und dieser erstarb, bevor Tom eine Antwort erhalten hatte. Er versuchte es mit zwei oder drei anderen verlockenden Vorschlägen, aber auch sie hatten keinen Erfolg. Es war wirklich entmutigend. Joe saß da, wühlte mit einem Stock den Sand auf und machte ein finsteres Gesicht. Schließlich sagte er: «Ach, Kinder, geben wir die Sache auf. Ich will nach Hause. Hier ist's so einsam.»

«Aber nein, Joe, mit der Zeit wird dir wohler dabei», erwiderte Tom. «Denk doch bloß mal an die Angelei hier!»

«Ich pfeif auf die Angelei. Ich will nach Hause.»

«Joe, so eine Stelle zum Schwimmen wie die hier gibt's doch nicht noch mal!»

«Das Schwimmen ist nichts; irgendwie macht's mir keinen Spaß, wenn niemand da ist, der sagt, ich soll nicht ins Wasser. Ich geh nach Hause.»

«Ach, Blödsinn! So ein Schoßkind! Will wohl zur Mama nach Hause!»

«Ja, freilich, ich möchte gern zu meiner Mutter, das tätest du auch, wenn du eine hättest. Ich bin kein größeres Schoßkind als du!» Joe schluckte ein wenig.

«Na schön, dann laß doch das Heulbaby zu seiner Mutter nach Hause gehen, was, Huck? Armes Baby, möchte gern zu seiner Mama. Na, bitte. *Dir* gefällt's doch hier, nicht, Huck? Wir bleiben hier, nicht wahr?»

Ohne große Überzeugung sagte Huck: «J–a–a.»

«Ich red nicht mehr mit euch, solange ich lebe, so!» sagte Joe und erhob sich. Mißgestimmt entfernte er sich und begann sich anzuziehen.

«Wen schert das?» fragte Tom. «Wer will denn mit dir reden? Geh doch nach Hause und laß dich auslachen. Du bist mir ein schöner Pirat. Huck und ich, wir sind keine Heulbabys. Wir bleiben hier, nicht, Huck? Laß ihn doch gehen, wenn er will. Wir kommen leicht auch ohne ihn aus.»

Tom war's jedoch nicht wohl zumute, und es beunruhigte ihn, wie Joe mürrisch fortfuhr, sich anzukleiden. Es war auch beklemmend, wie sehnsüchtig Huck den Vorbereitungen Joes zuschaute, wobei er vielsagend schwieg. Bald darauf watete Joe ohne ein Wort des Abschieds dem Illinoisufer zu. Tom sank der Mut. Er sah Huck an. Huck vermochte den Blick nicht zu ertragen und senkte die Lider. Dann sagte er: «Ich möcht auch gehn, Tom; 's fing hier sowieso schon an, so einsam zu werden, und jetzt wird's noch schlimmer. Gehn wir auch, Tom.»

«Ich nicht; ihr könnt ja alle gehen, wenn ihr wollt. Ich bleibe hier.»

«Tom, ich geh lieber.»

«Na, dann geh doch – wer hält dich denn?»

Huck begann, seine umherliegenden Sachen aufzuheben. Er sagte: «Tom, ich wollte, du würdest auch mitkommen. Überleg's dir lieber. Wir warten auf dich, wenn wir an Land sind.»

«Na, dann könnt ihr aber verdammt lange warten!»

Huck machte sich kummervoll auf den Weg, und Tom stand da und blickte ihm nach, wobei der heftige Wunsch an seinem Herzen nagte, seinen Stolz aufzugeben und ebenfalls mitzugehen. Er hoffte, die beiden würden stehenbleiben, aber sie wateten langsam weiter. Plötzlich kam Tom zum Bewußtsein, daß es sehr einsam und still um ihn wurde. Er kämpfte noch einmal mit seinem Stolz, rannte dann seinen Gefährten nach und brüllte: «Wartet! Wartet! Ich will euch was sagen!»

Sogleich blieben sie stehen und wandten sich um. Als er sie erreicht hatte, begann er, ihnen sein Geheimnis zu verraten, und sie hörten ihm verdrossen zu, bis sie endlich verstanden, worauf er hinauswollte; dann stießen sie ein beifälliges Kriegsgeheul aus, sagten, die Sache sei prächtig, und meinten, wenn er ihnen das gleich gesagt hätte, dann wären sie gar nicht erst fortgegangen. Er redete sich auf glaubwürdige Weise heraus; sein wirklicher Grund aber war die Furcht gewesen, sogar dieses Geheimnis könnte sie nicht mehr lange bei ihm halten, und so hatte er es als letztes Lockmittel in Reserve halten wollen.

Fröhlich kehrten die Knaben zurück und widmeten sich wieder mit ganzem Herzen ihren Spielen, wobei sie immerzu über Toms fabelhaften Plan sprachen und dessen Genialität bewunderten. Nach einem feinen Abendbrot, bestehend aus Eiern und Fisch, sagte Tom, er möchte jetzt rauchen lernen. Joe gefiel der Gedanke, und er sagte, er möchte es ebenfalls gern versuchen. So bastelte Huck also Pfeifen und stopfte sie ihnen. Die beiden Neulinge hatten bisher noch nichts anderes geraucht außer aus Weinblättern gerollte Zigarren, und die «bissen» in die Zunge und wurden auch nicht als männlich angesehen.

Jetzt streckten sie sich aus, stützten sich auf die Ellbogen und pafften behutsam, jedoch ohne rechtes Zutrauen. Der Rauch schmeckte unangenehm und würgte sie im Halse, aber Tom sagte: «Ach, das ist ja ganz leicht. Wenn ich gewußt hätte, daß das alles ist, hätt ich's schon längst gelernt!»

«Ich auch», bestätigte Joe, «ist ja gar nichts.»

«So was, wie oft hab ich nicht Leuten zugesehen, die rauchten, und gedacht, ich wollt, das könnt ich auch; aber ich hab nie geglaubt, daß ich's kann», sagte Tom. «So ist's doch gewesen, Huck? Du hast mich doch oft so reden hören, nicht, Huck? Huck soll sagen, ob's nicht stimmt.»

«Ja, zigmal», meinte Huck.

«Hab ich», sagte Tom, «mindestens hundertmal. Einmal unten beim Schlachthaus. Weißt du noch, Huck? Da war Bob Tanner dabei und Johnny Miller und Jeff Thatcher auch, als ich das gesagt hab. Weißt du's nicht mehr, Huck, daß ich das gesagt hab?»

«Ja, stimmt», antwortete Huck. «Das war der Tag, nachdem ich die weiße Glaskugel verloren hab – nein, den Tag davor!»

«Siehst du, ich hab's dir gesagt», sagte Tom. «Huck erinnert sich dran.»

«Ich glaub, die Pfeife hier könnt ich den ganzen Tag rauchen», erklärte Joe. «Mir ist überhaupt gar nicht schlecht.»

«Mir auch nicht», sagte Tom. «*Ich* könnt sie den ganzen Tag rauchen, aber ich wette, Jeff Thatcher könnt's nicht.»

«Jeff Thatcher! Der würd doch schon nach zwei Zügen umkippen. Laß ihn bloß mal versuchen, da würd er's ja sehn!»

«Da wett ich drauf, und Johnny Miller genauso – das möcht ich ja mal sehen, wenn Johnny Miller damit anfängt!»

«Na, ich etwa nicht?» meinte Joe. «Ich wette, Johnny Miller könnt das hier überhaupt nicht verkraften. Einmal dran schnüffeln, und hin ist er!»

«Stimmt, Joe. Weißt du, ich wollte, die anderen könnten uns jetzt hier so sehn.»

«Ich auch!»

«Wißt ihr was, wir erzählen überhaupt nichts davon, und wenn sie dann mal da sind, dann geh ich auf dich zu und sage: ‹Joe, hast du 'ne Pfeife? Ich möcht gern rauchen!› Und dann sagst du, so ganz nebenbei, als wenn's überhaupt nichts wär: ‹Ja, meine alte Pfeife hab ich da und 'ne neue auch, aber mein Tabak taugt nicht viel›, und dann sag ich: ‹Och, das macht nichts, wenn er nur *stark* genug ist.› Und dann holst du die Pfeifen raus, und dann zünden wir sie uns so ganz ruhig an, und dann sollst du mal sehn, was die für Augen machen!»

«Donnerwetter, das wird aber 'ne Sache, Tom, ich wollte, 's wär jetzt schon so weit!»

«Ich auch, du! Und wenn wir ihnen dann erzählen, daß wir's gelernt haben, wo wir als Piraten fort gewesen sind, werden sie dann nicht wünschen, sie wären auch dabeigewesen?»

«Na, und ob! Wetten, daß sie's wünschen!»

So ging die Unterhaltung fort; bald darauf aber begann sie ein wenig zu ermatten und zusammenhanglos zu werden. Die Gesprächspausen wurden immer länger, und das Bedürfnis der beiden Jungen, auszuspucken, steigerte sich auf eigenartige Weise. Jede Pore in ihrem Mund wurde zu einem sprudelnden Quell; sie konnten den «Keller» unter der Zunge kaum schnell genug ausschöpfen, um eine neue Überschwemmung zu verhüten; trotz allem, was sie taten, liefen ihnen doch kleine Rinnsale die Kehle hinunter, und darauf hob sich ihnen plötzlich der Magen. Beide Buben sahen jetzt sehr blaß und elend aus. Joes Pfeife entglitt seinen Fingern. Danach folgte Toms. Beide Quellen sprudelten mit Macht, und beide Pumpen arbeiteten mit voller Kraft, um das Wasser auszuschöpfen. Da sagte Joe mit schwacher Stimme:

«Hab mein Messer verloren. Ich glaub, ich geh's mal lieber suchen.»

Stockend und mit zitternden Lippen erklärte Tom: «Ich helf dir. Geh du da rum, und ich seh bei der Quelle nach. Nein, Huck, du brauchst nicht mitkommen – wir werden's schon finden.»

Huck setzte sich also wieder und wartete eine Stunde lang. Dann wurde es ihm zu einsam, und er machte sich auf die Suche nach seinen Gefährten. Sie lagen weit voneinander entfernt im Wald, beide sehr blaß und beide im tiefsten Schlaf. Etwas sagte ihm jedoch, daß sie, falls etwas sie beschwert hatte, es losgeworden waren.

Beim Essen waren sie an diesem Abend nicht sehr redselig, und sie gaben sich ziemlich bescheiden; als Huck nach der Mahlzeit seine Pfeife bereitete und ihre ebenfalls stopfen wollte, meinten sie, nein, sie fühlten sich nicht sehr wohl – irgendwas, was sie mittags gegessen hätten, müsse ihnen nicht bekommen sein.

Gegen Mitternacht erwachte Joe und weckte die anderen. In der Luft lag eine brütende Schwüle, die etwas anzukündigen schien. Die Knaben drängten sich aneinander und suchten die freundliche Nähe des Feuers, obgleich die dumpfe, drückende Hitze der bleiernen Atmosphäre erstickend war. Sie saßen reglos, gespannt da und warteten ab. Jenseits des Lichtkreises, der das Feuer umgab, wurde alles von der tiefschwarzen Finsternis verschluckt. Plötzlich leuchtete ein zitternder Schein auf, der für einen Augenblick das Laub der Bäume undeutlich sichtbar werden ließ und wieder verschwand. Dann kam ein zweiter, etwas kräftigerer. Dann noch einer. Nun fuhr ein leises Stöhnen durch das Geäst; die Knaben spürten einen flüchtigen Hauch und erschauerten unter der Vorstellung, der Geist der Nacht sei vorübergezogen. Eine Zeitlang schien es ruhig. Jetzt verwandelte ein unheimlicher Blitz die Nacht zum Tag und ließ jeden kleinen Grashalm, der zu ihren Füßen wuchs, deutlich hervortreten. Er zeigte auch drei bleiche, erschreckte Gesichter. Ein dumpfes Donnergepolter rollte und dröhnte vom Himmel und verlor sich mit grollendem Rumpeln in der Ferne. Nun wehte ein kühler Windstoß vorbei, raschelte in den Blättern und ließ die flockige Asche aufwirbeln und rings um das Feuer herniederschneien. Wieder erhellte ein greller Blitz den Wald; ihm folgte ein Krachen, das die Bäume über den Köpfen der Jungen zu spalten schien. In der Finsternis, die darauf folgte, hielten sie sich angstvoll umklammert. Auf die Blätter fielen klatschend ein paar große Regentropfen.

«Rasch, Kinder, rennt ins Zelt!» rief Tom.

Sie sprangen fort, stolperten in der Dunkelheit über Wurzeln und verfingen sich in Schlingpflanzen; jeder lief in eine andere Richtung. Ein zorniger Windstoß brauste durch die Bäume und brachte jeden Ast zum Ächzen. Ein greller Blitz jagte den anderen, und Schlag auf Schlag dröhnte ohrenbetäubender Donner. Jetzt goß der Regen in Strömen hernieder, und der aufkommende Orkan peitschte ihn in breiten Schwaden über den Boden. Die Jungen riefen einander, aber der heulende Wind und das Krachen des Donners ließen ihre Stimmen gänzlich untergehen. Schließlich fand sich jedoch einer nach dem anderen im Zelt ein, wo sie frierend, ängstlich und völlig durchnäßt Obdach suchten; sie waren dankbar dafür, in ihrer Not nicht allein zu sein. Unterhalten konnten sie sich nicht; selbst wenn die übrigen Geräusche es ihnen erlaubt hätten, wäre es nicht möglich gewesen, denn das alte Segel knatterte laut. Der Sturm steigerte sich immer mehr; plötzlich riß sich das Segel los und flog vom Wind getragen davon. Die Jungen faßten einander bei der Hand und flohen, wobei sie oft stolperten und hinfielen, unter den Schutz einer großen Eiche, die am Flußufer stand. Jetzt hatte das Gewitter seinen Höhepunkt erreicht. Unter den flammenden Blitzen, die den Himmel in Brand zu stecken schienen, trat alles scharf und in krasser Deutlichkeit hervor: die sich biegenden Bäume, der wogende Fluß, der weiß von Gischt war, die dahintreibenden Schaumflocken, die nebelhaften Umrisse des hohen Steilufers der anderen Seite, auf das sie einen Blick durch das jagende Gewölk und den schräg hängenden Regenvorhang erhaschten. Hin und wieder gab irgendein riesiger Baum den Kampf auf und fiel krachend durch das jüngere Gehölz; die Donnerschläge erfolgten jetzt in ohrenbetäubenden explosiven Entladungen, die hell und scharf und unsagbar schrecklich waren. Das Gewitter erreichte seinen Höhepunkt in einem beispiellosen Ausbruch, der in ein und demselben Augenblick die Insel zugleich in Stücke reißen, sie verbrennen, sie bis zu den Wipfeln überfluten, sie davonblasen und jede lebende Kreatur darauf betäuben wollte. Für herumirrende junge Menschenkinder war es eine schlimme Nacht im Freien.

Endlich aber war die Schlacht geschlagen; die feindlichen Mächte zogen sich mit immer schwächer werdendem Drohen und Grollen zurück, und dann herrschte wieder Frieden. Die Jungen kehrten recht verängstigt ins Lager zurück; dort aber fanden sie, daß sie immer noch Grund hatten, dankbar zu sein, denn die große Platane, die ihre Ruhestätte beschirmt hatte, war jetzt, vom Blitz getroffen, völlig zerstört. Als die Katastrophe geschehen war, waren sie nicht darunter gelegen.

Im Lager war alles durchnäßt, einschließlich der Feuerstelle; leichtsinnig, wie die Jugend nun einmal ist, hatten sie keinerlei Vorkehrungen gegen den Regen getroffen. Das war übel, denn sie waren naß bis auf die Haut und durchgefroren. Sie machten ihrer Not in kräftigen Worten Luft. Bald aber entdeckten sie, daß sich das Feuer an dem alten Baumstamm, gegen den sie es geschichtet hatten, an einer Stelle so weit hineingefressen hatte, daß etwa eine Handbreit Glut dem Naßwerden entgangen war; so mühten sie sich geduldig, bis sie mit Holz- und Rindenstückchen, die sie von der Unterseite geschützt liegender Stämme sammelten, das Feuer wieder zum Brennen brachten. Dann häuften sie große dürre Äste darauf, bis sie eine Lohe hatten, die einem prasselnden Ofen glich, und ihre Herzen wieder froh waren. Sie trockneten ihren gekochten Schinken und labten sich daran; dann setzten sie sich um das Feuer, bauschten ihr mitternächtliches Erlebnis auf und machten es zu einem glorreichen Abenteuer, und das dauerte bis zum Morgen, denn ringsum gab es keine trockene Stelle, auf der sie hätten schlafen können.

Als die Sonne dann hervorkam, wurden sie von Müdigkeit überwältigt; sie gingen zur Sandbank hinaus und legten sich dort zum Schlafen nieder. Mit der Zeit vertrieb sie die sengende Hitze von da, und trübselig machten sie sich daran, das Frühstück zu bereiten. Nach dem Essen waren ihre Glieder steif und wie eingerostet; sie empfanden auch von neuem Heimweh. Tom bemerkte die Anzeichen und wollte die Piraten aufmuntern, so gut er konnte. Aber weder das Murmel- noch das Zirkusspiel, noch das Schwimmen, noch sonst etwas sagte ihnen zu. Da erinnerte er sie an das imponierende Geheimnis und weckte damit einen Schimmer Freude in ihnen. Während dieser noch anhielt, gelang es ihm, ihr Interesse für etwas Neues wachzurufen: sie sollten für eine Weile das Piratendasein aufgeben und zur Abwechslung einmal Indianer werden. Dieser Gedanke gefiel ihnen, und so dauerte es nicht lange, bis sie sich entkleidet hatten und von Kopf bis Fuß mit schwarzem Schlamm gestreift waren wie Zebras; natürlich waren sie alle Häuptlinge und rasten durch den Wald, um eine englische Siedlung anzugreifen.

Nach und nach spalteten sie sich in drei feindliche Stämme, überfielen einander mit schrecklichem Kriegsgeschrei aus dem Hinterhalt und töteten und skalpierten sich gegenseitig zu Tausenden. Es war ein blutiger Tag. Daher war er auch befriedigend.

Um die Abendbrotzeit versammelten sie sich hungrig und vergnügt im Lager. Jetzt aber erhob sich eine Schwierigkeit. Feindliche Indianer konnten doch nicht das Brot der Gastfreundschaft miteinander brechen, ohne vorher Frieden geschlossen zu haben, und das wiederum war einfach unmöglich, ohne eine Friedenspfeife geraucht zu haben. Von einem anderen Verfahren hatten sie noch nie gehört. Zwei der Wilden wünschten nun fast, sie wären Piraten geblieben. Es gab jedoch keinen anderen Weg, und so verlangten sie mit so viel Munterkeit, wie sie nur aufbringen konnten, nach der Pfeife und nahmen, als sie von einem zum andern ging, ihren Zug, wie es sich gehörte.

Und siehe da, sie waren froh, Wilde geworden zu sein, denn sie hatten damit etwas gewonnen: Sie entdeckten, daß sie jetzt ein bißchen rauchen konnten, ohne auf die Suche nach einem verlorenen Messer gehen zu müssen, und ihnen wurde nicht so übel, daß es sie ernstlich belästigt hätte. Diese vielversprechende Leistung sollte aber nicht durch einen Mangel an Übung verscherzt werden. O nein, nach dem Abendbrot übten sie es vorsichtig noch einmal mit ziemlich gutem Erfolg, und so verbrachten sie den Abend voller Jubel. Ihre neue Errungenschaft machte sie stolzer und glücklicher, als hätten sie die gesamte Indianerwelt skalpiert und ihnen die Haut vom Leibe gezogen. Wir wollen sie bei ihrem Rauchen, Schwatzen und Prahlen lassen, da wir sie jetzt nicht mehr im Auge behalten müssen.

17. Kapitel

Die Piraten bei ihrem eigenen Begräbnis

In der kleinen Stadt herrschte indessen an diesem ruhigen Samstagnachmittag keine Fröhlichkeit. Kummervoll und unter vielen Tränen legten die Harpers und Tante Polly mit ihren Angehörigen Trauer an. Eine ungewöhnliche Stille lag über dem Ort, der sonst auch schon still genug war. Die Bewohner gingen mit zerstreuter Miene ihren Geschäften nach und sprachen wenig, aber seufzten viel. Der freie Samstagnachmittag schien den Kindern heute eine Last zu sein. Sie waren nicht mit dem Herzen bei ihren Spielen und gaben sie schließlich auf.

Im Laufe des Nachmittags schlich Becky Thatcher niedergeschlagen auf dem verlassenen Schulhof herum; ihr war sehr melancholisch zumute. Dort fand sie jedoch nichts, was sie getröstet hätte. Sie hielt ein Selbstgespräch: «Ach, wenn ich doch bloß seinen Messingknopf wieder hätte! Aber jetzt hab ich gar nichts, was mich an ihn erinnert», sagte sie und unterdrückte ein leises Schluchzen.

Dann blieb sie stehen und sagte zu sich: «Genau hier war's. Ach, wenn's noch mal geschehen könnte, würde ich das nicht sagen – um nichts in der Welt würde ich das sagen. Aber jetzt ist er nicht mehr da – ich sehe ihn nie, niemals wieder.»

Dieser Gedanke machte ihr das Herz schwer, und sie ging davon, während ihr Tränen die Wangen hinabrollten. Dann kam eine ganze Gruppe von Jungen und Mädchen vorbei – lauter Spielkameraden von Tom und Joe –, sie blieben stehen, blickten über den Zaun, der den Hof umgab, und sprachen in leisem Ton davon, wie Tom dies und das getan habe, als sie ihn zum letztenmal sahen, und wie Joe diese oder jene Bemerkung gemacht habe (die voll schrecklicher Vorbedeutung gewesen sei, wie jetzt ganz klar war), und jeder der Sprecher zeigte genau die Stelle, an der die verschwundenen Jungen damals gestanden hatten, und setzte dann etwa hinzu: «Und ich hab gerade so gestanden, wie ich jetzt steh, wenn du er wärst – gerade da bei ihm hab ich gestanden – und so hat er gelächelt – und da ist mir gewesen, als ob mich was überläuft – schrecklich, wißt ihr – und ich hab mir natürlich nicht denken können, was das bedeutet hat, aber jetzt weiß ich's!»

Dann entstand ein Streit darüber, wer die toten Jungen zuletzt lebend gesehen habe; viele nahmen diesen traurigen Triumph für sich in Anspruch und brachten Beweise vor, die von den Zeugen mehr oder weniger gefälscht waren, und als endlich festgestellt wurde, wer nun die Verschwundenen tatsächlich als letzte gesehen und die letzten Worte mit ihnen gewechselt hatte, nahmen diese Glücklichen eine Art besonderer Wichtigkeit an und wurden von den übrigen bestaunt und beneidet.

Ein armer Junge, der nichts anderes aufzuweisen hatte, erklärte mit sichtbarem Stolz: «Na, mich hat Tom Sawyer mal verprügelt.»

Dieser Anspruch auf Ruhm erwies sich jedoch als Fehlschlag. Die meisten Jungen konnten das gleiche von sich sagen, und das ließ die Auszeichnung bald allzu billig scheinen. Noch im Davongehen wurden mit ehrfürchtiger Stimme Erinnerungen an die verlorenen Helden wachgerufen.

Als am nächsten Morgen die Sonntagsschulstunde vorüber war, begann die Glocke langsam und feierlich anzuschlagen, anstatt zu läuten wie sonst. Große Stille herrschte an diesem Sonntag, und der klagende Ton der Glocke schien zu dem bedrückten Schweigen, das über der Natur lag, gut zu passen. Die Ortsbewohner strömten herbei und verweilten einen Augenblick in der Vorhalle der Kirche, um sich flüsternd über das traurige Ereignis zu unterhalten. In der Kirche selbst sprach jedoch niemand; dort unterbrach nur das feierlich-traurige Rascheln der Kleider die Stille. Keiner konnte sich erinnern, die kleine Kirche je so voll gesehen zu haben. Endlich entstand eine gespannte Pause, ein stummes Erwarten, und dann trat Tante Polly herein, gefolgt von Sid und Mary sowie von der Familie Harper, alle tiefschwarz gekleidet; die ganze Gemeinde, der alte Pfarrer inbegriffen, erhob sich achtungsvoll und blieb stehen, bis sich die Trauernden auf den vordersten Stühlen niedergelassen hatten. Danach herrschte von neuem ein allgemeines Schweigen, das hin und wieder von ersticktem Schluchzen unterbrochen wurde, und nun breitete der Pfarrer die Hände aus und sprach das Gebet. Ein ergreifender Choral wurde gesungen, und dann folgte der Bibelspruch: «Ich bin die Auferstehung und das Leben.»

Im weiteren Verlauf des Gottesdienstes zeichnete der Pfarrer ein so glänzendes Bild der Tugenden, der gewinnenden Art und der außergewöhnlich vielversprechenden Gaben der verlorenen Kinder, daß ein jeder der Zuhörer einen Stich im Herzen empfand, wenn er bedachte, wie beharrlich er stets vor diesen Vorzügen die Augen geschlossen und wie er in den armen Jungen ebenso beharrlich nur Fehler und Mängel erblickt hatte. Der Geistliche berichtete auch so manches rührende Vorkommnis aus dem Leben der Entschwundenen, das ihre sanfte, großzügige Natur erkennen ließ, und jetzt konnten die Leute sehen, wie edel und schön diese Episoden waren, und reuevoll erinnerten sie sich, daß sie ihnen zur Zeit des Geschehens arge Ungezogenheiten schienen, die eine Tracht Prügel wert waren. Als der Pfarrer mit seinem rührseligen Bericht fortfuhr, wurde die Gemeinde immer ergriffener, bis schließlich die ganze Versammlung die Fassung verlor und sich in einem Chor lauten Schluchzens den weinenden Hinterbliebenen anschloß; sogar der Prediger ließ seinen Gefühlen freien Lauf und brach auf der Kanzel in Tränen aus.

Auf der Empore war ein Rascheln zu hören, das niemand bemerkte; einen Augenblick später knarrte die Kirchentür, der Pfarrer hob den tränenverschleierten Blick über das Taschentuch und stand wie erstarrt da! Zuerst schaute ein Augenpaar und dann ein zweites in seine Richtung, und dann erhob sich, wie von einem einzigen Impuls getrieben, die ganze Gemeinde und starrte auf die drei toten Jungen, die den Gang entlangmarschiert kamen, Tom an der Spitze, als nächster Joe und dann Huck, der, eine Vogelscheuche aus herabhängenden Lumpen, als Nachhut daherschlich. Sie hatten sich auf der unbenutzten Empore versteckt und ihrer eigenen Grabrede zugehört!

Tante Polly, Mary und die Familie Harper stürzten sich auf ihre Auferstandenen, erstickten sie fast unter Küssen und ließen ihren Dankesgefühlen freien Lauf, während der arme Huck verlegen und verwirrt daneben stand und nicht genau wußte, was er tun und wo er sich vor so vielen Augen, aus denen ihm kein Willkommen entgegenstrahlte, verbergen sollte. Er wollte sich schon davonschleichen; da packte ihn Tom und sagte: «Tante Polly, das ist doch nicht recht. Jemand muß sich auch freuen, daß er Huck wiedersieht.»

«Das soll gewiß jemand! Ich freue mich, daß ich ihn wiedersehe, das arme, mutterlose Kerlchen!» Die Zärtlichkeit, mit der Tante Polly Huck nun überschüttete, war gerade geeignet, seine Verlegenheit noch zu verstärken.

Plötzlich rief der Pfarrer, so laut er konnte: «Lobet den Herrn, den mächtigen König der Ehren – *singet*! Und singt aus tiefem Herzen!»

Und das taten sie. Die ehrwürdige Hymne stieg empor und schwoll an zu einem Triumphgesang; während sie die Kirche durchbrauste, blickte Tom Sawyer, der Pirat, auf die neiderfüllten Buben ringsum und gestand sich insgeheim, daß dies der stolzeste Augenblick seines Lebens war.

Als die Gemeindemitglieder hinauszogen, meinten sie, fast wären sie bereit, sich wieder zum Narren halten zu lassen, um die alte Hymne noch einmal auf diese Weise singen zu hören.

Tom erhielt an dem Tage mehr Püffe und mehr Küsse – je nach der wechselnden Stimmung Tante Pollys –, als ihm zuvor in einem ganzen Jahr zuteil geworden waren. Er wußte kaum zu sagen, in welchen von beiden sich mehr Dankbarkeit gegenüber Gott und mehr Liebe zu ihm selbst ausdrückte.

18. Kapitel
Tom enthüllt das Geheimnis seines Traums

Dies also war Toms großes Geheimnis gewesen: der Plan, daß er und seine Mitpiraten heimkehren und ihrer eigenen Totenfeier beiwohnen sollten. Am Samstag waren sie in der Abenddämmerung auf einem Baumstamm zum Missouriufer herübergepaddelt, fünf oder sechs Meilen unterhalb des Ortes gelandet und hatten bis kurz vor Tagesanbruch in dem Wald am Ortsrand geschlafen; dann waren sie durch Nebenstraßen und Hintergassen zur Kirche geschlichen und hatten sich dort auf der Empore inmitten invalider Kirchenbänke ausgeschlafen.

Am Montagmorgen beim Frühstück waren Tante Polly und Mary sehr zärtlich zu Tom und voller Aufmerksamkeit für seine Wünsche. Es wurde ungewöhnlich viel geredet. Im Laufe des Gesprächs sagte Tante Polly: «Na, für euch mag es ja ein Spaß gewesen sein, Tom, uns aber fast eine Woche lang in Kummer zu versetzen, damit ihr euer Vergnügen hattet – es ist doch ein Jammer, daß du so hartherzig sein und mich so leiden lassen konntest! Wenn du auf einem Baumstamm hast rüberkommen können, um zu deiner Totenfeier zu gehen, dann hättst du auch rüberkommen und mir einen Wink geben können, daß du nicht tot warst, sondern bloß durchgebrannt.»

«Ja, das hättst du tun können, Tom», sagte Mary. «Ich glaube, wenn's dir eingefallen wär, dann hättst du's auch getan.»

«Ja, Tom, stimmt das?» fragte Tante Polly, und ihr Gesicht erhellte sich erwartungsvoll. «Sag, hättst du's getan, wenn du dran gedacht hättst?»

«Ich – nun, ich weiß nicht. Es hätt ja alles verdorben.»

«Ach, Tom, und ich hatte gehofft, daß du mich liebhast», sagte Tante Polly in so kummervollem Ton, daß dem Jungen unbehaglich zumute wurde. «Es wär schon was, wenn du wenigstens dran gedacht hättest, selbst wenn du's auch nicht ausgeführt hast.»

«Tantchen, das ist doch nicht so schlimm», sagte Mary bittend, «das ist doch bloß Toms leichtsinnige Art – er ist immer so in Eile, daß er nie an was denkt.»

«Um so schlimmer. Sid hätte dran gedacht. Und Sid wär auch rübergekommen und hätt's getan. Tom, eines Tages, wenn's zu spät ist, wirst du wünschen, du hättst mich ein bißchen mehr liebgehabt. Was wäre das schon gewesen?»

«Aber Tantchen, du weißt doch, daß ich dich gern hab», sagte Tom.

«Ich wüßte's besser, wenn du danach handeln würdest.»

«Jetzt wollte ich, ich hätte dran gedacht», meinte Tom in reumütigem Ton, «aber ich hab jedenfalls von dir geträumt. Das ist wenigstens etwas, nicht?»

«Viel ja nicht – können sogar Katzen –, aber es ist besser als gar nichts. Was hast du denn geträumt?»

«Na, am Mittwochabend hab ich geträumt, du hast dort drüben an dem Bett gesessen und Sid auf dem Holzkasten und Mary daneben.»

«Nun, da haben wir auch gesessen. Das tun wir ja immer. Ich bin nur froh, daß du dich wenigstens im Traum so weit mit uns beschäftigt hast.»

«Und ich hab geträumt, daß Joes Mutter hier war.»

«Nanu, sie ist wirklich hier gewesen. Hast du sonst noch was geträumt?»

«Ach, 'ne ganze Menge. Aber es ist jetzt schon so verschwommen.»

«Na, versuch mal, dich dran zu erinnern – geht's nicht?»

«Irgendwie ist mir, als wenn der Wind – der Wind hat – hat...»

«Streng dich noch mehr an, Tom! Der Wind hat wirklich was getan, komm nur!»

Tom preßte eine spannende Minute lang die Finger gegen die Stirn und sagte dann: «Jetzt hab ich's! Jetzt hab ich's! Er hat die Kerze zum Flackern gebracht!»

«Herr, du meine Güte! Weiter, Tom, weiter!»

«Und mir ist, als hättst du gesagt: ‹Nanu, ich glaube, die Tür...›»

«Weiter, Tom!»

«Laß mich mal 'nen Moment nachdenken – bloß 'nen Moment. Ach ja – du hast gesagt, du glaubst, die Tür sei offen.»

«So wahr ich hier sitze, das hab ich gesagt! Nicht wahr, Mary? Weiter!»

«Und dann... und dann... nun, ich bin nicht sicher, aber mir scheint, du hast Sid losgeschickt, damit... damit...»

«Nun? Nun? Wozu, Tom? Was sollte er tun?»

«Er sollte... er... Oh, er sollte sie zumachen.»

«Allmächtiger Himmel! Mein Lebtag hab ich so was noch nicht gehört! Und da soll mir einer sagen, Träume hätten nichts zu bedeuten. Das muß ich Sereny Harper erzählen, aber sofort. Da möcht ich doch mal sehen, wie sie das widerlegen will, mit ihrem albernen Geschwätz gegen den Aberglauben. Weiter, Tom!»

«Oh, jetzt sehe ich wieder alles ganz klar vor mir. Dann hast du gesagt, ich wär nicht schlecht, nur voller Unfug und übermütig und so wenig Verstand wie... wie... ich glaube wie ein Fohlen oder so ähnlich.»

«Tatsächlich, so war's! Nein, du Grundgütiger! Weiter, Tom!»

«Und dann hast du angefangen zu weinen.»

«Das hab ich. Das hab ich. Nicht zum erstenmal, übrigens, und dann...»

«Dann hat Mrs. Harper auch angefangen zu weinen und gesagt, Joe wär genauso, und sie wünschte, sie hätte ihn nicht verdroschen wegen dem Rahm, wo sie den doch selbst fortgeworfen hätte...»

«Tom, der Heilige Geist hat dich ergriffen! Gewahrsagt hast du – jawohl, das hast du! Du großer Himmel! Weiter, Tom!»

«Dann hat Sid gesagt... er hat gesagt...»

«Ich glaube, ich hab nichts gesagt», meinte Sid.

«Doch, Sid», berichtigte ihn Mary.

«Haltet den Schnabel und laßt Tom weiterreden! Was hat er gesagt, Tom?»

«Er hat gesagt... ich glaube, er hat gesagt, er hofft, daß es mir da, wo ich hin wär, besser ginge, aber wenn ich manchmal artiger...»

«Da! Habt ihr das gehört? Das waren genau seine Worte!»

«Und du hast ihn zurechtgewiesen.»

«Und ob ich das hab! Es muß wohl ein Engel dagewesen sein. Bestimmt ist da irgendwo ein Engel gewesen!»

«Und Mrs. Harper hat erzählt, wie Joe sie mit einem Knallfrosch erschreckt hat, und du hast ihr vom Peter und dem Schmerztöter erzählt...»

«So wahr ich lebe!»

«Und dann ist 'ne Menge darüber gesprochen worden, daß sie den Fluß mit Schleppnetzen nach uns abgesucht haben und daß Sonntag unsere Totenfeier sein sollte, und dann habt ihr euch umarmt, die alte Mrs. Harper und du, und habt geweint, und dann ist sie gegangen.»

«Genauso ist's gewesen! Genauso ist's gewesen, so wahr ich hier auf dem Stuhl sitze! Tom, du hättest es nicht genauer erzählen können, wenn du's gesehen hättst! Und was war dann? Weiter, Tom.»

«Dann hab ich geträumt, du hättst für mich gebetet, und ich hab dich gesehen und jedes Wort hören können, das du gesagt hast. Dann bist du zu Bett gegangen, und es hat mir so leid getan, daß ich ein Stück Platanenrinde genommen und drauf geschrieben hab: ‹Wir sind gar nicht tot – wir sind nur fort und Piraten geworden› und hab's auf den Tisch neben die Kerze gelegt, und dann hast du so lieb ausgesehen, wie du dort so gelegen und geschlafen hast, daß ich geträumt hab, ich wär zu dir gegangen und hätt mich über dich gebeugt und dir einen Kuß gegeben.»

«Wirklich, Tom, wirklich? Dafür verzeih ich dir alles!» Sie riß den Jungen in ihre Arme und erdrückte ihn fast, während er sich wie der größte aller Schurken vorkam.

«Das war sehr nett, wenn's auch nur ein – Traum gewesen ist», murmelte Sid gerade noch hörbar vor sich hin.

«Halt den Mund, Sid! Man tut im Traum genau dasselbe, was man im Wachen tun würde. Hier ist ein großer schöner Apfel, den ich für dich aufgehoben habe, Tom, falls du je wieder gefunden würdest – und jetzt geh zur Schule. Ich bin dem lieben Gott dankbar, daß ich dich wieder hab, Ihm, der geduldig und gnädig ist gegenüber denen, die an Ihn glauben und Seinem Wort folgen, obgleich der Himmel weiß, daß ich dessen nicht würdig bin. Aber wenn bloß diejenigen, die würdig sind, Seinen Segen erhalten und von Ihm über die schwierigen Wegstellen hinweggeführt würden, dann gäb's nur wenig Leute, die auf dieser Welt ruhig und in jener Welt selig sein könnten. Geht jetzt, Sid, Mary, Tom – trollt euch –, ihr habt mich lang genug von der Arbeit abgehalten.»

Die Kinder gingen zur Schule, und die alte Dame ging hinüber zu Mrs. Harper, um deren Realismus mit Toms wunderbarem Traum zu besiegen. Sid war klug genug, den Gedanken nicht zu äußern, der ihm beim Verlassen des Hauses durch den Sinn ging. Er lautete: «Ziemlich durchsichtig – so ein langer Traum, und nicht ein Fehler drin!»

Welch ein Held war Tom jetzt geworden! Er hüpfte und sprang nicht, sondern schritt mit prahlerisch stolzer Würde einher, wie es einem Piraten geziemt, der spürt, daß die Öffentlichkeit auf ihn blickt. Und das tat sie auch: Er bemühte sich zu tun, als sehe er die Blicke nicht und als höre er die Bemerkungen nicht, die ihn beim Vorübergehen trafen; die taten ihm jedoch unbeschreiblich wohl. Jungen, die kleiner waren als er, hefteten sich ihm scharenweise an die Fersen und waren stolz, mit ihm zusammen gesehen und von ihm geduldet zu werden, als sei er der Trommler an der Spitze eines Aufmarsches oder der Elefant, der einen in die Stadt einziehenden Zirkus anführt. Die gleichaltrigen taten, als wüßten sie nicht, daß er überhaupt fort gewesen war; dabei verzehrten sie sich vor Neid. Sie hätten alles darum gegeben, seine dunkle, sonnengebräunte Haut und seine glanzvolle Berühmtheit zu haben, und Tom hätte beides nicht einmal dann hergegeben, wenn man ihm einen ganzen Zirkus dafür geboten hätte.

In der Schule machten die Kinder so viel Aufhebens von ihm und von Joe und brachten ihnen eine so glühende Bewunderung entgegen, daß es nicht lange dauerte, bis unsere beiden Helden unerträglich aufgeblasen waren. Sie schilderten den begierig lauschenden Zuhörern ihre Abenteuer – freilich kamen sie nie ans Ende, denn eine solche Erzählung konnte ja kein Ende haben, wenn eine Phantasie wie die ihre Material dazu lieferte. Und als sie schließlich ihre Pfeifen hervorzogen und anfingen, mit größter Ruhe umherzupaffen, war der Gipfel des Ruhmes erklommen.

Tom dachte, er könne sich jetzt von Becky Thatcher unabhängig machen. Ihm genügte der Ruhm. Er wollte für den Ruhm leben. Jetzt, wo er hoch geachtet war, wünschte sie vielleicht, sich wieder mit ihm zu vertragen. Nun, mochte sie – sie sollte mal sehen, daß er ebenso gleichgültig sein konnte wie gewisse andere Leute. Kurz darauf kam sie. Tom tat so, als sähe er sie nicht. Er ging weiter, gesellte sich einer Gruppe von Jungen und Mädchen zu und begann, mit ihnen zu plaudern. Bald sah er sie mit glühenden Wangen und verstohlenen Blicken fröhlich hin und her laufen; sie tat, als spiele sie mit ihren Freundinnen Haschen und kreischte vor Lachen, wenn sie jemand einfing; aber er merkte, daß sie Gefangene stets in seiner Nähe machte und daß sie dann auch jedesmal einen deutlichen Blick zu ihm warf. Das befriedigte seine Eitelkeit; anstatt ihn zu gewinnen, machte es ihn nur um so bockbeiniger und ließ ihn um so eifriger verbergen, daß er von ihrer Anwesenheit wußte. Bald gab sie das Herumtollen auf und schlenderte unentschlossen umher, seufzte ein paarmal und blickte verstohlen sehnsüchtig auf Tom. Dann bemerkte sie, daß er jetzt angelegentlich mit Amy Lawrence sprach. Ein heftiger Schmerz durchfuhr sie, und sie war zugleich beunruhigt und verwirrt. Sie wollte fortlaufen, doch ihre Füße trugen sie statt dessen zu den andern hin. Einem Mädchen, das fast neben Tom stand, rief sie mit gespielter Lebhaftigkeit zu: «Aber, Mary Austin! Warum warst du denn nicht in der Sonntagsschule?»

«Ich bin doch dagewesen, hast du mich denn nicht gesehen?»

«Nein, tatsächlich? Wo hast du denn gesessen?»

«In Miss Peters Klasse, da, wo ich immer bin. Ich hab dich aber gesehen.»

«Wirklich? Komisch, daß ich dich nicht gesehen hab. Ich wollte dir von dem Picknick erzählen.»

«Au, fein. Wer will denn eins geben?»

«Meine Mutti erlaubt mir, eins zu geben.»

«Oh, wie herrlich. Hoffentlich darf ich auch kommen.»

«Bestimmt. Das Picknick ist ja für mich. Jeder darf kommen, den ich dabeihaben will, und dich will ich dabeihaben.»

«Das ist aber fein. Wann soll's denn sein?»

«Bald. Vielleicht in den Ferien.»

«Das wird ja ein Spaß! Lädst du alle Mädchen und Jungen ein?»

«Ja, alle, die mit mir befreundet sind – oder die's gern sein möchten», sagte sie und warf Tom heimlich einen Blick zu; er unterhielt sich aber ruhig weiter mit Amy Lawrence und erzählte ihr von dem furchtbaren Sturm auf der Insel und wie der Blitz die große Platane «kurz und klein» gespalten habe, während er «zwei Schritte davon stand».

«Oh, darf ich auch kommen?» fragte Gracie Miller.

«Ja.»

«Und ich?» wollte Sally Rogers wissen.

«Ja.»

«Ich auch?» fiel Susie Harper ein. «Und Joe?»

«Ja.»

So ging es weiter, begeistert klatschte alles in die Hände, bis alle um Einladungen gebettelt hatten, außer Tom und Amy. Dann wandte sich Tom kühl ab, sprach immer noch weiter mit Amy und nahm sie mit sich. Beckys Lippen zitterten, und Tränen schossen ihr in die Augen; sie verbarg dies hinter einer gezwungenen Fröhlichkeit und schwatzte weiter; das Picknick hatte aber jetzt jeden Reiz verloren und alles andere ebenfalls; sobald sie konnte, stahl sie sich davon, versteckte sich und tat, was man «sich mal tüchtig ausweinen» nennt. Dann saß sie traurig und gekränkt da, bis die Glocke läutete. Da erhob sie sich mit rachsüchtigem Blick, warf die Zöpfe zurück und sagte, sie wisse jetzt, was sie tun werde.

In der Pause setzte Tom voller Selbstzufriedenheit seine Tändelei mit Amy fort. Er schlenderte dabei umher, um Becky aufzufinden und sie mit diesem Schauspiel zu martern. Endlich entdeckte er sie, aber nun fiel plötzlich die Quecksilbersäule seines Stimmungsthermometers. Sie saß gemütlich auf einer kleinen Bank hinter dem Schulhaus und betrachtete mit Alfred Temple ein Bilderbuch; so vertieft waren sie darin und so dicht hatten sie die Köpfe zusammengesteckt, daß sie sonst nichts auf der Welt zu bemerken schienen. Glühend heiß rann Tom die Eifersucht durch die Adern. Er hätte sich ohrfeigen mögen, weil er die Gelegenheit zur Versöhnung, die Becky ihm geboten, mutwillig ausgeschlagen hatte. Er nannte sich einen Narren und gab sich jeden Schimpfnamen, der ihm nur in den Sinn kam. Am liebsten hätte er vor Ärger geweint. Amy schwatzte lustig drauflos, sie triumphierte. Toms Zunge aber war wie gelähmt. Er hörte nicht, was Amy sagte, und jedesmal, wenn sie eine Antwort erwartete, vermochte er nur eine ungeschickte Zustimmung zu stammeln, die oft fehl am Platz war. Immer wieder trieb es ihn hinter das Schulhaus, um seine Augen mit dem verhaßten Anblick, der sich dort bot, zu quälen. Er konnte nicht anders. Es machte ihn toll zu sehen, wie Becky Thatcher anscheinend überhaupt nicht daran dachte, daß er noch vorhanden sei. Sie aber sah ihn wohl und wußte auch, daß sie ihren Kampf gewinnen würde; sie freute sich, ihn ebenso leiden zu sehen, wie sie gelitten hatte. Amys lustiges Geplauder wurde Tom unerträglich. Er deutete an, es gebe Dinge, um die er sich nun zu kümmern habe, Dinge, die erledigt werden müßten. Es war aber vergeblich, das Mädchen plauderte weiter. Tom dachte: ‹Ach, hol sie der Kuckuck, werd ich sie denn nie mehr los?› Nun müsse er sich aber endlich um andere Dinge kümmern, sagte er, und sie erwiderte treuherzig, sie käme schon, wenn die Schule aus sei. Er eilte fort, voller Zorn auf sie.

‹Wenn's irgendein anderer Junge wär›, dachte Tom zähneknirschend. ‹Jeder andre Junge von hier, nur nicht dieser geleckte Affe aus St. Louis, der glaubt, er wär so fein angezogen, und der sich wie die Aristokratie in Person vorkommt! Na, laß nur. Ich hab dich am ersten Tag verprügelt, als du hierher in die Stadt gekommen bist, mein Herr, und ich werd dich auch noch mal verprügeln! Warte nur ab, bis ich dich erwische! Dann nehme ich dich einfach und ...›

Er führte Bewegungen aus, als verprügle er einen in seiner Einbildung vor ihm stehenden Jungen – hieb mit den Fäusten in die Luft, trat mit den Füßen und drückte mit den Daumen zu.

‹So, reicht das? Du schreist ‚genug', so? Na, dann laß dir das 'ne Lehre sein!›

Und so endete die in der Phantasie erteilte Tracht Prügel zu seiner Zufriedenheit.

In der Mittagspause floh Tom nach Hause. Sein Gewissen vermochte Amys dankbare Glückseligkeit nicht mehr zu ertragen, seine Eifersucht die andere Pein nicht mehr auszuhalten. Becky besah sich von neuem mit Alfred das Bilderbuch, als aber die Minuten vergingen und kein Tom erschien, um sich quälen zu lassen, begann ihr Triumph schal zu werden, und sie verlor das Interesse daran; danach wurde sie zerstreut und schließlich melancholisch; zwei- oder dreimal spitzte sie die Ohren, wenn sie Schritte hörte, aber vergebens: kein Tom erschien. Schließlich war ihr ganz elend zumute, und sie wünschte, sie hätte die Sache nicht so weit getrieben. Als der arme Alfred – der sah, daß sie sich ihm entzog, ohne daß er wußte, weshalb – immer wieder ausrief: «Schau, hier ist ein nettes Bild», verlor sie schließlich die Geduld und sagte: «Ach, laß mich in Ruh! Ich finde sie blöd»; dann brach sie in Tränen aus, stand auf und ging davon.

Alfred trottete neben ihr her und wollte sie trösten, sie aber fuhr ihn an: «Geh weg und laß mich in Ruhe. Nicht ausstehen kann ich dich!»

Der Junge blieb zögernd stehen und fragte sich, was er denn getan haben mochte – sie hatte doch gesagt, sie wollte die ganze Mittagspause hindurch Bilder mit ihm anschauen –, und sie ging weinend davon. Dann kehrte Alfred nachdenklich in das verlassene Schulhaus zurück. Er fühlte sich gedemütigt und war wütend. Es fiel ihm nicht schwer, die Wahrheit zu erraten – das Mädchen hatte ihn einfach benutzt, um ihrem Groll gegen Tom Sawyer Luft zu machen. Als ihm dieser Gedanke kam, wurde sein Haß gegen Tom noch größer. Er wünschte, es gäbe einen Weg, diesen Kerl in eine unangenehme Lage zu bringen, ohne selbst dabei viel zu riskieren. Da fiel sein Blick auf Toms Fibel. Hier war die ersehnte Gelegenheit! Erfreut schlug er die Lektion auf, die sie am Nachmittag durchnehmen sollten, und goß Tinte über die Seite. In diesem Augenblick lugte Becky hinter ihm durch das Fenster, sah, was er tat, und verschwand wieder, ohne sich zu verraten. Jetzt machte sie sich auf den Heimweg, um Tom aufzusuchen und ihm die Sache zu erzählen; dann wäre

Tom ihr dankbar, und alles wäre wieder gut. Bevor sie aber den halben Weg zurückgelegt hatte, überlegte sie sich's anders. Die Erinnerung an die Art, wie Tom sie behandelt hatte, als sie von ihrem Picknick sprach, überkam sie siedend heiß und füllte sie mit Scham. Sie beschloß, ihn seine Prügel wegen der beschädigten Fibel einstecken zu lassen und ihn außerdem auf immer und ewig zu hassen.

19. Kapitel

Das grausame Wort: «Daran hab ich nicht gedacht»

Tom kam in trüber Stimmung zu Hause an, und die ersten Worte seiner Tante verrieten ihm, daß er hier kein williges Ohr für seinen Kummer fände.

«Tom, ich hätte Lust, dir das Fell ordentlich zu gerben.»

«Was hab ich denn getan, Tantchen?»

«Na, genug hast du getan. Da geh ich alte Gans doch zu Sereny Harper hinüber, um sie dazu zu bringen, all diesen Unsinn über deinen Traum zu glauben, und da hat sie von Joe herausbekommen, daß du hier warst und alles gehört hast, was wir an dem Abend gesprochen haben! Tom, ich weiß nicht, was soll nur aus einem solchen Lausbuben werden! Mir wird ganz schwach, wenn ich mir überlege, daß du es fertiggebracht hast, mich zu Sereny Harper gehen und zum Gespött werden zu lassen, ohne auch nur ein Wort zu sagen!»

Das ließ die Sache in einem neuen Licht erscheinen. Sein schlauer Einfall von heute morgen war Tom bisher nur als ein guter Spaß und sogar sehr geistreich vorgekommen. Jetzt aber sah er nur mehr schäbig und gemein aus. Tom ließ den Kopf hängen und wußte im Augenblick nicht, was er sagen sollte; dann meinte er: «Tante, ich wollt, ich hätt's nicht getan – aber ich hab mir das nicht überlegt.»

«Ach, Kind, du überlegst nie. Du denkst nie an etwas anderes als an dein eigenes Vergnügen. Du hast zwar dran gedacht, mitten in der Nacht den ganzen weiten Weg von Jacksons Island bis hierher zu kommen, um dich über unsere

Sorgen lustig zu machen, und du hast dran gedacht, mich mit einer Lüge über einen Traum zum besten zu halten, aber daran, Mitleid mit uns zu haben und uns den Kummer zu ersparen, daran hast du nicht gedacht.»

«Tante, ich weiß jetzt, daß es gemein von mir war, aber ich wollte gar nicht gemein sein, wirklich nicht. Außerdem bin ich an dem Abend nicht hergekommen, um mich über euch lustig zu machen.»

«Wozu denn sonst?»

«Ich hab euch sagen wollen, ihr sollt euch keine Sorgen um uns machen, weil wir nicht ertrunken waren.»

«Tom, Tom, ich wär der dankbarste Mensch von der Welt, wenn ich glauben könnte, daß dies wahr wäre, aber du weißt ganz genau, daß es nicht stimmt – und ich weiß es auch, Tom.»

«Wirklich und wahrhaftig, Tante, es stimmt – ich will tot umfallen, wenn's nicht stimmt!»

«Ach Tom, lüg doch nicht. Das macht die Sache nur noch hundertmal schlimmer.»

«Es ist gar keine Lüge, Tante, es ist die reine Wahrheit. Ich wollte nicht, daß du dich grämst – nur deshalb bin ich gekommen.»

«Ich würde sonstwas drum geben, wenn ich das glauben könnte – das würde vieles wiedergutmachen, Tom. Dann würd ich mich sogar fast darüber freuen, daß du fortgelaufen bist und so böse warst. Aber es ist wider alle Vernunft; denn, warum hast du's mir dann nicht gesagt?»

«Ja weißt du, Tante, als ihr angefangen habt, über die Totenfeier zu reden, war ich von der Idee besessen, daß wir herkommen und uns in der Kirche verstecken sollten und irgendwie wollte ich die Sache nicht verderben. Da hab ich die Rinde wieder eingesteckt und den Mund gehalten.»

«Was für eine Rinde?»

«Das Stück Rinde, wo ich draufgeschrieben hatte, daß wir Piraten geworden sind. Ich wollte jetzt, du wärst aufgewacht, als ich dir den Kuß gegeben hab – wirklich, das wollte ich!»

Der strenge Ausdruck im Gesicht seiner Tante wurde milde, und plötzlich stieg Zärtlichkeit in ihre Augen.

«Hast du mir denn *wirklich* einen Kuß gegeben, Tom?»

«Natürlich.»

«Bist du ganz sicher, Tom?»

«Aber gewiß, Tante, ganz sicher.»

«Warum hast du mir denn einen Kuß gegeben, Tom?»

«Weil ich dich so liebhatte, und du hast dagelegen und gestöhnt, und das hat mir so leid getan.»

Die Worte klangen wahr. Die alte Dame konnte ein Zittern in der Stimme nicht unterdrücken, als sie sagte: «Gib mir noch einen Kuß, Tom! – Und jetzt mach, daß du in die Schule kommst, und halt mich nicht mehr auf!»

Sobald er fort war, lief sie zum Schrank und holte die traurigen Überreste einer Jacke hervor, die Tom in seiner Piratenzeit getragen hatte. Dann hielt sie inne, die Jacke in der Hand, und sagte vor sich hin: «Nein, ich wag's nicht. Armer Junge, wahrscheinlich hat er ja gelogen – aber was für eine liebe, gute Lüge ist das doch; 's liegt soviel Trost darin. Ich hoffe – nein, ich weiß –, der Herr wird ihm vergeben, weil es so gutherzig von ihm war, sie zu erfinden. Aber ich möchte nicht herausfinden, daß es eine Lüge gewesen ist. Ich seh lieber nicht nach.»

Sie hängte die Jacke wieder fort und stand eine Weile nachdenklich davor. Zweimal streckte sie die Hand aus, um das Kleidungsstück wieder zu nehmen, und zweimal ließ sie es bleiben. Dann wagte sie es noch einmal, und diesmal ermutigte sie sich mit dem Gedanken: ‹Es ist ja eine gute Lüge – es ist ja eine gute Lüge – ich werd sie mir nicht zu Herzen nehmen.› So suchte sie also die Jackentasche. Einen Augenblick später las sie unter strömenden Tränen, was Tom auf das Rindenstück geschrieben hatte, und sagte: «Jetzt könnte ich dem Jungen alles verzeihen, und wenn er weiß Gott was verbrochen hätte!»

20. Kapitel
Tom nimmt Beckys Strafe auf sich

In der Art, wie Tante Polly Tom geküßt hatte, lag etwas, das seine Niedergeschlagenheit im Nu wegblies und ihn wieder munter und froh machte. Auf dem Schulweg hatte er das Glück, am Wiesenpfad auf Becky Thatcher zu stoßen. Ohne zu zögern, lief er auf Becky zu und sagte: «Ich hab mich heute sehr gemein benommen, Becky; das tut mir wirklich leid. Das kommt nie, nie wieder vor, so lang wie ich lebe. Wollen wir uns wieder vertragen?»

Das Mädchen blieb stehen und blickte ihm verächtlich ins Gesicht: «Ich wär dir dankbar, wenn du mich nicht weiter belästigen würdest, Mr. Thomas Sawyer. Mit dir rede ich nicht mehr.»

Sie warf den Kopf zurück und ging weiter. Tom war so verblüfft, daß er nicht einmal genügend Geistesgegenwart aufbrachte, um zu sagen: «Ist mir doch gleich, Fräulein Siebengescheit!», bis es zu spät war. So antwortete er gar nicht. Trotzdem aber war er in heller Wut. Niedergeschlagen trottete er auf den Schulhof und wünschte, sie wäre ein Junge; er stellte sich vor, wie er sie dann verdreschen könnte. Bald darauf lief er ihr über den Weg und machte im Vorbeigehen eine bissige Bemerkung. Sie schleuderte ihm zur Antwort ebenfalls eine Schmähung entgegen, und der Bruch war vollständig. In ihrem Groll schien es Becky, als könne sie gar nicht erwarten, bis die Schule wieder anfinge, so ungeduldig war sie darauf, Tom wegen der beschädigten Fibel verprügelt zu sehen. Wenn sie noch den Schatten einer Absicht gehabt hatte, Alfred Temple zu verraten, so hatte Toms beleidigende Bemerkung diese Absicht ganz und gar verscheucht.

Das arme Mädchen – sie ahnte nicht, wie bald sie selbst in Schwierigkeiten kommen sollte. Der Lehrer, Mr. Dobbins, war ein nicht mehr ganz junger Mann, und sein Ehrgeiz noch immer unbefriedigt. Sein Lieblingswunsch war gewesen, Arzt zu werden; ohne Geld hatte er es aber nur zum Dorfschulmeister gebracht. Jeden Tag nahm er ein geheimnisvolles Buch aus seinem Pult und vertiefte sich darin, wenn die Zeit es zuließ. Dieses Buch hielt er unter Schloß und Riegel. In der ganzen Schule gab es nicht einen, der nicht darauf versessen war, einmal einen Blick hinein zu werfen; aber nie bot sich eine Gelegenheit. Jeder Junge und jedes Mädchen hatte seine eigene Theorie, was dieses Buch enthielt; aber nicht zwei stimmten überein, und es gab keine Möglichkeit, zu den Tatsachen vorzudringen.

Als nun Becky an dem Pult, das neben der Tür stand, vorbeiging, sah sie, daß der Schlüssel im Schloß steckte! Das war eine Gelegenheit! Sie sah sich um, sah, daß sie allein war, und hielt im nächsten Moment das Buch in den Händen. Das Titelblatt – «Anatomie von Professor Soundso» – sagte ihr nichts, deshalb begann sie zu blättern. Gleich zu Anfang stieß sie auf ein schön graviertes und koloriertes Titelbild – ein menschlicher Körper. In diesem Augenblick fiel ein Schatten auf das Buch; Tom Sawyer kam zur Tür herein und warf einen Blick auf das Bild. Becky griff hastig nach dem Buch, um es zu schließen, und hatte das Mißgeschick, das Bild bis zur Mitte einzureißen. Sie stieß den Band in das Pult, drehte den Schlüssel um und brach vor Scham und Ärger in Tränen aus.

«Tom Sawyer», rief sie, «du bist so gemein, wie du nur

sein kannst, dich so heranzuschleichen, um zu spionieren, was man sich ansieht!»

«Woher sollte ich denn wissen, daß du dir überhaupt was ansiehst?»

«Schämen solltest du dich, Tom Sawyer; du weißt ganz genau, daß du mich verraten wirst; ach, was soll ich nur machen, was soll ich nur machen! Jetzt werde ich Prügel bekommen, und ich bin in der Schule noch nie verprügelt worden.»

Dann stampfte sie mit ihrem Füßchen auf: «Na, dann sei eben so gemein, wenn du willst. Ich weiß aber auch etwas! Warte nur, du wirst schon sehen. Du scheußlicher, scheußlicher Kerl!» Und unter erneut strömenden Tränen stürzte sie aus dem Haus.

Tom stand ziemlich verwirrt da. Dann sagte er sich: ‹Was für ein komisches Ding ist doch so 'n Mädchen! Ist noch nie in der Schule verprügelt worden! Du liebe Güte, was macht schon 'ne Tracht Prügel aus! Aber so sind die Mädchen – dünnes Fell und Hasenherz. Na, ich werd dem alten Dobbins die dumme Gans natürlich nicht verraten. 's gibt ja andere Wege, die nicht gemein sind, um quitt mit ihr zu werden. – Und wennschon? Der alte Dobbins wird doch fragen, wer sein Buch zerrissen hat. Da wird niemand drauf antworten. Und dann wird er's machen wie immer – erst fragt er den einen, dann den nächsten, und wenn er beim richtigen Mädchen angelangt ist, weiß er sowieso Bescheid, weil sie rot werden. Die Mädchen verraten sich ja immer. Die haben keinen Schneid. Sie wird ihre Prügel beziehen. Tja, schlecht für Becky Thatcher, einen Ausweg gibt's da nicht.› Tom dachte noch einen Augenblick über die Sache nach: ‹Na gut; mich würd sie gern in derselben Klemme sehen – soll sie's doch ausbaden!›

Tom schlug sich zu dem Haufen der draußen herumtobenden Schüler. Kurz darauf erschien der Lehrer, und die Schule fing wieder an. Tom konnte kein besonders starkes Interesse an seinen Aufgaben aufbringen. Sooft er zu der Mädchenseite hinübersah, beunruhigte ihn Beckys Gesicht. Alles in allem betrachtet, wollte er sie keineswegs bemitleiden; trotzdem aber konnte er nicht anders. Er vermochte keinen Triumph zu empfinden, wenigstens keinen richtigen. Kurz darauf wurde der Zustand seiner Fibel entdeckt, und nun war Tom für eine ganze Weile mit seinen eigenen Angelegenheiten beschäftigt. Becky tauchte aus ihrer tristen Teilnahmslosigkeit auf und zeigte lebhaftes Interesse an den Ereignissen. Sie glaubte nicht, daß sich Tom aus seiner schwierigen Lage befreien könnte, indem er abstritt, die Tinte selbst über das Buch vergossen zu haben, und sie behielt recht. Sein Leugnen machte die Sache nur noch schlimmer für ihn. Becky redete sich ein, sich darüber zu freuen, mußte jedoch feststellen, daß ihr dies nicht recht gelingen wollte. Als die Sache am schlimmsten stand, wäre sie fast aufgestanden, um Alfred Temple zu bezichtigen; sie hielt sich jedoch zurück, denn sie sagte sich: ‹Bestimmt wird er mich verraten, daß ich das Bild eingerissen habe. Nicht ein Wort sage ich, und wenn ich ihm damit das Leben retten könnte!›

Tom nahm seine Tracht Prügel hin und kehrte keineswegs gebrochen auf seinen Platz zurück, denn er glaubte, es sei immerhin möglich, daß er die Tinte, ohne es zu bemerken, beim Herumtollen selbst über die Fibel geschüttet habe – er hatte es nur der Form halber und weil es so üblich war abgeleugnet und dann aus Prinzip daran festgehalten.

Eine ganze Stunde verging, der Lehrer saß halb eingenickt auf seinem Thron; die Kinder, die für sich lernten, erfüllten den Raum mit einschläferndem Gemurmel. Schließlich richtete sich Mr. Dobbins auf, gähnte, schloß das Pult auf und langte nach seinem Buch; er schien unentschlossen, ob er es herausnehmen oder drin liegenlassen sollte. Die meisten Schüler blickten träge auf, zwei von ihnen aber beobachteten die Bewegungen des Schulmeisters mit gespannten Blikken. Mr. Dobbins spielte eine Weile zerstreut mit seinem Buch, nahm es dann heraus und lehnte sich in seinen Stuhl zurück, um zu lesen.

Tom warf einen raschen Blick zu Becky hinüber. So hilflos und gehetzt sah sie aus wie ein Kaninchen, auf dessen Kopf ein Gewehrlauf gerichtet ist. Sogleich vergaß er seinen Streit mit ihr. Schnell, irgend etwas mußte geschehen – und zwar blitzartig! Aber gerade die Unmittelbarkeit der Gefahr lähmte seine Phantasie. Da! Ihm kam eine Erleuchtung! Er wollte vorrennen, dem Lehrer das Buch aus der Hand reißen, zur Tür hinausspringen und davonsausen! Er zögerte jedoch einen winzigen Augenblick, und schon war der Moment verpaßt – der Lehrer öffnete den Band. Könnte doch Tom die versäumte Gelegenheit noch einmal haben! Zu spät, jetzt ist Becky nicht mehr zu helfen, sagte er sich. Im nächsten Augenblick sah der Lehrer die Kinder an. Vor dem Ausdruck seiner Augen senkten sich aller Blicke; es lag etwas darin, was selbst die Unschuldigen vor Furcht erstarren ließ. So lange, wie man braucht, um bis zehn zu zählen, herrschte tiefes Schweigen; der Lehrer ließ seinen Zorn sich sammeln. Dann sprach er: «Wer hat dieses Buch zerrissen?»

Kein Laut war zu vernehmen. Man hätte eine Stecknadel fallen hören. Das Schweigen dauerte an; der Schulmeister forschte in jedem Gesicht nach einem Zeichen der Schuld.

«Benjamin Rogers, hast du dieses Buch zerrissen?»

Verneinung. Wieder eine Pause.

«Joseph Harper, hast du es getan?»

Erneute Verneinung. Unter der langsamen Tortur dieses Verfahrens wurde Toms Unruhe immer größer. Der Schulmeister sah prüfend über die Reihen der Jungen, überlegte dann eine Weile und wandte sich den Mädchen zu: «Amy Lawrence?» Kopfschütteln.

«Gracie Miller?»

Das gleiche Zeichen.

«Susan Harper, hast du das getan?»

Wieder eine verneinende Auskunft. Jetzt mußte Becky Thatcher an die Reihe kommen. Vor Aufregung und mit dem Gefühl, die Lage sei hoffnungslos, zitterte Tom am ganzen Körper.

«Rebecca Thatcher» – Tom blickte ihr ins Gesicht – es war weiß vor Angst –, «hast du dieses Buch... Nein, sieh mir in die Augen» – ihre Hände hoben sich flehend –, «hast du dieses Buch zerrissen?»

Blitzartig durchschoß Toms Gehirn ein Gedanke. Er sprang auf und rief: «Ich bin's gewesen!»

Sprachlos vor Staunen über diese unglaubliche Tollheit, starrte ihn die ganze Schule an. Einen Augenblick stand Tom reglos da, um sich wieder etwas zu sammeln, als er nach vorn trat, seiner Bestrafung entgegen, schienen ihm die Überraschung, die Dankbarkeit und die Anbetung, die aus den Augen der armen Becky strahlten, Lohn genug für hundert Tracht Prügel zu sein. Er war von der Größe seiner eigenen Tat so begeistert, daß er, ohne einen Laut von sich zu geben, die schärfste Züchtigung über sich ergehen ließ, die selbst Mr. Dobbins je verabfolgt hatte; voller Gleichmut nahm er auch die zusätzliche Strafe hin, nach Schulschluß noch zwei Stunden nachsitzen zu müssen – er wußte ja, wer draußen auf ihn warten würde, bis seine Gefangenschaft vorüber war, und betrachtete die vertane Zeit auch nicht im geringsten als verloren.

An diesem Abend schmiedetc Tom im Bett Rachepläne gegen Alfred Temple, denn Becky hatte ihm voller Scham und Reue alles erzählt und dabei auch ihren eigenen Verrat nicht verschwiegen. Doch selbst die Rachegelüste wichen schließlich angenehmeren Gedanken, und endlich schlief er ein, während ihm Beckys letzte Worte süß in den Ohren klangen: «Tom, wie edel bist du doch!»

21. Kapitel
Beredsamkeit – und des Lehrers vergoldetes Haupt

Die Ferien rückten heran. Der gestrenge Schulmeister wurde noch strenger und anspruchsvoller als sonst, denn er wünschte, daß die Schule am «Prüfungstag» gut dastehe. Seine Rute und sein Lineal kamen jetzt nur selten zur Ruhe – zumindest bei den kleineren Schülern. Nur die ältesten Knaben und die jungen Damen von achtzehn und zwanzig Jahren blieben verschont. Mr. Dobbins' Prügel waren äußerst kräftig, denn obwohl er unter seiner Perücke einen völlig kahlen, glänzenden Schädel barg, war er doch ein kräftiger Mann mittleren Alters, und die Muskeln seiner Arme ließen keinerlei Anzeichen von Schwäche erkennen. Als der große Tag näherrückte, traten alle tyrannischen Gelüste, die in ihm steckten, hervor; es schien ihm geradezu ein Vergnügen zu bereiten, auch das geringste Versehen zu ahnden. Die Folge war, daß die kleineren Jungen ihre Tage in Angst und Schrecken, ihre Nächte aber mit düsteren Racheplänen verbrachten. Sie ließen sich keine Gelegenheit entgehen, dem Schulmeister einen Streich zu spielen. Er aber behielt immer die Oberhand. Die Vergeltung, die jedem erfolgreichen Racheakt auf dem Fuße folgte, war so überwältigend und so majestätisch, daß die Jungen sich stets schmählich besiegt vom Schlachtfeld zurückzogen.

Endlich aber verfielen sie auf einen Plan, der einen glänzenden Sieg versprach. Sie zogen den Malerlehrling in ihre Verschwörung, weihten ihn in ihr Vorhaben ein und baten ihn um seine Mitwirkung. Dieser hatte nun wieder seine eigenen Gründe, sich für die Sache zu begeistern, denn der Schulmeister wohnte bei seinen Eltern in Untermiete und hatte dem Jungen reichlich Anlaß gegeben, ihn zu hassen. Die Frau des Lehrers wollte ein paar Tage zu Besuch aufs Land fahren, und da stand der Ausführung ihres Planes nichts mehr im Wege. Auf große Gelegenheiten bereitete sich der Schulmeister stets vor, indem er vorher einen hob, und der Malerlehrling sagte, wenn der gute Mann am Vorabend der Prüfungen den richtigen Zustand erreicht habe, wolle er «das Ding schon drehen», während Mr. Dobbins in seinem Stuhl eingeschlummert sei. Er wolle hinterher schon dafür sorgen, daß er rechtzeitig geweckt würde und rechtzeitig zur Schule käme.

Der große Abend kam. Um acht Uhr abends erstrahlte das Schulhaus im Lichterglanz und war mit Kränzen und Girlanden geschmückt. Auf einem Podium thronte in seinem großen Sessel der Schulmeister, die Wandtafel hinter sich. Er sah einigermaßen angeheitert aus. Vor ihm die ersten sechs Bankreihen und seitlich je drei wurden von den Honoratioren der Stadt und den Eltern der Schüler eingenommen. Zu seiner Linken, hinter den Gästen, war ein geräumiges Podest errichtet, auf dem die Schüler saßen, die an den Darbietungen des Abends teilnehmen sollten: Reihen kleiner Buben, so sauber gewaschen und gekleidet, daß sie sich höchst unbehaglich fühlten; Reihen linkischer großer Buben und blütenweiß gekleidete Mädchen und junge Damen, die, in Linnen und Musselin, sich ihrer nackten Arme, des altmodischen, von der Großmutter ererbten Schmuckes, der rosa und blauen Bänder und der Blumen in ihrem Haar sichtlich bewußt waren. Den ganzen übrigen Raum nahmen Schüler ein, die nicht an den Darbietungen teilnahmen.

Das Programm begann. Ein ganz kleiner Junge erhob sich

und rezitierte schüchtern: «Erwartet habt ihr es wohl nicht, daß so ein Knirps hier zu euch spricht» und so weiter; dabei begleitete er seine Worte mit so peinlich genauen und ruckhaften Bewegungen, wie sie wohl eine Maschine ausgeführt hätte – aber nur, wenn sie nicht ganz in Ordnung gewesen wäre. Wenn er sich auch grausam dabei ängstigte, kam er doch sicher bis zum Ende und erhielt lebhaften Beifall, als er den vorgeschriebenen Diener machte und verschwand.

Dann lispelte ein kleines Mädchen mit verlegenem Gesicht: «Maria hatt' ein Lämmchen einst» und so weiter, vollführte einen mitleiderregenden Knicks, erhielt den ihr gebührenden Applaus und setzte sich mit hochrotem Gesicht glücklich wieder nieder.

Nun trat Tom Sawyer voll gemachten Gleichmuts vor und begann schwungvoll, mit schöner Begeisterung und wild gestikulierend die unbezwingliche und nicht umzubringende Rede über das Thema «Gebt Freiheit mir oder den Tod!» vorzutragen, und blieb mittendrin stecken. Ein schreckliches Lampenfieber packte ihn, seine Beine zitterten, und er war dem Ersticken nahe. Freilich erntete er das Mitleid der Zuhörerschaft – aber auch betretenes Schweigen, und das war noch schlimmer als Mitleid. Der Schulmeister runzelte die Stirn, und das machte die Katastrophe vollständig. Tom kämpfte noch eine Weile und zog sich dann zu Boden geschmettert zurück. Ein schwacher Beifallsversuch wurde laut, erstarb jedoch sogleich.

Dann folgte «Der Knabe stand auf dem brennenden Deck», «Gebrochen war des Assyrers Macht» und andere Kostbarkeiten der Deklamationskunst. Dann kamen Leseübungen und ein Wettkampf im Buchstabieren. Die spärliche Lateinklasse trug mit Ehren ihre Rezitationen vor. Jetzt kam der Höhepunkt des Abends – die von den jungen Damen selbst geschriebenen Aufsätze. Eine nach der anderen trat an den Rand des Podiums, räusperte sich, hielt ihr (mit einem Band zierlich gebundenes) Manuskript in die Höhe und begann zu lesen, wobei sie sehr viel Aufmerksamkeit auf «Ausdruck» und «Vortrag» verwandte. Die Themen waren dieselben, die schon vor ihnen bei ähnlichen Gelegenheiten von ihren Müttern, ihren Großmüttern und wahrscheinlich von sämtlichen Vorfahren weiblicher Linie bis zurück zu den Kreuzzügen behandelt worden waren. «Freundschaft» hieß eines, «Erinnerungen an ferne Tage», «Die Religion in der Geschichte», «Land der Träume», «Die Vorzüge der Kultur», «Vergleich und Gegenüberstellung unterschiedlicher Regierungsformen», «Melancholie», «Kindesliebe», «Sehnsucht des Herzens» und dergleichen mehr.

Eines der hervorstechenden Merkmale dieser Aufsätze war eine sorgfältig gehegte und gepflegte Melancholie, ein zweites die verschwenderisch üppigen Ergüsse «gehobener Sprache», ein weiteres die Neigung, besonders geschätzte Worte und Sätze an den Haaren herbeizuziehen, bis sie völlig abgenutzt waren, und das allerschlimmste die aufdringliche und unerträgliche «Moral», die am Schluß jedes einzelnen Aufsatzes mit ihrem gestutzten Schwänzchen wedelte. Gleichgültig, welcher Gegenstand auch behandelt wurde: mit viel Mühe und Kopfzerbrechen mußte er sich winden, bis er ein Aussehen angenommen hatte, das ein sittliches und religiöses Gemüt mit Erbauung zu betrachten vermochte. Die schreiende Unaufrichtigkeit dieser «Moral» war kein Grund, diese Manier von den Schulen zu verbannen, und auch heute ist sie es noch nicht und wird es vielleicht niemals sein, solange die Welt besteht. Bei uns gibt es keine Schule, in der sich die jungen Damen nicht verpflichtet fühlen, ihre Aufsätze mit einer «Moral» abzuschließen, und ihr werdet feststellen, daß die «Moral» des leichtsinnigsten und oberflächlichsten Mädchens stets die längste und in ihrer Frömmigkeit unnachgiebigste ist. Aber genug davon. Die schlichte Wahrheit ist nie angenehm. Kehren wir zu den Darbietungen zurück. Der erste Aufsatz, der verlesen wurde, trug den Titel «Ist denn dies das Leben?» Vielleicht vermag der Leser einen Auszug daraus zu ertragen.

«Mit welch wonniglichen Empfindungen blickt doch im alltäglichen Geschehen das jugendliche Gemüt einer erwarteten Festlichkeit entgegen! Die Einbildungskraft ist eifrig am Werk, um rosafarbene Bilder der Freude zu malen. In der Phantasie sieht sich die Jüngerin der Mode schwelgend inmitten einer festlichen Menge, im Mittelpunkt der Aufmerksamkeit. Ihre anmutige Gestalt, in schneeige Gewänder gehüllt, wirbelt durch das Labyrinth des fröhlichen Tanzes; ihr Auge ist das glänzendste, ihr Schritt der leichteste der munteren Gesellschaft. Unter solch köstlichen Vorstellungen gleitet die Zeit rasch vorüber, und die ersehnte Stunde nähert sich, in der sie die elysische Welt betritt, die sie sich in so glanzvollen Träumen ersehnte. Wie feenhaft erscheint doch alles vor ihrem entzückten Blick! Jedes neue Bild ist reizender als das vorhergehende. Nach einer Weile aber erkennt sie, daß unter diesem angenehmen Äußeren alles nur Eitelkeit ist; die Schmeicheleien, die einst ihre Seele bestrickten, verletzen jetzt schmerzhaft ihr Ohr, der Ballsaal hat seinen Zauber für sie verloren; mit zerrütteter Gesundheit und verbittertem Herzen wendet sie sich in der Überzeugung ab, daß irdische Vergnügungen die Sehnsucht der Seele nicht zu stillen vermögen.»

Und so weiter und so fort. Während des Vorlesens war von Zeit zu Zeit ein Summen der Befriedigung zu hören, das von geflüsterten Äußerungen wie: «Ach, wie reizend!»,

«Wie schön!», «Wie wahr!» und dergleichen begleitet wurde, und nachdem die Sache mit einer besonders niederdrückenden «Moral» abgeschlossen worden war, erklang begeisterter Beifall.

Nun erhob sich ein schlankes, melancholisches Mädchen, dessen Antlitz die «interessante» Blässe aufwies, die von Pillen und schlechter Verdauung kommt, und las ein «Poem». Zwei Verse daraus werden hier genügen:

«*Des Missourimädchens Abschied von Alabama*

Leb wohl, Alabama, an dir hängt mein Herz
Doch jetzt für ein Weilchen muß ich dich lassen!
Trauer erfüllt mich und brennender Schmerz,
Kaum vermag ich's in Worte zu fassen!
Deine duftenden Wälder hörte ich rauschen,
Ich wanderte und las am Tallapoosafluß,
Talassees Fluten liebte ich zu lauschen
Und warb an Coosas Seite um Auroras Kuß.

Ich schäme mich nicht, daß mir das Herze so schwer
Und daß mir die Tränen die Blicke trüben,
Dies Land, von dem ich scheide, ist fremd mir nicht mehr,
Nicht fremd mehr die Menschen, die ich lernte zu lieben.
Willkommen war ich hier, ob früh, ob spät,
Ihr Täler, ihr Türme, wie schnell ihr doch entschwindet,
Leer ist das Auge, sind mir Herz und Tête,
Du teures Alabama, wenn mein Blick dich nicht mehr findet.»

Nur wenige wußten, was Tête bedeutet; nichtsdestoweniger aber gefiel das Gedicht allen sehr.

Als nächste erschien eine junge Dame von dunklem Teint, schwarzen Augen und schwarzem Haar; sie schwieg einen

Augenblick auf eindrucksvolle Weise, nahm dann einen tragischen Ausdruck an und begann, in getragenem Ton:

«VISION

Düster und stürmisch war die Nacht. Um den Thron hoch droben funkelte nicht ein einziger Stern, aber der dumpf grollende Donner vibrierte ohne Unterlaß im Ohr, während der furchteinflößende Blitz zornigen Mutes durch die wolkigen Hallen des Himmels schoß und der Macht, die der berühmte Franklin über diesen Schrecken ausübte, zu spotten schien. Selbst die ungestümen Winde kamen einmütig aus ihren geheimnisumwobenen Schlupfwinkeln gebraust und tobten umher, als sollte durch ihre Hilfe die Wildheit der Szene noch gesteigert werden. In einer solchen dunklen, traurigen Umgebung seufzte mein Herz zutiefst nach menschlichem Mitgefühl, statt dessen aber

Meine liebste Freundin, Trösterin, mein Leitstern und mein Rat,
im Kummer meine Freude, in Freude doppelt Glück, an meine Seite trat.

Sie schwebte einher wie jene strahlenden Gestalten, welche sich die Jungen, Romantischen auf den sonnigen Pfaden des Edens der Phantasie ausmalen, eine Königin der Schönheit, geschmückt nur von ihrer eigenen überirdischen Anmut. So leise war ihr Schritt, daß nicht ein Laut davon zu hören war, und wäre nicht der magische Schauer gewesen, den ihre belebende Berührung hervorrief, so wäre sie, anderen unaufdringlichen Schönheiten gleich, unbemerkt – ungesucht – davongeglitten. Auf ihren Zügen lag eine eigenartige Traurigkeit, während sie auf die streitenden Elemente draußen deutete und mich hieß, die beiden Wesen zu betrachten, die sich dort dem Blick darboten.»

Dieser Alpdruck füllte etwa zehn Manuskriptseiten und schloß mit einer «Moral», die für Nichtpresbyterianer alle Hoffnung so gründlich vernichtete, daß er den ersten Preis davontrug. Der Aufsatz wurde als allerbeste Leistung des Abends angesehen. Als der Bürgermeister der Autorin den Preis überreichte, hielt er eine Rede, in der er erklärte, dies sei bei weitem «das Gewandteste, das er je gehört habe; selbst Daniel Webster hätte stolz darauf sein können».

Nebenbei möge noch erwähnt werden, daß die Anzahl der Aufsätze, in denen das Wort «liebreizend» bei jeder Gelegenheit verwendet wurde und die menschliche Erfahrung als «die Schule des Lebens» bezeichnet wurde, den üblichen Durchschnitt erreichte.

Jetzt schob der Lehrer, so angeheitert, daß er fast in Stimmung kam, einen Stuhl beiseite, wandte der Zuhörerschaft den Rücken und begann, eine Karte von Amerika an die Tafel zu zeichnen, um daran die Übungen in Erdkunde vorzuführen. Mit seiner unsteten Hand brachte er jedoch ein trauriges Ergebnis zustande, und ein unterdrücktes Gekicher lief durch die Reihen. Er wußte, was los war, und wollte die Sache in Ordnung bringen. Er löschte mit dem Schwamm einige Linien aus und zog sie aufs neue; er verzerrte sie jedoch nur noch mehr als zuvor, und das Gekicher wurde lauter. Nun konzentrierte er seine ganze Aufmerksamkeit auf sein Werk, fest entschlossen, sich durch die Heiterkeit nicht aus der Fassung bringen zu lassen. Er spürte, daß alle Augen auf ihn gerichtet waren; er meinte, jetzt gelinge ihm die Sache, und doch hielt das Gekicher an, ja, es nahm sogar offensichtlich noch zu. Und dazu bestand auch alle Ursache.

Im oberen Stock befand sich ein Dachboden, der gerade über dem Kopf des Lehrers mit einer Falltür versehen war. Durch diese wurde jetzt eine Katze herabgelassen, die an einer um ihre Hinterläufe befestigten Schnur hing; um Kopf und Kinn war ihr ein Lappen gebunden, damit sie nicht miauen konnte. Während sie langsam herabschwebte, krümmte sie sich und versuchte, sich an der Schnur festzukrallen; sie sank tiefer, hin und her schwingend, und suchte nun in der Luft einen Halt. Das Gekicher wurde immer heftiger; die Katze befand sich jetzt sechs Zoll über dem Kopf des in seine Arbeit vertieften Schulmeisters; tiefer, noch tiefer und immer noch ein wenig tiefer sank sie herab, schlug verzweifelt die Krallen in seine Perücke, klammerte sich daran fest und wurde im nächsten Augenblick mitsamt ihrer Siegesbeute in den Dachboden hinaufgezogen! Und wie strahlte nun das Licht vom kahlen Schädel des Schulmeisters wider, denn der Sohn des Anstreichers hatte ihn *vergoldet*!

Das bereitete der Veranstaltung ein jähes Ende. Die Jungen waren gerächt. Die Ferien hatten begonnen.*

* Die oben zitierten angeblichen «Aufsätze» sind unverändert einem Band entnommen, der «Prosa und Poesie, von einer Dame des Westens» betitelt ist; sie entsprechen haarscharf dem Muster der Schulmädchenaufsätze und sind deshalb besser als es bloße Nachahmungen sein könnten.

22. Kapitel
Huck Finn zitiert die Bibel

Tom trat dem neuen Orden der «Ritter der Mäßigkeit» bei, da ihn der pompöse Charakter ihrer «Abzeichen» anzog. Er versprach, sich des Rauchens, des Kaugummikauens und Fluchens zu enthalten, solange er Mitglied sei. Jetzt entdeckte er etwas Neues – nämlich, daß das Versprechen, eine Sache nicht zu tun, das sicherste Mittel ist, um den Wunsch danach zu wecken. Tom stellte fest, daß ihn das Verlangen, zu rauchen und zu fluchen, quälte, und dieses Verlangen wurde so stark, daß nur die Hoffnung auf eine Gelegenheit, in seiner roten Schärpe zu prangen, ihn davon abhielt, aus dem Orden auszutreten. Der 4. Juli, der amerikanische Unabhängigkeitstag, war nicht mehr fern. Den Gedanken, es noch so lange auszuhalten, gab er jedoch bald wieder auf – noch bevor er seine Fesseln achtundvierzig Stunden getragen hatte. Statt dessen knüpfte er seine Hoffnung an den alten Richter Frazer, den Friedensrichter, der auf dem Sterbebett lag und ein großes öffentliches Begräbnis erhalten würde, da er ein hoher Beamter war. Drei Tage lang war Tom zutiefst um das Ergehen des Richters besorgt. Zuweilen waren seine Hoffnungen hoch gespannt, so hoch gespannt, daß er seine «Hoheitszeichen» hervorholte und vor dem Spiegel übte. Der Richter hatte jedoch eine äußerst enttäuschende Art, in seinem Gesundheitszustand zu schwanken. Endlich hörte man, er sei auf dem Wege der Besserung. Tom war empört und fühlte sich gekränkt. Er erklärte seinen Austritt aus dem Orden, doch in der darauffolgenden Nacht erlitt der Richter einen Rückfall und starb. Tom beschloß, einem solchen Mann nie wieder zu trauen. Das Begräbnis war prächtig. Die «Ritter» prunkten auf eine Weise, die darauf angelegt war, das ehemalige Mitglied vor Neid umzubringen.

Tom war jedoch wieder ein freier Mensch, und das war auch etwas wert. Er durfte jetzt rauchen und fluchen, stellte aber zu seiner Überraschung fest, daß er es gar nicht wollte. Die einfache Tatsache, daß er es durfte, nahm ihm den Wunsch und der Sache den Reiz.

Tom wunderte sich schon bald, daß die heißersehnten Ferien allmählich schwer auf ihm zu lasten begannen.

Er versuchte, Tagebuch zu führen, aber drei Tage lang geschah nichts, und so gab er es wieder auf.

Eine Truppe von Negerkomödianten kam in die Stadt und rief eine Sensation hervor. Tom und Joe Harper stellten auch eine Schau zusammen und waren immerhin zwei Tage lang glücklich.

Selbst der glorreiche 4. Juli war in gewisser Hinsicht ein Reinfall, denn es regnete heftig; infolgedessen fand kein Umzug statt, und der größte Mann der Welt (nach Toms Meinung), Mr. Benton, ein echter Senator der Vereinigten Staaten, erwies sich auch als Enttäuschung, denn er war keine fünfundzwanzig Fuß groß, nicht einmal annähernd.

Dann kam ein Zirkus. Noch drei Tage danach spielten die Jungen Zirkus in Zelten aus Fleckerlteppichen – der Eintrittspreis war drei Stecknadeln für einen Jungen, zwei für ein Mädchen –; dann gaben sie das Zirkusspielen wieder auf.

Danach kamen ein Heilkünstler und ein Hypnotiseur; sie gingen wieder und ließen die kleine Stadt langweiliger und eintöniger zurück, als sie zuvor gewesen war.

Einige Kinder gaben Gesellschaften; es waren jedoch so

wenige und sie waren so herrlich, daß die schmerzlichen Pausen dazwischen nur um so schlimmer waren.

Becky Thatcher war nach Constantinople, ihrem Heimatort, gefahren, um die Ferien mit ihren Eltern dort zu verbringen. So bot das Leben nirgends einen Lichtblick.

Das schreckliche Geheimnis um den Mord war eine chronische Qual. Es ließ einen nicht in Ruhe – wie ein böses Geschwür.

Dann brachen die Masern aus.

Zwei endlose Wochen lang lag Tom ans Bett gefesselt, tot für die Welt und alles, was in ihr geschah. Er war sehr krank, nichts interessierte ihn. Als er endlich wieder aufstand und, noch schwach, in den Ort hinunterging, war mit allem und jedem eine melancholische Veränderung vorgegangen. Eine «Wiedererweckung» hatte stattgefunden, und alle «hatten es mit der Religion», nicht nur die Erwachsenen, sondern sogar die Kinder. Tom ging umher und hoffte verzweifelt, wenigstens ein einziges sympathisches sündiges Gesicht zu erblicken, aber überall erwartete ihn Enttäuschung. Er traf Joe Harper beim Studium einer Bibel an und wandte sich traurig von diesem deprimierenden Anblick ab. Er suchte Ben Rogers und fand ihn, wie er mit einem Korb voller Traktate die Armen besuchte. Er stöberte Jim Hollins auf, und der machte ihn darauf aufmerksam, welch ein segensreiches Himmelszeichen Toms eben überstandene Masern doch gewesen seien. Jeder, den er traf, fügte noch eine weitere Last zu seiner Trübseligkeit hinzu, und als er schließlich in seiner Verzweiflung bei Huckleberry Finn Zuflucht suchte und von diesem mit einem Bibelzitat empfangen wurde, gab ihm das den Rest, und er schlich sich nach Hause und ins Bett, da er nun wußte, daß einzig er allein aus der ganzen Stadt für ewige Zeiten verloren war.

In dieser Nacht zog ein schreckliches Gewitter auf, mit strömendem Regen, furchtbaren Donnerschlägen und grellen, zuckenden Blitzen. Er steckte den Kopf unter die Bettdecke und wartete mit angstvoller Spannung auf seinen Untergang, denn er hatte nicht den geringsten Zweifel, daß der ganze Tumult seinetwegen sei. Er glaubte, er habe die Geduld der himmlischen Mächte bis zum äußersten auf die Probe gestellt, und dies sei nun das Ergebnis. Es wäre ihm zwar eine Verschwendung an Pomp und Munition erschienen, einen Käfer mit einer Artilleriebatterie zu töten, aber es schien ihm ganz natürlich, ein so kostspieliges Gewitter aufzuziehen, um ein Insekt, wie er eins war, zu vernichten.

Nach einer Weile ließ das Gewitter nach und verschwand, ohne ihn vernichtet zu haben. Der erste Impuls Toms war, dankbar dafür zu sein und sich zu bessern. Sein zweiter war, abzuwarten – vielleicht gäbe es keine weiteren Gewitter.

Am nächsten Tag kam der Arzt wieder; Tom hatte einen Rückfall. Die drei Wochen, die er diesmal im Bett verbrachte, schienen ihm eine Ewigkeit. Als er endlich wieder hinaus konnte, empfand er kaum Dankbarkeit, denn er erinnerte sich, wie einsam und verlassen er war. Lustlos schlenderte er die Straße hinunter und fand Jim Hollins als Richter vor einem jugendlichen Gerichtshof, der einer Katze wegen Mordes den Prozeß machte, in Gegenwart ihres Opfers, eines Vogels. Joe Harper und Huck Finn traf er in einem Winkel beim Essen einer gestohlenen Melone. Arme Kerle – genau wie Tom hatten sie einen Rückfall gehabt.

23. Kapitel
Muff Potters Errettung

Endlich kam Bewegung in die schläfrige Stimmung des Städtchens, und zwar gehörig. Der Mordprozeß fand statt. Er wurde sogleich zum allgemeinen Stadtgespräch. Tom konnte ihm nicht entgehen. Jedesmal, wenn der Mord erwähnt wurde, durchfuhr ein Schauder sein Herz, denn sein unruhiges Gewissen und seine Furcht überzeugten ihn fast davon, daß diese Bemerkungen als «Fallen» vor seinen Ohren geäußert wurden; er verstand nicht, wie er in den Verdacht geraten konnte, irgend etwas über den Mord zu wissen; trotzdem konnte er bei all diesem Gerede keine Ruhe finden. Die ganze Zeit über zitterte er innerlich vor Angst. Er nahm Huck Finn beiseite, um sich mit ihm zu besprechen. Es war eine gewisse Erleichterung, seiner Zunge wenigstens eine kurze Weile freien Lauf lassen zu können und die Last der Sorge mit einem anderen zu teilen. Außerdem wollte er sich gern vergewissern, ob Huck wirklich geschwiegen hatte.

«Huck, hast du je 'nem Menschen davon erzählt?»

«Von was denn?»

«Na, du weißt doch.»

«Ach so. Natürlich nicht!»

«Nicht ein Wort?»

«Nicht ein Sterbenswörtchen, so wahr ich hier stehe. Weshalb fragst du denn?»

«Na, ich hab Angst gehabt.»

«Aber, Tom Sawyer, wir würden doch keine zwei Tage

mehr am Leben bleiben, wenn sie das rauskriegen würden. Das weißt du doch ganz genau.»

Tom fühlte sich etwas erleichtert. Nach einer Pause sagte er: «Huck, es könnt dich doch keiner dazu bringen, das zu erzählen, was?»

«Mich dazu bringen, das zu erzählen? Na, wenn ich wollte, daß mich dieser halbblütige Teufel umbringt, dann könnten sie mich dazu bringen. Sonst nicht.»

«Na, dann ist's ja gut. Ich denke, wir sind in Sicherheit, solange wir dichthalten. Aber laß es uns auf alle Fälle noch mal schwören. Das ist sicherer!»

«Einverstanden.»

So leisteten die Jungen noch einmal einen Eid mit schaurigen Zeremonien.

«Wovon wird denn geredet, Huck? Ich hab so allerhand gehört.»

«Geredet? Na, immerzu über Muff Potter, Muff Potter und noch mal Muff Potter. Mir treibt's den Schweiß aus den Poren; am liebsten würd ich mich irgendwo verkriechen.»

«Und mir geht's genauso! Wahrscheinlich ist er geliefert. Tut er dir nicht manchmal leid?»

«Fast immer – fast immer. Viel wert ist er ja nicht, aber er hat doch nichts getan. Angelt bloß immer 'n bißchen, um sich Geld zum Saufen zu verschaffen, und bummelt viel rum; aber, du lieber Himmel, das tun wir doch alle – wenigstens die meisten von uns –, auch der Pastor und die andern! Aber er ist doch recht gutmütig – hat mir mal 'nen halben Fisch gegeben, trotzdem's gar nicht für zwei gereicht hat, und hat oft zu mir gehalten, wenn ich Pech gehabt hab.»

«Na, und mir hat er Drachen geflickt, Huck, und Haken an meine Angelschnur gemacht. Ich wünschte, wir könnten ihn da rausholen.»

«Du liebe Güte! Rausholen können wir ihn da nicht, Tom. Außerdem hätt's auch gar keinen Zweck; sie würden ihn ja doch wieder fangen.»

«Ja, das stimmt. Aber es ist mir arg, wenn ich höre, wie sie so schlimm von ihm reden, wo er doch das da überhaupt nicht getan hat.»

«Geht mir genauso, Tom. Du lieber Gott, ich hab sie sagen hören, er wär der Verbrecher mit dem blutdürstigsten Gesicht in ganz Amerika, und sie wunderten sich, daß er noch nicht schon längst gehenkt worden ist.»

«Ja, so reden sie immer. Ich hab sie sagen hören, wenn er rauskäme, wollten sie ihn lynchen.»

«Und das würden sie auch glatt tun!»

Die Jungen unterhielten sich noch lange, sie fanden aber nur wenig Trost dabei. Als die Dämmerung hereinbrach, streiften sie in der Nähe des kleinen, einsam gelegenen Gefängnisses umher, in der uneingestandenen Hoffnung, es könnte irgend etwas Rettendes geschehen. Nichts aber geschah; es schien keine Engel und keine Feen zu geben, die sich für diesen armen Gefangenen interessierten.

Die Buben traten wie schon oft zuvor vor das Gitterfenster der Zelle und reichten Potter Tabak und Streichhölzer. Seine Zelle lag zu ebener Erde, Wächter gab es keinen.

Jedesmal hatte seine Dankbarkeit ihr Gewissen belastet – diesmal schnitt sie ihnen tiefer ins Herz als je. Sie kamen sich höchst feige und niederträchtig vor, als Potter sagte: «Ihr seid so anständig zu mir gewesen, Jungs – anständiger als sonstwer hier. Und ich werd's nicht vergessen, ganz bestimmt nicht. Ich sag mir oft: ‹Da hab ich doch immer allen Jungs ihre Drachen und alle möglichen Sachen geflickt, hab ihnen gezeigt, wo die guten Angelplätze sind, und hab ihnen die Stange gehalten, wie ich nur konnte, und jetzt, wo der alte

Muff in der Patsche sitzt, haben sie ihn alle vergessen; aber Tom nicht und Huck auch nicht – die haben ihn nicht vergessen›, sag ich mir, ‹und ich werd sie auch nicht vergessen!› Tja, Jungs, ich hab was Dummes angestellt – versoffen und dumm, wie ich bin, anders kann ich's mir nicht erklären, und jetzt muß ich dafür baumeln, das ist nur gerecht. Gerecht und wohl auch am besten für mich, ich hoffe wenigstens. Na, wollen wir nicht darüber reden. Ich will euch nicht das Herz schwermachen, ihr habt mir ja die Stange gehalten. Aber, was ich nur sagen wollte – besauft euch nie, dann landet ihr auch nicht hier. Stellt euch mal 'n bißchen weiter da rüber, so ist's gut, ist ein richtiger Trost, freundliche Gesichter zu sehen, wenn man so im Dreck und in der Klemme sitzt, und außer euch läßt sich ja niemand hier blicken. Gute, freundliche Gesichter – gute, freundliche Gesichter! Klettert mal einer dem anderen auf die Schultern, damit ich euch auch berühren kann. So ist's richtig. Gebt mir mal die Hand – eure kleine geht ja durchs Gitter, meine Tatze ist zu groß dazu. Kleine Hände, und noch schwach – aber sie haben Muff Potter sehr geholfen, und wenn sie könnten, würden sie ihm noch mehr helfen.»

Tom war jämmerlich zumute, als er nach Hause ging, und in der Nacht hatte er schreckliche Träume. Am nächsten Tag und am folgenden trieb er sich in der Nähe des Gerichts herum; er fühlte sich von einem fast unwiderstehlichen Drang hingezogen, zwang sich jedoch, draußen zu bleiben. Huck erging es ebenso. Sie mieden einander geflissentlich. Jeder von beiden ging von Zeit zu Zeit weg; die gleiche unheimliche Anziehungskraft brachte sie aber jedesmal rasch wieder zurück. Tom spitzte die Ohren, sobald ein paar Müßiggänger aus dem Gerichtssaal geschlendert kamen, aber unweigerlich hörte er schlechte Nachrichten; die Maschen des Netzes zogen sich immer enger um den armen Potter zusammen. Gegen Ende des zweiten Tages hieß es im Ort, die Aussage des Indianer-Joe stehe unerschüttert fest, und es gebe nicht den geringsten Zweifel, wie der Spruch der Geschworenen lauten werde.

Spätabends ging Tom noch einmal hin und kehrte durchs Fenster ins Bett zurück. Er war in einem Zustand größter Aufregung. Es dauerte Stunden, bis er einschlief.

Am nächsten Morgen strömte der ganze Ort zum Gerichtsgebäude, denn heute sollte der große Tag sein. In der dicht gedrängten Zuhörerschaft waren Männer und Frauen gleichmäßig vertreten. Nach langem Warten zogen die Geschworenen ein und ließen sich auf ihren Plätzen nieder; kurz darauf wurde Potter, der bleich und hager, schüchtern und hoffnungslos aussah, in Ketten hereingeführt und auf einen Platz gewiesen, wo ihn alle neugierigen Augen anstarren konnten. Nicht weniger Aufmerksamkeit erregte der Indianer-Joe, unbewegt wie immer. Wieder entstand eine Pause; dann kam der Richter, und der Sheriff erklärte die Verhandlung für eröffnet. Nun folgte das übliche Geflüster der Anwälte und das Aufnehmen der Papiere. Diese Vorbereitungen und die damit verbundene Verzögerung schufen eine wachsende Spannung, von der jeder erfaßt wurde.

Nun wurde ein Zeuge aufgerufen, der aussagte, er habe Muff Potter zu früher Morgenstunde des betreffenden Tages dabei ertappt, wie er sich im Bach wusch, und Potter habe sich gleich davongeschlichen. Nach einigen weiteren Fragen erklärte der Staatsanwalt: «Der Herr Verteidiger hat das Wort.»

Der Gefangene hob für einen Moment den Blick, ließ ihn jedoch wieder sinken, als sein Verteidiger sagte: «Ich habe keine Fragen an den Zeugen.»

Der nächste Zeuge bewies, daß das Messer in der Nähe der Leiche gefunden worden war. Der Staatsanwalt erklärte: «Der Herr Verteidiger hat das Wort.»

«Ich habe keine Fragen an den Zeugen», erwiderte Potters Anwalt.

Ein dritter Zeuge beschwor, daß er das Messer öfters in Potters Besitz gesehen habe.

«Der Herr Verteidiger hat das Wort.»

Potters Anwalt verzichtete darauf, Fragen an den Zeugen zu richten.

Auf den Gesichtern der Zuhörerschaft begann sich Ärger abzuzeichnen. Hatte dieser Verteidiger etwa die Absicht, das Leben seines Klienten preiszugeben, ohne auch nur den Versuch zu unternehmen, es zu retten?

Mehrere Zeugen machten Aussagen über das schuldbewußte Benehmen, das Potter gezeigt hatte, als man ihn zum Tatort führte. Sie durften den Zeugenstand verlassen, ohne daß sie ins Kreuzverhör genommen wurden.

Jede Einzelheit der belastenden Umstände, die sich an jenem Morgen, an den sich alle Anwesenden so gut erinnerten, auf dem Friedhof ereignet hatten, wurde von glaubwürdigen Zeugen vorgebracht; aber nicht einen nahm Potters Anwalt ins Kreuzverhör. Die Verblüffung und Unzufriedenheit des Publikums drückte sich in einem Gemurmel aus und hatte einen Verweis von seiten des Vorsitzenden zur Folge. Jetzt erklärte der Staatsanwalt: «Durch den Eid von Bürgern, deren Wort über jeden Verdacht erhaben ist, haben wir dieses schreckliche Verbrechen eindeutig dem Angeklagten dort nachgewiesen. Die Staatsanwaltschaft hat dem nichts mehr hinzuzufügen.»

Dem armen Potter entrang sich ein Stöhnen; er verbarg das Gesicht in den Händen und wiegte den Oberkörper leise hin und her, während im Gerichtssaal bedrücktes Schweigen herrschte. Viele Männer waren bewegt, und das Mitleid zahlreicher Frauen kam in Tränen zum Ausdruck.

Nun erhob sich der Verteidiger und sagte: «Herr Richter, zu Beginn dieses Prozesses deutete die Verteidigung ihre Absicht an, zu beweisen, daß ihr Klient diese entsetzliche Tat in einem durch Alkohol hervorgerufenen Zustand besinnungslosen Rausches begangen habe. Wir haben unsere Absicht geändert; wir werden diesen Entlastungsgrund nicht vorbringen.» Zum Gerichtsdiener gewandt, setzte er hinzu: «Rufen Sie Thomas Sawyer.»

Verblüfftes Staunen zeigte sich auf jedem Antlitz, Potter nicht ausgenommen. Aller Blicke hefteten sich erstaunt und voller Interesse auf Tom, der sich erhob und seinen Platz auf dem Zeugenstand einnahm. Der Junge sah kläglich aus, denn er hatte große Angst. Er wurde vereidigt.

«Thomas Sawyer, wo warst du am siebzehnten Juni um Mitternacht?»

Tom warf einen Blick auf das eisenharte Gesicht des Indianer-Joe, und die Zunge versagte ihm. Atemlos lauschte die Zuhörerschaft, aber die Worte wollten nicht kommen. Doch dann faßte er sich, und es gelang ihm, seine Stimme in die Gewalt zu bekommen, damit wenigstens ein Teil des Publikums hören konnte: «Auf dem Friedhof!»

«Ein bißchen lauter, bitte. Hab keine Angst. Du warst...»

«Auf dem Friedhof.»

Ein verächtliches Lächeln glitt über das Gesicht des Indianer-Joe.

«Warst du in der Nähe von Ross Williams' Grab?»

«Jawohl.»

«Sprich nur ein bißchen lauter. Wie nahe warst du denn da?»

«So nah wie ich jetzt Ihnen bin.»

«Hattest du dich versteckt oder nicht?»

«Ich hatte mich versteckt.»

«Wo?»

«Hinter den Ulmen, die am Ende des Grabes stehen.»

Der Indianer-Joe fuhr kaum merklich zusammen.

«War irgend jemand bei dir?»

«Jawohl. Ich war dort mit…»

«Warte… warte noch einen Augenblick. Den Namen deines Begleiters brauchst du nicht zu nennen. Wir werden ihn zum geeigneten Zeitpunkt vorführen. Hattest du irgend etwas mit dorthin genommen?»

Tom zögerte und blickte verwirrt drein.

«Nur heraus mit der Sprache, mein Junge, sei nicht schüchtern. Die Wahrheit ist immer das Richtige. Was hattest du dorthin mitgenommen?»

«Nur eine – eine – tote Katze.»

Durch den Saal ging eine Welle der Heiterkeit, welcher der Vorsitzende sofort Einhalt gebot.

«Wir werden das Gerippe dieser Katze vorweisen. Nun mein Junge, erzähl uns alles, was dort geschah – erzähl es uns nur auf deine Weise –, laß nichts aus und hab keine Angst.»

Tom begann – zuerst zögernd, aber als er warm wurde, kamen ihm die Worte immer leichter von den Lippen; nach einer Weile erstarb außer seiner Stimme jedes Geräusch im Saal; alle Augen waren auf ihn gerichtet, mit geöffneten Lippen und angehaltenem Atem hingen die Zuhörer, von der grausigen und faszinierenden Schilderung in Bann geschlagen, an seinem Munde, ohne zu bemerken, daß die Zeit verging. Die Spannung der zurückgehaltenen Gefühle erreichte ihren Höhepunkt, als der Knabe sagte: «Und nachdem der

Doktor das Brett runtersausen ließ und Muff Potter hinfiel, sprang der Indianer-Joe mit dem Messer los und...»

Krach! Rasch wie der Blitz sprang das Halbblut auf ein Fenster zu, stieß alle, die ihm im Wege standen, beiseite und war verschwunden!

24. Kapitel
Frohe Tage und schwere Nächte

Wieder einmal war Tom der strahlende Held – Liebling der Alten und Neid der Jungen. Sein Name wurde sogar durch Druckerschwärze unsterblich gemacht – das Käseblättchen feierte ihn. Es gab Leute, die meinten, er werde noch einmal Präsident, falls er nicht vorher an den Galgen käme. Wie es so ist, schloß die wankelmütige Welt Muff Potter jetzt ins Herz und überhäufte ihn ebenso verschwenderisch mit Liebe, wie sie ihn zuvor mit Haß bedacht hatte. Doch dieses Verhalten gereicht der Welt zur Ehre, und wir wollen sie deshalb nicht tadeln.

Toms Tage waren Tage des Glanzes und des Frohlockens, seine Nächte aber waren Nächte des Grauens. Der Indianer-Joe beherrschte alle seine Träume, und stets drohte ihm Verderben. Nichts konnte den Knaben dazu bewegen, sich nach Einbruch der Dunkelheit ins Freie zu begeben. Der arme Huck befand sich im gleichen jammervollen Zustand, denn Tom hatte am Abend vor dem großen Prozeß dem Rechtsanwalt die ganze Geschichte erzählt, und Huck hatte furchtbare Angst, sein Anteil an der Sache könne noch durchsickern, obgleich ihm die Flucht des Indianer-Joe die Qual erspart hatte, vor Gericht auszusagen. Der arme Kerl hatte dem Anwalt das Versprechen abgenommen, das Geheimnis zu wahren, aber war das sicher? Seit das schlechte Gewissen Tom am späten Abend in das Haus des Verteidigers getrieben hatte und den schrecklichen Bericht den Lippen entrissen, die doch durch den grausigsten und fürchterlichsten aller Eide versiegelt waren, war Hucks Vertrauen in das Menschengeschlecht erschüttert. Tom machte Muff Potters Dankbarkeit dafür, daß er gesprochen hatte, froh, aber allnächtlich wünschte er, sein Mund wäre verschlossen geblieben. Einmal fürchtete er, der Indianer-Joe werde niemals gefangen werden, dann wieder fürchtete er, er werde doch gefangen werden. Tom war sicher, daß er nie mehr einen ruhigen Atemzug tun könnte, bis dieser Mensch tot sei und er seine Leiche gesehen habe.

Eine Belohnung wurde ausgesetzt und das Land durchsucht, aber der Indianer-Joe nicht gefunden. Eines jener allwissenden Wunderwesen, ein Detektiv, kam aus St. Louis, schnüffelte herum, schüttelte den Kopf, schaute klug und hatte jenen erstaunlichen Erfolg, den die Angehörigen dieses Berufs gewöhnlich erzielen. Das heißt, er fand «eine Spur». Man kann jedoch «eine Spur» nicht wegen Mordes hängen, und so fühlte sich Tom, nachdem dieser Detektiv wieder heimgegangen war, ebenso unsicher wie zuvor.

Langsam schleppten sich die Tage dahin, und es dauerte seine Zeit, bis Tom allmählich seine Ängste vergaß.

25. Kapitel

Auf der Suche nach dem vergrabenen Schatz

Im Leben jedes normalen Jungen kommt eine Zeit, wo ihn ein wildes Verlangen packt, irgendwo nach einem verborgenen Schatz zu graben. Dieses Verlangen überfiel eines Tages auch Tom. Er wollte Joe Harper aufstöbern, hatte aber keinen Erfolg. Dann suchte er Ben Rogers, aber der war angeln gegangen. Schließlich traf er Huck Finn, den Rothändigen. Der war auch recht. Tom nahm ihn mit an einen verborgenen Platz und eröffnete ihm vertraulich seinen Plan. Huck war stets bereit, sich an etwas zu beteiligen, das Unterhaltung bot und kein Kapital erforderte, denn er verfügte über einen enormen Überfluß an Zeit, die *nicht* Geld ist.

«Wo wollen wir denn graben?» fragte er.

«Ach, irgendwo.»

«Ja, gibt es denn überall etwas?»

«Nein, ganz und gar nicht. Es liegt an besonderen Plätzen versteckt, Huck – manchmal auf Inseln, manchmal in alten Truhen unter 'nem alten, verdorrten Baum, da, wo der Schatten um Mitternacht hinfällt; aber meistens liegt's unter dem Fußboden in Häusern, wo's spukt.»

«Wer versteckt's denn da?»

«Na, Räuber natürlich – was meinst du? Vielleicht Sonntagsschullehrer?»

«Weiß nicht. Wenn's mir gehörte, würd ich's nicht verstekken, ich würd's ausgeben und feiern.»

«Ich auch, aber Räuber machen's anders; die verstekken's immer und lassen's liegen.»

«Kommen die denn nicht mehr wieder, um's zu holen?»

«Nein, sie haben zwar die Absicht, aber meist vergessen sie den Platz, oder sie sterben. Jedenfalls liegt's lang rum und verrostet, und schließlich entdeckt dann jemand ein altes vergilbtes Schriftstück, wo draufsteht, wie man den Platz findet – ein Schriftstück, bei dem man ungefähr eine Woche zum Entziffern braucht, weil meistens nur Zeichen und Hirolifen draufstehen.»

«Hiro – was?»

«Hirolifen – Bilder und so was, weißt du, von denen man glaubt, sie bedeuten nichts.»

«Hast du denn so ein Papier, Tom?»

«Nein.»

«Na, wie willst du dann das Versteck finden?»

«Ich weiß das so. Sie verstecken's immer unter einem Haus, wo's spukt, oder auf einer Insel oder unter einem Baum, von dem nur ein Ast rausragt. Na, auf Jacksons Island haben wir's schon ein bißchen versucht, und wir können's da vielleicht noch mal versuchen, und dann haben wir noch das alte Spukhaus da oben und Bäume mit toten Ästen gibts 'ne Menge – die gibt's haufenweise.»

«Liegt denn unter allen was?»

«Natürlich nicht!»

«Wie willst du dann wissen, welchen du nehmen sollst?»

«Wir nehmen eben alle.»

«Aber Tom, dazu brauchen wir doch den ganzen Sommer!»

«Na, und wenn! Stell dir vor, du findest einen Topf mit hundert Dollar drin, alle alt und echt, oder eine verfaulte Kiste, die voller Di'manten ist. Wie würde dir denn das gefallen?»

Hucks Augen glänzten.

«Das wär prima, das wär pfundig. Gib mir bloß die hundert Dollar, dann will ich gar keine Di'manten mehr.»

«Na schön. Aber ich kann dir sagen, *ich* werf keine Di'manten weg. Manche sind zwanzig Dollar das Stück wert. Es gibt kaum welche, die nur fünfundsiebzig Cent oder einen Dollar wert sind.»

«Was? Wirklich?»

«Na klar – das weiß jeder. Hast du denn noch nie einen Di'manten gesehen, Huck?»

«Nicht, daß ich mich erinnern könnte.»

«Ach, Könige haben sie haufenweise.»

«Na, Könige kenn ich keine, Tom.»

«Kann ich mir vorstellen. Aber wenn du nach Europa kommst, da hopsen sie haufenweise rum.»

«Hopsen die?»

«Hopsen? Du spinnst wohl? Nein!»

«Warum hast du dann gesagt, sie hopsen?»

«Quatsch. Ich hab doch gemeint, du kannst sie sehen – natürlich nicht hopsen –, wozu sollten die hopsen? Aber ich stell mir vor, du siehst sie einfach – überall umeinander, weißt du, nur so. Wie den alten buckligen Richard.»

«Richard? Wie heißt er denn weiter?»

«Weiter hat er keinen Namen. Könige haben weiter nichts als einen Vornamen.»

«Wirklich nicht?»

«Ehrenwort!»

«Meinetwegen, Tom; aber ich will kein König sein und bloß einen Vornamen haben, wie ein Nigger. Aber sag mal – wo willst du denn zuerst graben?»

«Tja, ich weiß noch nicht. Wenn wir nun den alten Baum mit den verdorrten Ästen auf der anderen Seite vom Cardiff-Hügel in Angriff nehmen?»

«Einverstanden.»

Sie verschafften sich also eine ausrangierte Spitzhacke und eine Schaufel und machten sich auf ihre drei Meilen lange Wanderung. Erhitzt und atemlos kamen sie an und warfen sich im Schatten einer benachbarten Ulme nieder, um sich auszuruhen und ein bißchen zu rauchen.

«Hier paßt's mir», meinte Tom.

«Mir auch.»

«Sag mal, Huck, wenn wir nun hier einen Schatz finden, was machst du dann mit deinem Teil?»

«Na, dann leiste ich mir jeden Tag Kuchen und ein Glas Brauselimonade und gehe in jeden Zirkus, der herkommt. Was meinst du, wie ich's mir dann gutgehen lasse!»

«Und sparen willst du dir gar nichts?»

«Sparen? Wozu denn?»

«Na, damit du später mal was hast.»

«Ach, das hat gar keinen Zweck. Papa würde ja doch eines Tages in die Stadt kommen und alles schnappen, wenn ich nicht schneller bin, und ich kann dir sagen, der würde es schnell durchbringen. Was machst denn du mit deinem Anteil, Tom?»

«Ich kauf mir 'ne neue Trommel und ein richtiges Schwert und einen roten Schlips und eine junge Bulldogge und heirate.»

«Du heiratest!»

«Jawohl.»

«Tom, du – ach, du spinnst wohl komplett!»

«Wart nur ab – du wirst schon sehen.»

«Na, das ist das Blödeste, was du überhaupt tun kannst, Tom. Schau dir doch meinen Papa und meine Mutter an. Ein einziger Krach! Die haben nichts wie Krach miteinander. Weiß ich genau!»

«Das sagt gar nichts. Das Mädchen, das ich heirate, macht keinen Krach.»

«Tom, die sind alle gleich. Alle wollen sie einen immerzu die Taschen ausleeren. Überleg dir das lieber noch einmal. Ich sag dir's. Wie heißt denn die Pflanze?»

«Es ist keine Pflanze – 's ist ein Mädchen.»

«Das ist alles gleich; manche sagen Pflanze, manche sagen Mädchen – alles stimmt. Egal – wie heißt sie denn, Tom?»

«Das sage ich dir später – jetzt nicht.»

«Na schön, ist mir auch recht. Bloß, wenn du dich verheiratest, bin ich noch einsamer als zuvor.»

«Nein, das bist du nicht, dann kommst du zu mir und wohnst bei mir. Na, jetzt aber los, fangen wir mit dem Graben an.»

Eine halbe Stunde arbeiteten sie und schwitzten. Ohne Erfolg. Sie mühten sich eine weitere halbe Stunde. Immer noch kein Erfolg. Da sagte Huck: «Vergraben sie's eigentlich immer so tief?»

«Manchmal – nicht immer. Gewöhnlich nicht. Ich fürchte, wir haben nicht die richtige Stelle.»

So wählten sie sich einen anderen Fleck aus und begannen von neuem. Die Arbeit ging ein wenig langsamer von der Hand; trotzdem aber machten sie Fortschritte. Eine Zeitlang schanzten sie schweigend drauflos. Endlich stützte sich Huck auf seine Schaufel, wischte sich mit dem Ärmel die Schweißtropfen von der Stirn und sagte: «Wo willst du denn dann graben, wenn wir hier fertig sind?»

«Vielleicht machen wir uns an den alten Baum drüben auf dem Cardiff-Hügel, hinter dem Haus von der Witwe.»

«Das ist sicher ein guter Platz. Aber wird ihn uns die Witwe nicht wegnehmen? Es ist doch auf ihrem Boden.»

«Die und wegnehmen! Vielleicht würd sie's gern versuchen. Wer so einen verborgenen Schatz findet, dem gehört er auch. Ganz egal, auf welchem Boden.»

Das klang gut. Sie arbeiteten weiter. Nach einer Weile sagte Huck: «Verdammt noch mal, wir müssen da schon wieder eine falsche Stelle haben. Was meinst du?»

«Es ist schon komisch, Huck. Ich versteh das nicht. Manchmal sind Hexen dazwischen. Wahrscheinlich steckt da der Haken.»

«Quatsch! Hexen haben doch am Tag keine Macht.»

«Stimmt. Daran hab ich gar nicht gedacht. Ach, ich weiß, was los ist. Was sind wir bloß für Idioten. Man muß doch wissen, wo der Schatten von dem Ast um Mitternacht hinfällt, und da muß man graben!»

«Mensch, dann ist ja die ganze Schufterei für die Katz gewesen. Verdammt noch mal, dann müssen wir ja in der Nacht wieder her. Der Weg ist scheußlich weit. Wirst du denn loskommen können?»

«Darauf kannst du dich verlassen. Und zwar müssen wir's heut nacht erledigen, denn wenn jemand die Löcher hier sieht, dann weiß er sofort, was hier liegt, und holt sich's.»

«Na, schön. Ich komm heut nacht vorbei und mach miau.»

«Ist gut. Verstecken wir das Werkzeug hier im Gebüsch.»

In der Nacht waren die Jungen um die festgelegte Stunde da. Sie saßen im Schatten und warteten. Einsam war der Ort und feierlich die Stunde. Im Rascheln der Blätter flüsterten Geister, in den dunklen Ecken lauerten Gespenster, aus der Ferne kam das dumpfe Bellen eines Hundes, eine Eule antwortete mit ihrer Grabesstimme. Dies alles überwältigte die Jungen, und sie sprachen wenig. Nach einer Weile glaubten sie, es sei nun zwölf Uhr; sie bezeichneten die Stelle, auf die der Schatten fiel, und sie begannen zu graben. Ihre Hoffnung wuchs. Ihr Interesse steigerte sich und auch ihr Fleiß. Das Loch wurde tiefer und tiefer; jedesmal aber, wenn ihnen das Herz höher schlug, weil sie ihre Picke auf etwas stoßen hörten, erlebten sie von neuem eine Enttäuschung. Immer war es nur ein Stein oder ein Stück Holz.

Endlich meinte Tom: «Es nutzt nichts, Huck, wir sind schon wieder an der falschen Stelle.»

«Aber das ist doch unmöglich, Tom. Wir haben den Schatten doch haargenau markiert.»

«Ich weiß, aber da ist noch was andres.»

«Was denn?»

«Wir haben die Zeit doch nur erraten. Vermutlich war's zu spät oder zu früh.»

Huck ließ die Schaufel fallen.

«Genau», sagte er. «Das ist der Haken. Die Stelle hier müssen wir aufgeben. Wir werden nie die richtige Zeit feststellen können, und außerdem ist die Sache hier zu gruselig, so in der Nacht, wo Hexen und Geister dermaßen rumflattern. Ich hab immer das Gefühl, hinter mir steht was, und hab Angst, mich umzudrehn, denn vielleicht stehn noch andre da und warten bloß auf 'ne Gelegenheit. Mir läuft's kalt übern Rücken, seit ich hier bin.»

«Na, mir geht's fast genauso, Huck. Meistens legen sie noch eine Leiche dazu, wenn sie einen Schatz unter einem Baum eingraben, damit sie ihn bewacht.»

«Ist nicht wahr!»

«Doch, das machen sie. Das hab ich immer gehört.»

«Tom, ich stöber nicht gern da rum, wo Leichen sind. Mit denen kriegt man nur Unannehmlichkeiten.»

«Ich stör sie auch nicht gern, Huck. Stell dir vor, der steckt seinen Schädel raus und sagt was.»

«Hör auf, Tom. Das ist ja schrecklich.»

«Ist es auch, Huck. Ich fühl mich gar nicht wohl in meiner Haut.»

«Du, Tom. Geben wir die Stelle hier lieber auf und versuchen's woanders.»

«Na, gut, wird schon gescheiter sein!»

«Wo soll's denn sein?»

Tom dachte einen Augenblick nach und sagte dann: «Das Spukhaus. Da ist's richtig.»

«Verdammt noch mal. Häuser, wo's spukt, mag ich nicht, Tom. Die sind ja noch schlimmer als Tote. Tote reden vielleicht, aber die schleichen doch nicht in ein Leichentuch gewickelt rum, wenn man's gar nicht erwartet, und luchsen einem plötzlich über die Schulter und knirschen mit den Zähnen wie Gespenster. So was würd ich nicht aushalten, Tom – das hält keiner aus.»

«Ja, Huck, aber Gespenster treiben sich doch nur nachts rum – am Tag stören sie uns nicht.» – «Das stimmt schon. Aber du weißt doch ganz genau, daß niemand in die Nähe von dem Spukhaus geht – weder bei Tag noch bei Nacht.»

«Na, das ist deswegen, weil niemand gern dahin geht, wo jemand ermordet worden ist. Aber in der Nähe von dem Haus ist nachts nie was los gewesen – bloß ein paar blaue Lichter, die am Fenster vorbeigehuscht sind – keine richtigen Gespenster.»

«Aber wo du blaue Lichter rumflackern siehst, Tom, da kannst Gift drauf nehmen, daß ein Geist verdammt dicht dahinter ist. Das ist doch klar. Du weißt doch, blaue Lichter haben bloß Gespenster.»

«Ja, das stimmt. Aber am Tag kommen sie jedenfalls nicht, wozu also Angst haben?»

«Na, schön. Geh'n wir zum Spukhaus, wenn du willst; aber ich glaub, das ist ziemlich riskant.»

Sie machten sich jetzt den Hügel hinab auf den Heimweg. Dort unten, inmitten des mondbeschienenen Tales, stand ganz einsam das Haus, in dem es «spukte»; der Zaun war schon längst verschwunden, üppig wucherte das Unkraut bis über die Türschwelle; der Schornstein war zerbröckelt, die Fensterrahmen gähnten leer, ein Teil des Daches war eingefallen. Die Jungen blickten eine Weile wie gebannt dorthin und erwarteten fast, ein blaues Licht an einem Fenster vorbeihuschen zu sehen; leise, wie es sich für Zeit und Umstände gehörte, wandten sie sich dann nach rechts, schlugen einen großen Bogen um das Spukhaus und zogen heimwärts durch den Wald, auf der anderen Seite des Cardiff-Hügels.

26. Kapitel

Echte Räuber rauben die Goldkiste

Am nächsten Tag gegen Mittag gingen die beiden zu dem dürren Baum; sie waren gekommen, um ihr Werkzeug zu holen. Ungeduldig trieb es Tom zu dem Spukhaus und Huck ebenfalls; plötzlich aber sagte der: «Hör mal zu, Tom, weißt du, welcher Tag heut ist?»

Tom ließ im Geiste die Wochentage an sich vorüberziehen und blickte erschrocken auf: «Donnerwetter! Daran hab ich überhaupt nicht gedacht, Huck!»

«Na, ich auch nicht, aber auf einmal ist mir ein Licht aufgegangen, daß Freitag ist.»

«Verdammt noch mal, man kann gar nicht vorsichtig genug sein, Huck. Wir hätten schön in die Tinte geraten können, wenn wir so was an einem Freitag unternommen hätten.»

«Da kannst du Gift drauf nehmen! Es gibt vielleicht ein paar Glückstage, aber niemals Freitag.»

«Das weiß ja jeder. Da bist du nicht der erste, der das entdeckt hat, Huck.»

«Hab ich ja auch nicht behauptet, oder? Und daß Freitag ist, ist noch nicht einmal alles. Hab heut nacht einen scheußlichen Traum gehabt. Von Ratten.»

«Was! Bedeutet Pech! Haben sie sich rumgebissen?»

«Nein.»

«Na, dann ist's gut, Huck. Wenn sie sich nicht rumbeißen, dann ist's nur ein Zeichen dafür, daß Pech sein könnte, weißt du. Da brauchen wir bloß scharf die Augen offenhalten und aufpassen. Lassen wir die Sache für heute und spielen wir. Kennst du Robin Hood, Huck?»

«Nein. Wer ist denn Robin Hood?»

«Das war einer von den größten Männern, die je in England gelebt haben – und der beste. Er war ein Räuber.»

«Prima. Ich wollte, ich wär auch einer. Wen hat er denn ausgeraubt?»

«Nur Sheriffs und Bischöfe und Könige und so was. Aber die Armen hat er in Ruhe gelassen. Die hat er gern mögen. Mit denen hat er immer ganz gerecht geteilt.»

«Der muß aber ein Pfundskerl gewesen sein.»

«Na, und ob, Huck. Du, der war der edelste Mensch, der je gelebt hat. Solche Leute gibt's heut nicht mehr, das kann ich dir sagen. Er konnte jedem Mann in England mit einer Hand über werden, und er konnte seinen Eibenbogen nehmen und aus anderthalb Meilen Entfernung ein Zehncentstück treffen.»

«Was ist denn ein Eibenbogen?»

«Weiß nicht. Natürlich ein Bogen. Und wenn er das Zehncentstück nur am Rande streifte, dann setzte er sich hin und weinte – und fluchte. Komm, wir spielen Robin Hood. Das macht Spaß. Ich werd's dir lernen.»

«Einverstanden.»

So spielten sie den ganzen Nachmittag Robin Hood; hin und wieder warfen sie einen sehnsüchtigen Blick auf das Haus, in dem es spukte, und machten eine Bemerkung über die Möglichkeiten, die der morgige Tag ihnen dort bieten sollte. Als die Sonne im Westen versank, begaben sie sich im langen Schatten der Bäume auf den Heimweg und waren bald in den Wäldern des Cardiff-Hügels verschwunden.

Am Samstag kurz nach der Mittagsstunde waren die Jungen wieder beim verdorrten Baum. Sie rauchten und plauderten im Schatten, gruben ein bißchen in ihrem Loch, ohne große Hoffnung und nur, weil Tom sagte, oft hätten Leute einen Schatz aufgegeben, nachdem sie schon ganz nah dran waren, und dann sei jemand anders gekommen und habe ihn mit einem einzigen Spatenstich freigelegt. Diesmal aber war's nichts, und so schulterten die Schatzgräber ihr Werkzeug immerhin mit dem Gefühl, ihr Glück nicht leichtfertig aufs Spiel gesetzt, sondern alle Forderungen, die das Schatzgräbergewerbe an sie stellte, erfüllt zu haben.

Als sie das Spukhaus erreichten, lag etwas derart Unheimliches und Schauriges in der Totenstille unter der sengenden Sonne und etwas so Bedrückendes in der Einsamkeit und Verlassenheit des Orts, daß die Jungen Angst hatten, sich hineinzuwagen. Dann krochen sie zur Tür und warfen vorsichtig einen Blick ins Innere des Hauses. Sie sahen ein unkrautüberwuchertes Zimmer, ohne Fußboden, dessen Wände unverputzt waren, einen zerfallenen Kamin, leere Fensterhöhlen, eine morsche Treppe; und überall zerfetzte und leere Spinnweben. Dann traten sie leise ein, mit klopfendem Herzen, die Stimme zu einem Flüstern gedämpft, die Ohren gespitzt, um auch das leiseste Geräusch wahrzunehmen, die Muskeln gestrafft und zum sofortigen Rückzug bereit.

Nach kurzer Zeit waren sie mit ihrer Umgebung vertraut und hatten weniger Angst. Sie unterzogen den Ort einer kritischen und interessierten Prüfung und wunderten sich selbst über ihren eigenen Mut. Danach wollten sie das obere Stockwerk inspizieren. Das hieß, sich den Rückzug abschneiden, aber sie wollten sich nun imponieren, und das konnte natürlich nur ein Ergebnis haben – sie warfen ihr Werkzeug in eine Ecke und unternahmen den Aufstieg. Oben gab es den gleichen Verfall. In einem Winkel fanden sie einen Wandschrank, der versprach, ein Geheimnis zu bergen; das Versprechen erwies sich jedoch als Betrug – der Schrank war leer. Ihr Mut war jetzt gewachsen und hatte die Oberhand gewonnen. Gerade wollten sie hinuntergehen und mit der Arbeit beginnen, als Tom zischte: «Pst!»

«Was gibt's?» wisperte Huck und erbleichte vor Furcht.

«Pst! Da! Hörst du's?»

«Ja. Ach du meine Güte. Reißen wir aus!»

«Bleib still! Rühr dich ja nicht! Sie kommen direkt auf die Tür zu.»

Die Jungen streckten sich auf dem Boden aus und spähten durch eins der Astlöcher in den Dielen; da lagen sie angstzitternd und warteten. «Sie sind stehengeblieben... Nein... sie kommen... Da sind sie. Kein Wort mehr, Huck. Mein Gott, wär ich nur hier wieder raus.»

Zwei Männer traten ein. Jeder der beiden Jungen sagte sich: ‹Das ist doch der alte taubstumme Spanier, der sich in der letzten Zeit in der Stadt rumgetrieben hat – den anderen hab ich noch nie gesehen.›

«Der andere» war ein zerlumpter, verwahrloster Kerl, in dessen Gesicht nichts Angenehmes lag. Der Spanier war in einen Umhang gehüllt; er hatte einen buschigen weißen Schnurrbart, unter seinem Sombrero quoll langes, weißes Haar hervor, und er trug eine grüne Brille. Als sie eintraten, redete der andere mit leiser Stimme; sie ließen sich auf den Fußboden nieder, das Gesicht der Tür zugewandt, den Rükken gegen die Wand. Der Zerlumpte sagte gerade etwas. Je länger er sprach, desto weniger vorsichtig wurde er und desto verständlicher wurden seine Worte.

«Nein», sagte er, «ich hab mir die Sache überlegt, und es paßt mir nicht. Das ist gefährlich.»

«Gefährlich!» grunzte der «taubstumme» Spanier zum großen Erstaunen der Jungen. «Du Weichling!»

Die Stimme verschlug den Knaben den Atem und ließ sie erzittern. Es war die Stimme des Indianer-Joe! Einen Augenblick herrschte Schweigen, dann sagte Joe: «Was könnte denn noch gefährlicher sein als das Ding, das wir da oben gedreht haben, und nichts ist passiert.»

«Das war weit von hier, und kein Haus war in der Nähe. Und es wird sowieso nie jemand erfahren, daß wir's probiert haben, wo's doch nicht geklappt hat.»

«Na, was ist denn gefährlicher, als am hellichten Tage hierherzukommen? Jedem, der uns sieht, müssen wir doch verdächtig vorkommen.»

«Weiß ich. Aber nach dieser Pleite war es das einfachste. Ich will raus aus dieser Bude hier. Hab's schon gestern gewollt, bloß es hatte ja keinen Zweck sich von hier fortzumachen, solange die verdammten Bengels da drüben auf dem Hügel direkt vor unserer Nase gespielt haben.»

«Die verdammten Bengels» erbebten unter diesen Worten von neuem und dachten daran, welch ein Glück es doch sei, daß sie an den Freitag gedacht und noch einen Tag gewartet hatten. Im innersten Herzen wünschten sie, sie hätten ein ganzes Jahr gewartet. Die beiden Männer holten etwas zu essen hervor und machten Mittag.

Nach einem langen, gedankenvollen Schweigen sagte der Indianer-Joe: «Hör mal zu, Junge, geh du zurück, stromaufwärts, wo du hingehörst. Warte dort, bis du was von mir hörst. Ich nehm das Risiko auf mich, noch ein einziges Mal in die Stadt hier zu gehen und mich umzusehen. Das ‹Ding› drehn wir dann, wenn ich ein bißchen rumspioniert hab und die Sache günstig aussieht. Und dann ab nach Texas! Wir verduften zusammen!»

Dieser Plan gefiel dem anderen. Die beiden Männer begannen zu gähnen, und der Indianer-Joe sagte: «Ich bin todmüde! Mit der Wache bist du an der Reihe!»

Er rollte sich im Unkraut zusammen und fing kurz darauf an zu schnarchen. Sein Kamerad stieß ihn ein paarmal an, worauf er still wurde. Bald begann auch der Wächter einzunicken; er ließ den Kopf immer tiefer sinken, und dann schnarchten beide.

Die Jungen atmeten erleichtert auf. Tom flüsterte: «Jetzt haben wir eine Gelegenheit – los, komm!»

Huck stotterte: «Ich kann nicht – ich falle tot um, wenn sie aufwachen.»

Tom trieb – Huck hielt ihn zurück. Schließlich stand Tom langsam und leise auf und machte sich allein auf den Weg. Der erste Schritt, den er tat, entlockte dem morschen Fußboden jedoch ein so gräßliches Knarren, daß Tom halbtot vor Angst wieder aufgab. Einen zweiten Versuch unternahm er nicht. Die Jungen lagen da und zählten die Sekunden, bis ihnen schien, die Zeit müsse zum Stillstand gekommen und die Ewigkeit auch schon alt und grau geworden sein, und dann stellten sie mit Erleichterung fest, daß die Sonne allmählich unterging.

Das eine Schnarchen hörte jetzt auf. Der Indianer-Joe setzte sich auf, starrte um sich, lächelte grimmig über seinen Kameraden, dem der Kopf auf die Knie gesunken war, stieß ihn mit dem Fuß wach und rief: «He, du! Bist mir ein feiner Wächter, du! Na, macht nichts – es ist ja nichts passiert.»

«Du liebe Güte! Hab ich geschlafen?»

«Na, zum Teil, zum Teil. 's ist fast Zeit, daß wir verschwinden, Kumpel. Was machen wir denn mit den Moneten, die wir noch übrig haben?»

«Ich weiß nicht – hierlassen wie immer, denk ich. Es hat

keinen Zweck, sie mitzunehmen, bis wir nach dem Süden gehen. Sechshundertfünfzig in Silber ist allerhand zu schleppen.»

«Na, gut. Es macht ja nichts aus, ob wir noch mal herkommen.»

«Nein – aber ich würde sagen, wir kommen lieber in der Nacht, wie wir's sonst auch gemacht haben – es ist sicherer.»

«Ja, aber hör mal, es kann 'ne ganze Weile dauern, bis sich mir für ‹das Ding› die richtige Gelegenheit bietet; es kann allerhand dazwischenkommen, der Ort ist nicht gut; graben wir's lieber richtig ein – und zwar recht tief.»

«Gute Idee», sagte sein Kamerad, ging durch den Raum, hob hinten im Kamin einen Stein hoch und holte einen Beutel hervor, in dem es lustig klimperte. Er nahm zwanzig oder dreißig Dollar für sich und ebensoviel für den Indianer-Joe heraus, der jetzt auf den Knien lag und mit seinem langen Jagdmesser in der Ecke ein Loch grub, und reichte ihm dann den Beutel.

Die Buben vergaßen im Nu all ihre Furcht und ihren Jammer. Mit frohlockenden Blicken verfolgten sie jede Bewegung. So ein Glück! Diese Pracht überstieg ja jede Vorstellung! Sechshundert Dollar waren Geld genug, um ein halbes Dutzend Jungen reich zu machen! Das war mal eine Schatzsuche unter den glücklichsten Vorzeichen – da gab es keine Ungewißheit mehr, wo man nachgraben sollte. Sie pufften einander immer wieder – als wollten sie sich sagen: Na, bist du jetzt nicht froh, daß wir hier sind!

Joes Messer stieß auf irgend etwas.

«Na, so was!» sagte er.

«Was gibt's denn?» fragte sein Kamerad.

«Ein morsches Brett – nein, eine Kiste, glaube ich.

Komm, hilf mal 'n bißchen, damit wir sehen, was dahintersteckt. Aber, laß nur, ich hab ein Loch reingebrochen.»

Er steckte die Hand hinein und zog sie wieder hervor.

«Mensch, das ist ja Geld!»

Die beiden Männer betrachteten die Handvoll Münzen. Sie waren aus Gold. Die Jungen oben waren ebenso aufgeregt und begeistert wie die Männer selbst.

Joes Kamerad sagte: «Das werden wir schnell haben. Da drüben in der Ecke steht 'ne alte verrostete Hacke, da auf der anderen Seite vom Kamin – ich hab sie grad gesehen.»

Er lief hin und brachte Hacke und Schaufel der Jungen. Der Indianer-Joe nahm die Hacke, besah sie sich kritisch, schüttelte den Kopf, murmelte etwas vor sich hin und begann zu arbeiten.

Die Kiste war bald ausgegraben. Sie war nicht sehr groß, mit eisernen Reifen beschlagen und war einmal sehr stabil gewesen, bevor sie verfault war. Eine Weile betrachteten die Männer den Schatz in zufriedenem Schweigen.

«Mensch, Kumpel, da sind Tausende von Dollar drin», sagte der Indianer-Joe.

«Hier hat sich doch mal Murrells Bande rumgetrieben», bemerkte der Fremde.

«Weiß ich», erwiderte der Indianer-Joe, «und das hier sieht ganz danach aus.»

«Jetzt brauchst du das Ding nicht mehr zu drehen.»

Das Halbblut runzelte die Stirn. Dann sagte er: «Da kennst du mich schlecht. Zumindest weißt du nicht alles über die Sache. Es handelt sich nicht nur um Raub – es handelt sich um Rache!» Ein gehässiges Feuer flammte in seinen Augen. «Ich brauch deine Hilfe dabei. Wenn die Sache erledigt ist – dann auf nach Texas. Geh nur zu deiner Alten heim und halt dich bereit, bis du von mir hörst.»

«Na, wenn du meinst. Was machen wir denn mit dem hier – graben wir's wieder ein?»

«Jawohl.» (Unbändiges Entzücken oben.) «Nein! Zum Teufel, nein!» (Tiefste Niedergeschlagenheit oben.) «Fast hätte ich's vergessen. An der Hacke da ist frische Erde gewesen!» (Den Jungen wurde fast schlecht vor Angst.) «Was haben denn 'ne Hacke und 'ne Schaufel hier zu suchen? Und noch dazu mit frischer Erde dran? Wer hat sie hergebracht – und wo sind die hin? Hast du irgendwen gehört? Irgendwas gesehen? Das hier wieder eingraben, damit sie dann kommen und sehen, daß der Boden aufgewühlt war? Nein, mein Lieber. Wir bringen's rüber in mein Versteck.»

«Natürlich! Daran hätt ich auch vorher denken können. Meinst du Nummer eins?»

«Nein, Nummer zwei – unter dem Kreuz. Der andre Platz taugt nichts – ist zu begangen.»

«Na, gut. Es ist fast schon dunkel genug, um aufzubrechen.»

Der Indianer-Joe erhob sich und ging von einem Fenster zum anderen, sorgfältig hinausspähend. Dann sagte er: «Wer mag bloß das Werkzeug hergebracht haben? Meinst du, sie könnten vielleicht da oben sein?»

Den Jungen stockte der Atem. Der Indianer-Joe legte die Hand auf sein Messer, zögerte einen Augenblick und wandte sich dann der Treppe zu. Die Jungen dachten an den Wandschrank, aber alle Kraft hatte sie verlassen. Knarrend kamen Schritte die Treppe herauf – die unerträgliche Not ihrer Lage weckte ihre Entschlußkraft; gerade wollten sie zu dem Wandschrank springen, als ein Krachen zu hören war und der Indianer-Joe in den Trümmern der zusammengebrochenen Treppe auf dem Boden landete. Fluchend raffte er sich auf, und sein Kamerad sagte: «Wozu denn das

Ganze? Wenn wirklich welche da oben sind, dann laß sie doch da bleiben – wen schert's? Wenn sie jetzt runterspringen und was abkriegen wollen, laß sie doch. In fünfzehn Minuten ist's dunkel – dann sollen sie uns ruhig folgen, wenn sie Lust haben; mir ist's recht. Meiner Meinung nach müssen die Leute, die das Werkzeug hier reingeschleppt haben, uns gesehen und für Geister oder Teufel gehalten haben. Ich wette, die rennen noch.»

Joe brummte eine Weile vor sich hin; dann gab er seinem Freund recht, daß sie das bißchen Tageslicht, das noch übrig war, ausnützen und alles für den Abmarsch vorbereiten sollten. Und dann schlüpften sie im Zwielicht aus dem Haus und bewegten sich mit ihrer kostbaren Last auf den Fluß zu.

Tom und Huck standen auf, schwach in den Knien, aber sehr erleichtert, und starrten ihnen durch die Ritzen nach. Ihnen folgen? Sie würden sich hüten – sie waren froh, daß sie wieder festen Boden unter sich hatten, und folgten dem Pfad, der zur Stadt führte. Sie redeten nicht viel, denn sie waren allzusehr damit beschäftigt, sich über sich selbst zu ärgern – über das Pech, den Spaten und die Hacke dort stehengelassen zu haben. Wenn das nicht gewesen wäre, dann hätte der Indianer-Joe niemals Verdacht geschöpft. Er hätte das Silber bei dem Gold versteckt, bis er seine «Rache» ausgeführt hatte, und dann hätte er das Mißgeschick gehabt zu erleben, daß das Geld verschwunden sei. Welch ein scheußliches Pech, daß sie das Werkzeug vergessen hatten! Sie beschlossen, gut auf diesen Spanier aufzupassen, falls er in die Stadt käme, um eine Gelegenheit für sein Werk der Rache auszuspionieren, und ihm nach «Nummer zwei» zu folgen, wo immer dies auch sein mochte.

Da kam Tom plötzlich ein furchtbarer Gedanke: «Rache? Wenn sie nun uns meinen, Huck?»

«Ach, hör auf!» sagte Huck, der vor Schreck fast umfiel.

Sie besprachen die Sache ausführlich, und als sie in die Stadt kamen, waren sie der Überzeugung, daß er vielleicht doch jemand anderes oder zumindest bloß Tom meinen könne, denn nur dieser hatte als Zeuge ausgesagt.

Welch schwacher Trost für Tom, sich allein in Gefahr zu befinden! Gesellschaft zu haben wäre doch eine gewisse Erleichterung gewesen, dachte er.

27. Kapitel

Mit Zittern und Zagen an die Verfolgung

Dieses Abenteuer beherrschte Toms Träume in dieser Nacht. Viermal hielt er die Hand auf dem großen Schatz, und viermal zerrann dieser in seinen Fingern zu nichts, als er aufwachte, zurück in die harte Wirklichkeit seines Mißgeschicks. Als er in den frühen Morgenstunden dalag und sich die Ereignisse seines großen Abenteuers ins Gedächtnis zurückrief, erschien ihm alles seltsam matt und fern in einer anderen Welt oder in einer längst vergangenen Zeit geschehen. Dann kam ihm plötzlich der Gedanke, das große Abenteuer selbst müsse ein Traum gewesen sein! Dafür sprach ein starkes Argument, nämlich, daß die Riesenmenge der Münzen zu groß gewesen war, um Wirklichkeit sein zu können. Noch nie zuvor hatte er auch nur fünfzig Dollar auf einmal gesehen, und wie alle Jungen seines Alters stellte er sich vor, von «Hunderten» und «Tausenden» zu sprechen sei nichts als eine Redensart, und in der ganzen Welt gebe es keine solchen Summen. Keinen Augenblick hatte er auch nur für möglich gehalten, jemand könne tatsächlich einen so großen Betrag wie hundert Dollar besitzen. Seine Vorstellung von einem verborgenen Schatz war gewesen, daß es sich dabei um eine Handvoll wirklicher Münzen und einen ganzen Haufen prächtiger, aber märchenhafter Goldstücke handelte.

Die Ereignisse, die sich bei seinem Abenteuer abgespielt hatten, traten aber durch das ständige Nachdenken immer schärfer und klarer hervor, so daß er bald wieder glaubte, die Sache sei vielleicht doch kein Traum gewesen. Diese Ungewißheit mußte beseitigt werden. Er wollte in aller Eile sein Frühstück hinunterschlingen und dann Huck aufsuchen.

Der saß niedergeschlagen am Fluß auf einem Boot und ließ achtlos die Füße im Wasser baumeln. Tom beschloß, Huck damit anfangen zu lassen. Tat er es nicht, dann war das Abenteuer nur ein Traum gewesen.

«Hallo, Huck.»

«Hallo, ebenfalls.»

Einen Augenblick herrschte Schweigen.

«Tom, wenn wir bloß das blöde Werkzeug bei dem verdorrten Baum gelassen hätten, dann wären wir jetzt reich. Wenn ich daran denke...»

«Dann ist's also kein Traum, dann ist's kein Traum! Manchmal wünscht ich fast, es wär einer. Verdammt noch mal, und wie ich das wünsche.»

«Was ist kein Traum?»

«Ach, die Geschichte von gestern. Ich hab schon halb geglaubt, es wär einer.»

«Ein Traum! Wenn die Treppe nicht eingebrochen wär, dann hättest du schon gemerkt, was es für ein Traum war! Ich hab die ganze Nacht genug Träume gehabt, wo dieser spanische Teufel mit dem Pflaster immer hinter mir her war, der Kerl, der!»

«Und den müssen wir finden! Dem Geld auf die Spur kommen!»

«Tom, den finden wir nie. So einen Schatz zu erwischen, hat man nur einmal Gelegenheit, und die ist hin. Mir wär sowieso angst und bange, wenn ich dem noch mal begegnen würde.»

«Mir auch, aber trotzdem möcht ich ihm gern noch mal begegnen und ihn bis zu seiner ‹Nummer zwei› verfolgen.»

«Nummer zwei, richtig. Darüber hab ich nachgedacht. Aber ich kann mir nichts darunter vorstellen. Was meinst du wohl, was das ist?»

«Weiß nicht. Versteh ich auch nicht. Sag mal, Huck – vielleicht ist's eine Hausnummer!»

«Prima! – Nein, Tom, das ist es nicht. Und wenn, dann nicht in diesem Nest hier. Hier gibt's ja keine Hausnummern.»

«Richtig, stimmt. Laß mich mal einen Augenblick nachdenken. Ich hab's! Eine Zimmernummer ist es – in einem Wirtshaus, weißt du!»

«Klar! 's gibt ja bloß zwei Wirtshäuser. Das kriegen wir schnell raus!»

«Bleib du hier, Huck, ich komm gleich wieder.»

Tom war schnell verschwunden. Er wollte nicht gern in Hucks Gesellschaft gesehen werden. Eine halbe Stunde blieb er fort. Er stellte fest, daß Zimmer Nummer zwei des besseren Gasthauses schon lange von einem jungen Anwalt bewohnt wurde, der immer noch dort logierte. Nummer zwei des weniger guten Gasthofs war ein Rätsel. Der Sohn des Wirtes erzählte, es sei immer verschlossen und er habe noch nie jemanden hineingehen oder herauskommen sehen, außer nachts; er wußte nicht wie und warum; ein bißchen Neugier habe er wohl, sie sei aber gering gewesen, und er habe sich das Geheimnis so erklärt, daß es in dem Zimmer «spuke»; auch sei ihm aufgefallen, daß dort in der vergangenen Nacht ein Licht brannte.

«Das hab ich alles herausgekriegt, Huck. Ich schätze, das ist genau die Nummer zwei, hinter der wir her sind.»

«Schätz ich auch, Tom. Was willst du nun machen?»

«Laß mich nachdenken.»

Tom dachte lange nach. Dann sagte er: «Ich will's dir sagen. Die hintere Tür von dieser Nummer zwei führt auf die kleine Gasse zwischen Wirtshaus und Kramladen. Verschaff du dir mal alle Schlüssel, die du nur auftreiben kannst, und ich klau die von meiner Tante, und in der ersten dunklen Nacht gehen wir hin und probieren sie. Und schau immer nach dem Indianer-Joe aus, denn der wollte in die Stadt kommen und noch mal rumspionieren, ob er Rache nehmen kann. Wenn du ihn siehst, dann gehst du ihm einfach nach, und wenn er nicht zu Nummer zwei geht, dann ist's die falsche.»

«Du lieber Gott, ich mag ihm aber nicht nachgehen!»

«Warum denn nicht, 's wird doch dunkel sein. Womöglich sieht er dich überhaupt nicht – und wennschon, dann denkt er sich vielleicht nichts dabei.»

«Na, wenn's richtig dunkel ist, dann werd ich ihm schon nachpirschen. Ich weiß nicht – ich weiß nicht. Versuchen werd ich's mal.»

«Und ob ich ihm nachgehen würde, wenn's dunkel ist, Huck. Was denkst du, er könnte ja wissen, daß seine Rache nicht durchzuführen ist, und direkt das Geld holen kommen!»

«Tom, das stimmt. Ich werd ihm nachgehen, bestimmt, ich tu's. Ehrenwort!»

«Jetzt redest du mal vernünftig! Werd bloß nicht schwach, Huck, dann werd ich auch nicht schwach.»

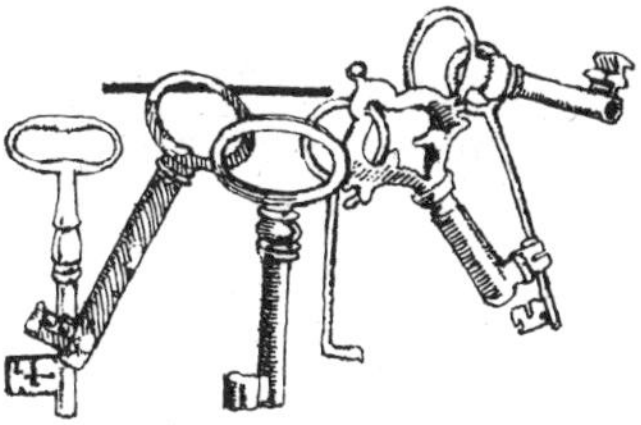

28. Kapitel

In Indianer-Joes Lager

Am Abend waren Tom und Huck zu ihrem Abenteuer gerüstet. Sie trieben sich bis nach neun Uhr in der Nähe des Wirtshauses herum, wobei der eine von weitem die Gasse und der andere die Wirtshaustür bewachte. Niemand tauchte in der Gasse auf, und niemand, der dem Spanier ähnlich sah, kam zum Wirtshaus heraus. Die Nacht versprach hell zu werden, und so ging Tom heim, nachdem sie verabredet hatten, daß Huck, falls es doch noch sehr dunkel würde, kommen und miauen sollte, worauf Tom dann kommen und die Schlüssel ausprobieren wollte. Die Nacht blieb jedoch klar, und so beendete Huck seine Wache gegen zwölf und zog sich in ein leeres Zuckerfaß zurück.

Am Dienstag hatten die Jungen das gleiche Pech. Am Mittwoch ebenfalls. Der Donnerstag aber versprach besser zu werden. Tom schlüpfte rechtzeitig hinaus, mit der alten Blechlaterne seiner Tante und einem großen Handtuch bewaffnet, mit dem er die Laterne abblenden wollte. Er verbarg sie in Hucks Zuckerfaß, und die Wache begann. Eine Stunde vor Mitternacht wurde das Wirtshaus geschlossen, und die Lichter (die einzigen weit und breit) gingen aus. Kein Spanier war zu sehen. Niemand war durch die Gasse gekommen. Alles sah günstig aus. Schwarze Dunkelheit herrschte, und die tiefe Stille wurde nur dann und wann durch fernes Donnergrollen unterbrochen.

Tom holte seine Laterne, zündete sie im Faß an, wickelte sie fest in das Handtuch, und dann schlichen sich die beiden

Abenteurer in der Dunkelheit zum Wirtshaus. Huck stand Wache, und Tom tastete sich vor. Dann kam eine Zeit angstvollen Wartens, die zentnerschwer auf Hucks Gemüt lastete. Er wünschte sich, einen Lichtstrahl von der Laterne zu sehen – er würde zwar darüber erschrecken, aber doch wissen, daß Tom noch am Leben war.

Stunden schienen vergangen zu sein, seit Tom verschwunden war. Gewiß war er ohnmächtig geworden, vielleicht war er auch tot; oder ihm war vor Schreck und Aufregung das Herz stehengeblieben. In seiner Unruhe rückte Huck immer näher und näher; er befürchtete allerhand schreckliche Dinge und erwartete jeden Augenblick eine Katastrophe, die ihm den Atem rauben würde. Viel gab es da freilich nicht mehr zu rauben, denn er atmete die Luft nur noch fingerhutweise ein, und sein Herz mußte bei dem Pulsschlag bald ermatten.

Plötzlich blitzte ein Lichtstrahl auf, und Tom raste an ihm vorbei. «Lauf!» rief er, «lauf, was du kannst!»

Er hätte es nicht zweimal zu sagen brauchen, einmal genügte; Huck lief bereits mit einer affenartigen Geschwindigkeit, noch bevor Tom seine Worte wiederholt hatte. Die Knaben blieben nicht ein einziges Mal stehen, bis sie den Schuppen des menschenleeren Schlachthauses erreicht hatten, das am Ende des Ortes stand. Gerade als sie darin Schutz gefunden hatten, brach das Gewitter los, und der Regen prasselte herab.

Sobald Tom wieder bei Atem war, sagte er: «Huck, es war furchtbar! Ich hab zwei von den Schlüsseln so leise ausprobiert, wie ich nur konnte, aber sie machten so einen fürchterlichen Radau, daß ich kaum atmen konnte, solche Angst hatte ich. Sie ließen sich im Schloß auch nicht umdrehen. Da hab ich, ohne zu merken, was ich tat, nach dem Türknopf gegriffen, und schon war die Tür offen! Sie war überhaupt nicht verschlossen gewesen! Ich nichts wie rein und zog das Handtuch runter, und – du liebe Zeit!»

«Was? Was hast du gesehen, Tom?»

«Huck! Ich wär dem Indianer-Joe fast auf die Hand getreten!»

«Was!»

«Jawohl! Er lag auf dem Fußboden und schlief fest, mit dem Pflaster auf dem Auge, die Arme weit ausgebreitet.»

«Du lieber Himmel, was haste denn da gemacht? Ist er aufgewacht?»

«Nein, hat sich nicht gerührt. Wahrscheinlich besoffen. Ich hab nur schnell das Handtuch genommen und bin losgerannt.»

«An das Handtuch hätt ich bestimmt nicht gedacht, jede Wette!»

«Ich aber schon. Meine Tante würde mir schön einheizen, wenn ich das verloren hätte.»

«Sag mal, Tom, hast du die Kiste gesehen?»

«Huck, ich hab mich dort nicht erst umgeschaut. Ich hab die Kiste nicht gesehen und hab auch das Kreuz nicht gesehen. Hab weiter nichts gesehen als eine Flasche und einen Blechbecher neben dem Indianer-Joe auf dem Boden. Ja, und zwei Fässer und noch mehr Flaschen hab ich gesehen. Verstehst du jetzt, was mit dem Zimmer los ist, in dem's spukt?»

«Wieso?»

«Na, Whisky spukt da drin! Vielleicht haben alle Abstinenzlerbuden einen Raum, in dem's spukt – he, Huck?»

«Das wird schon so sein, mein ich. Ja, so was! Aber hör mal, Tom, jetzt ist doch prima Gelegenheit, die Kiste zu holen, wenn der Indianer-Joe besoffen ist.»

«So! Dann versuch's doch!»

Huck schauderte. «Ach nein, lieber nicht.»

«Das mein ich auch, Huck. Nur eine Flasche neben dem Indianer-Joe genügt nicht. Wenn drei dagelegen hätten, dann wär er besoffen genug, und dann würd ich's tun.»

Eine lange Pause folgte, und dann sagte Tom: «Hör mal Huck, wir wollen die Sache lieber nicht wieder versuchen, bis wir wissen, daß der Indianer-Joe nicht da drin ist. Es ist zu gruselig. Wenn wir nun jede Nacht aufpassen, dann sehen wir ihn garantiert mal rauskommen, und dann grapschen wir uns die Kiste so schnell wie der Blitz.»

«Na gut, ich bin einverstanden. Ich will die ganze Nacht Wache halten, jede Nacht tu ich das, wenn du den anderen Teil der Arbeit besorgst.»

«Schön, mache ich. Alles, was du tun mußt, ist, die Hooperstraße raufkommen und miauen – und wenn ich schlafe, dann wirfst du ein bißchen Kies gegen das Fenster, das weckt mich schon auf.»

«Einverstanden; die Sache geht in Ordnung!»

«Jetzt ist das Gewitter vorbei, Huck; ich geh nach Hause. In zwei Stunden wird's hell. Bis dahin schiebst du Wache!»

«Ich hab gesagt, ich mach's, Tom, und ich mach's auch. Ich schieb dir ein Jahr lang Wache um das Wirtshaus rum. Ich werd den ganzen Tag über schlafen und die ganze Nacht Wache schieben.»

«In Ordnung. Wo willst du denn schlafen?»

«Auf Ben Roger seinem Heuboden. Er läßt mich, und Onkel Jake, der Nigger von seinem Papa, auch. Ich trag immer Wasser für Onkel Jake, und jedesmal, wenn ich ihn bitte, gibt er mir 'n bißchen was zu essen, wenn er's kann. Das ist ein prima Nigger, Tom. Er hat mich gern, weil ich mich nie so benehme, als ob ich was Beßres sei als er. Manchmal hab ich mich sogar glatt zu ihm gesetzt und mit ihm zusammen gegessen. Das brauchst du aber nicht weiterzusagen. Man muß so manches tun, wenn man schrecklichen Hunger hat, was man sonst nicht tun würde.»

«Also, wenn ich dich nicht am Tage brauche, dann laß ich dich schlafen, Huck. Ich werd nicht kommen und dich stören. Sobald du nachts siehst, daß irgendwas los ist, dann kommst du schnell und miaust.»

29. Kapitel
Huck rettet die Witwe

Das erste, was Tom am Freitagmorgen hörte, war eine frohe Nachricht: die Familie des Richters Thatcher war wieder in die Stadt zurückgekehrt. Für einen Augenblick sanken sowohl der Indianer-Joe als auch der Schatz in ihrer Bedeutung, und Becky nahm im Interesse des Jungen den ersten Platz ein. Er sah sie wieder, und sie verbrachten die Zeit höchst vergnügt, spielten mit Schulkameraden «Verstecken» oder Murmeln. Der Tag wurde auf besondere Weise gekrönt; Becky bat ihre Mutter, das längst versprochene und lange verschobene Picknick auf den nächsten Tag festzulegen, und diese stimmte zu. Das Glück des Mädchens war grenzenlos und das Toms nicht geringer. Noch vor Sonnenuntergang wurden die Einladungen ausgesandt, und sogleich ergriff ein Fieber der Vorbereitungen und Vorfreude das ganze junge Volk. Vor Aufregung gelang es Tom, lange wach zu bleiben, und er hoffte sehr, Huck miauen zu hören und sich den Schatz zu holen, damit er Becky und die Picknickgesellschaft am nächsten Tag damit überraschen könne; er wurde enttäuscht. In dieser Nacht erklang kein Signal.

Endlich wurde es Morgen; zwischen zehn und elf Uhr war eine erwartungsfrohe, laute Gesellschaft beim Richter Thatcher versammelt und alles zum Aufbruch bereit. Es war nicht üblich, daß ältere Leute ein Picknick durch ihre Gegenwart verdarben. Man hielt die Kinder unter den Fittichen einiger achtzehnjähriger junger Damen und einiger etwa dreiundzwanzigjähriger junger Herren für genügend behütet. Die alte Dampffähre wurde für diesen Anlaß gemietet, und bald darauf kam die fröhliche Menge mit Proviantkörben beladen die Hauptstraße herunter. Sid war krank und mußte sich das Vergnügen entgehen lassen; Mary blieb zu Hause, um ihm Gesellschaft zu leisten.

Zum Abschied sagte Mrs. Thatcher zu Becky:

«Es wird sicher spät werden. Vielleicht ist es besser, du bleibst die Nacht über bei einem der Mädchen, die beim Anlegeplatz der Fähre wohnen, Kind.»

«Dann bleibe ich bei Susy Harper, Mutti.»

«Das ist gut. Aber benimm dich, daß ich keine Klagen höre.»

Unterwegs sagte Tom zu Becky: «Weißt du was – ich will dir sagen, was wir machen. Anstatt zu Joe Harper nach Hause zu gehen, steigen wir den Berg rauf und bleiben bei der Witwe Douglas. Bei der gibt's Eis! Das gibt's bei ihr fast jeden Tag, massenweise. Und sie wird sich riesig freuen, wenn wir sie besuchen kommen.»

«Au, das wird fein!»

Dann überlegte Becky einen Augenblick und sagte: «Aber was wird Mutti wohl sagen?»

«Wie soll sie das denn je erfahren?»

Das Mädchen überlegte und sagte dann zögernd: «Wahrscheinlich ist's nicht recht, aber...»

«Ach was! Deine Mutter erfährt's nicht, und was schadet's also? Ihr liegt doch bloß dran, daß du gut aufgehoben bist, und sicher hätte sie gesagt, du sollst dahin gehen, wenn sie bloß dran gedacht hätte! Ganz bestimmt hätt' sie's gesagt.»

Die Gastfreundschaft der Witwe Douglas war ein lockender Köder. Toms Überredungskünste trugen den Sieg davon. So beschlossen sie, zu niemandem etwas über das Programm für die Nacht zu sagen.

Da fiel Tom ein, Huck könnte vielleicht gerade heute nacht kommen und das Signal geben. Dieser Gedanke dämpfte seine Vorfreude beträchtlich. Er konnte sich aber nicht entschließen, auf die Freuden bei der Witwe Douglas zu verzichten. Weshalb sollte er auch darauf verzichten, so argumentierte er in Gedanken – das Signal war ja in der letzten Nacht auch nicht erfolgt; warum also sollte größere Wahrscheinlichkeit bestehen, daß es diese Nacht käme? Das sichere Vergnügen des Abends wog schwerer als der ungewisse Schatz, und, wie Kinder nun einmal sind, gab er der stärkeren Neigung nach und schlug sich für diesen Tag jeden Gedanken an die Geldkiste aus dem Kopf.

Drei Meilen unterhalb der Stadt hielt die Fähre an einer bewaldeten Bucht und machte dort fest. Die Menge schwärmte an Land, und bald widerhallten Wald und Höhen von Rufen und Lachen. Alle Möglichkeiten, sich heiß und müde zu toben, wurden wahrgenommen; nach und nach stellten sich die Streifzügler mit dem nötigen Appetit wieder im Lager ein, und nun begann die Vertilgung der Leckerbissen. Nach dem Schmaus fand im Schatten der weitausladenden Eichen eine erquickende Ruhepause statt.

Nach einer Weile rief jemand: «Und wer kommt jetzt mit in die Höhle?»

Alle waren bereit. Kerzen wurden hervorgeholt, und bald lief die ganze Gesellschaft den Hügel hinauf. Der Eingang zur Höhle befand sich weit droben am Abhang des Hügels; er war wie der Buchstabe A geformt. Die massive Eichentür war offen. Drinnen war ein kleiner Raum, kalt wie ein Eisschrank, von der Natur mit massiven Kalksteinwänden versehen, auf denen kalter Tau perlte. Es war romantisch und geheimnisvoll, hier in der tiefen Dämmerung zu stehen und auf das grüne, sonnenbeschienene Tal hinauszublicken. Der starke Eindruck, den diese Umgebung auf die Kinder machte, war aber schnell verflogen, und sie begannen wieder herumzutoben. Sobald jemand eine Kerze anzündete, stürzten sich alle auf ihn; es folgten ein Angriff und tapfere Gegenwehr, bald aber war die Kerze zu Boden geschlagen oder ausgeblasen worden, und frohes Lachen erklang, worauf eine neue Jagd begann. Alles aber hat einmal ein Ende. Nach einer Weile zog die Prozession den steilen Abstieg des Hauptganges hinunter, und die flackernde Reihe der Lichter ließ undeutlich die hohen Felswände erkennen, fast bis zu dem Punkt, an dem sie in einer Höhe von etwa 20 Meter oben zusammenstießen. Dieser Hauptgang war nur 2–3 Meter breit. Alle paar Schritte zweigten nach beiden Seiten andere hohe und noch schmalere Spalten ab, die ineinander- und auseinanderliefen und nirgendshin führten, denn die McDouglas-Höhle war ein einziges großes Labyrinth. Es hieß, man könne ganze Tage und Nächte durch sein verschlungenes Gewirr von Spalten und Klüften wandern, ohne das Ende der Höhle zu finden, und man könne tiefer und immer tiefer hinunter in die Erde steigen, und dort sei es genau das gleiche: ein Labyrinth nach dem anderen, und jedes ohne Ende. Kein Mensch «kannte» die Höhle. Das war ein Ding der Unmöglichkeit. Die meisten jungen Leute kannten einen Teil, und es war nicht üblich, sich über diesen vertrauten Abschnitt hinauszuwagen. Tom Sawyer kannte sich in der Höhle so gut aus wie jeder andre auch.

Der Zug bewegte sich etwa einen Kilometer den Hauptweg entlang, und dann begannen einzelne Gruppen und Paare in die Seitengänge zu schlüpfen, die unheimlichen Korridore entlangzulaufen und einander an den Punkten, wo sich die

Gänge wieder vereinigten, zu überraschen. So konnten einzelne Gruppen einander halbe Stunden lang nicht treffen, ohne über das bekannte Gebiet der Höhle hinauszugehen.

Schließlich kam ein Trupp nach dem anderen zum Eingang der Höhle zurück – atemlos, fröhlich, von Kopf bis Fuß mit Talg betröpfelt, mit Lehm beschmiert und ganz begeistert von diesem herrlichen Tag. Nun staunten sie darüber, daß sie gar nicht bemerkt hatten, wie die Zeit verging, und daß die Nacht schon beinah angebrochen war. Die Schiffsglocke hatte bereits seit einer halben Stunde gebimmelt. Dieser Abschluß des Tages war jedoch romantisch und darum allen recht. Als die Fähre mit ihrer ausgelassenen Fracht von Land stieß, bedauerte außer dem Kapitän niemand auch nur im geringsten die verlorene Zeit.

Huck stand bereits auf seinem Wachtposten, als die Lichter der Fähre an der Anlegestelle vorbeiglitten. Er hörte an Bord keinen Laut, denn die jungen Leute waren jetzt so zahm und still, wie es bei Menschen, die todmüde sind, der Fall ist. Er fragte sich, was das wohl für ein Schiff sei und weshalb es nicht an der Anlegestelle haltmachte – doch dann vergaß er es und richtete seine Aufmerksamkeit auf seine Aufgabe. Der Abend war wolkig und dunkel. Es wurde zehn Uhr, und das Geräusch der Fahrzeuge verstummte; hier und da ging ein Licht aus, alle Spaziergänger verschwanden; die Stadt versank in Schlummer und ließ den kleinen Wächter allein mit der Stille und mit den Gespenstern. Es wurde elf Uhr, und auch die Lichter des Wirtshauses verlöschten; jetzt herrschte überall Dunkelheit. Huck wartete eine lange, lange Zeit, wie ihm schien, aber nichts geschah. Seine Zuversicht sank. Hatte es überhaupt Zweck? Weshalb sollte er die Sache eigentlich nicht aufgeben und zu Bett gehen?

Da vernahm sein Ohr ein Geräusch. Sofort richtete er

seine ganze Aufmerksamkeit darauf. Die Tür zur Gasse hin schloß sich sacht. Er sprang zur Ecke des Kramladens. Im nächsten Augenblick eilten zwei Männer an ihm vorbei, und einer davon schien etwas unter dem Arm zu haben. Es mußte die Kiste sein. Sie wollten also den Schatz fortbringen. Sollte er Tom jetzt rufen? Das wäre absurd – inzwischen entkämen die Männer mit der Kiste und wären nie mehr zu finden. Nein, er wollte sich ihnen an die Fersen heften und ihnen folgen; er wollte sich der Dunkelheit anvertrauen. Kurz entschlossen schlüpfte Huck katzenhaft auf bloßen Füßen hinter den Männern her und ließ ihnen gerade genug Vorsprung, um sie sehen zu können.

Sie gingen drei Häuserblocks weit die Straße am Fluß hinauf und bogen dann nach links in eine Querstraße. Dann geradeaus, bis sie zu dem Pfad gelangten, der den Cardiff-Hügel hinaufführte; den schlugen sie ein. Sie kamen an dem auf halber Höhe gelegenen Haus des alten Walisers vorbei und stiegen noch weiter hügelan. Gut, dachte Huck, sie werden's im alten Steinbruch vergraben. Aber sie machten am Steinbruch nicht halt. Sie gingen weiter, dem Gipfel zu. Durch den schmalen Pfad, der zwischen den hohen Sumachbüschen hindurchführte, gingen sie und waren bald in der Dunkelheit verschwunden. Huck näherte sich ihnen; jetzt verkürzte er den Abstand, denn nun konnten sie ihn auf keinen Fall sehen. Eine Weile schlich er so dahin, dann verlangsamte er seine Schritte, da er fürchtete, zu rasch aufzuholen; er ging noch ein Stück und blieb dann ganz und gar stehen; er lauschte – kein Laut war zu hören außer dem Pochen seines eigenen Herzens. Von jenseits des Gipfels erklang der Schrei einer Eule – ein unheilvoller Laut! Aber keine Schritte waren zu hören. Du lieber Himmel – war etwa alles verloren? Schon wollte er weiterjagen, da räusperte sich jemand wenige Schritte von ihm entfernt! Huck schoß das Herz geradezu in die Kehle, er schluckte es aber wieder hinunter und zitterte so, als habe ihn ein Dutzend Schüttelfrostanfälle auf einmal gepackt, und er fühlte sich so schwach, daß er meinte, er müsse bestimmt umfallen. Er wußte, wo er war. Er wußte, daß er sich fünf Schritt vom Zaunübertritt, der auf das Grundstück der Witwe Douglas führte, befand. ‹Nun gut›, dachte er, ‹sollen sie's doch da eingraben; da wird's nicht schwer zu finden sein.›

Jetzt sagte eine ganz leise Stimme – die des Indianer-Joe: «Zum Teufel mit ihr, vielleicht hat sie Besuch – da brennen ja noch Lichter, wo's doch schon so spät ist!»

«Ich seh keine.»

Das war die Stimme jenes Fremden – des Fremden aus dem Spukhaus. Eiseskälte drang Huck ins Herz – das hier war also der «Racheakt»! Er dachte an Flucht. Dann fiel ihm ein, daß die Witwe Douglas mehr als einmal gut zu ihm gewesen war, und vielleicht wollten diese Leute sie ermorden. Er wünschte, er hätte den Mut, sie zu warnen; aber er wußte, daß er sich nicht traute – sie könnten ihn ja erwischen. All das und mehr noch schoß ihm in dem Augenblick durch den Kopf, der zwischen der Bemerkung des Fremden und der nächsten des Indianer-Joe lag: «Weil dir der Busch im Wege steht. Da, schau mal hierher – jetzt siehst du's.»

«Ja. Ich glaub sie hat Besuch. Geben wir's lieber auf.»

«Aufgeben, wo ich grade für immer von hier fort will! Aufgeben und vielleicht nie mehr eine Gelegenheit haben! Ich sag dir noch einmal, was ich dir bereits gesagt habe: Aus ihren Moneten mach ich mir nichts – die kannst du haben. Aber ihr Mann ist gemein gegen mich gewesen – er ist oft gemein gegen mich gewesen, und vor allem war er der Friedensrichter, der mich als Vagabund eingelocht hat. Und das ist noch nicht alles! Nicht mal der millionste Teil! Durchpeitschen hat er mich lassen – vor dem Gefängnis durchpeitschen! Und die ganze Stadt hat zugeschaut. Durchpeitschen – begreifst du? Er ist mir ausgekommen – weil er abgekratzt ist, aber ihr werd ich's zeigen!»

«Bring sie bloß nicht um. Kein Mord!»

«Wieso umbringen? Wer hat denn was von umbringen gesagt? Ihn würd ich umbringen, wenn er da wär, aber sie nicht. Wenn man sich an 'ner Frau rächen will, dann bringt man sie doch nicht um – Blödsinn! Man nimmt ihre Schönheit aufs Korn. Man schlitzt ihr die Nasenflügel auf – man kerbt ihr die Ohren wie 'ner Sau!»

«Du lieber Himmel, das ist ja...»

«Behalt deinen Senf für dich! Das dürfte für dich am besten sein. Ich bind sie an ihrem Bett fest. Wenn sie dann verblutet – kann ich was dafür? Ich wein ihr nicht nach. Und du, bester Freund, wirst mir dabei helfen – mir zuliebe – dazu bist du ja hier – allein schaff ich's vielleicht nicht. Wenn du einen Rückzieher machst, bring ich dich um – verstehst du? Und wenn ich dich umbringen muß, dann bring ich auch sie um – und dann wird wohl kein Mensch je erfahren, wer das Ding hier gedreht hat.»

«Wenn's sein muß, dann aber gleich! Je schneller, desto besser – mich schüttelt's schon!»

«Jetzt? Wo Besuch da ist? Hör mal, ich habe allmählich einen Verdacht gegen dich, weißt du. Nein – wir warten, bis die Lichter aus sind – 's eilt ja nicht.»

Huck glaubte, jetzt werde Schweigen folgen – und das war schlimmer als noch soviel Gerede von Mord; so hielt er den Atem an und trat vorsichtig zurück; er setzte den Fuß sorgfältig auf, nachdem er auf einem Bein balanciert hatte und dabei fast nach der einen und dann nach der anderen Seite umgefallen wäre. Er tat einen zweiten Schritt rückwärts, mit der gleichen Sorgfalt und unter den gleichen Gefahren, danach noch einen und dann wieder einen, und da knackte ein Zweig unter seinem Fuß. Ihm stockte der Atem, und er lauschte. Kein Laut war zu hören – es herrschte vollkommene Stille. Er fühlte sich grenzenlos erleichtert. Jetzt drehte er sich zwischen den Wällen von Sumachbüschen um – so sorgsam, als sei er ein Schiff – und ging dann schnell, aber vorsichtig weiter. Als er am Steinbruch herauskam, fühlte er sich in Sicherheit, und nun rannte er wie gejagt davon. Immer den Hügel hinab, bis er das Haus des Walisers erreicht hatte. Er trommelte an die Tür, und bald darauf erschienen die Köpfe des alten Mannes und seiner beiden kräftigen Söhne an den Fenstern.

«Was ist denn das für ein Lärm? Wer trommelt da gegen die Tür? Was ist los?»

«Lassen Sie mich rein – schnell! Ich sag Ihnen alles.»

«Wieso – wer ist denn da?»

«Huckleberry Finn – schnell, lassen Sie mich rein!»

«Huckleberry Finn, so so! Dieser Name ist nicht grad eine Empfehlung. Aber laßt ihn rein, Jungs, wir wollen mal sehen, was los ist.»

«Bitte sagen Sie es bloß keinem weiter, daß ich's Ihnen gesagt hab», waren Hucks erste Worte, als er eintrat. «Bitte verraten Sie's nicht, sonst werd ich ganz bestimmt umgebracht, aber die Witwe ist gut zu mir gewesen, und ich möcht's doch sagen – ich sag's, wenn Sie nie verraten, daß ich's erzählt hab.»

«Donnerwetter, er hat tatsächlich was zu berichten, sonst würde er sich nicht so benehmen!» rief der alte Mann. «Raus damit, Junge, und keiner von uns hier wird's je verraten.»

Drei Minuten später waren der alte Mann und seine Söhne gut bewaffnet auf dem Wege, der den Hügel hinaufführte, und schlichen eben auf Zehenspitzen, die Waffen in der Hand, auf den von den Sumachbüschen umsäumten Pfad. Huck begleitete sie nicht weiter. Er verbarg sich hinter einem großen Felsblock und lauschte. Es folgte ein langes, banges Schweigen und dann plötzlich das Knallen von Schüssen und ein Schrei. Huck wartete nicht mehr ab. Er sprang auf und raste den Hügel hinunter, so schnell ihn seine Beine trugen.

30. Kapitel

Tom und Becky in der Höhle

Am Sonntag früh stapfte Huck beim ersten Morgengrauen den Hügel hinauf und klopfte leise an die Tür des Walisers. Die Hausbewohner schliefen noch; es war jedoch ein Schlaf, der wegen der Ereignisse der Nacht ganz leicht war. Aus dem Fenster rief jemand: «Wer ist da?»

Hucks Stimme antwortete leise und verängstigt: «Bitte, lassen Sie mich rein. Ich bin's nur, Huck Finn.»

«Dieser Name ist wirklich eine Empfehlung, mein Junge! Sei mir willkommen!»

Das waren Worte, die für die Ohren des jungen Vagabunden recht seltsam klangen, und die angenehmsten, die er je vernommen hatte. Er konnte sich nicht erinnern, daß er schon einmal so etwas Schönes gehört hatte.

Die Tür war schnell aufgeriegelt, und Huck trat ein. Ein Stuhl wurde ihm angeboten; der alte Mann und seine beiden Söhne zogen sich rasch an.

«Nun, mein Junge, ich hoffe, du bist richtig hungrig, denn sobald die Sonne aufgeht, ist das Frühstück bei uns fertig, da kannst du beruhigt sein. Wir haben gehofft, du würdest hier auftauchen und die Nacht bei uns verbringen.»

«Ich hab furchtbar Angst gehabt», erwiderte Huck, «und da bin ich fortgelaufen. Ich bin losgerannt, als die Pistolen pfiffen und erst beim Dorf stehengeblieben. Jetzt bin ich gekommen, weil ich gern wissen möchte, wie's ausgegangen ist, und ich komme so früh, weil ich diesen Teufeln nicht gern über den Weg laufen will, nicht mal, wenn sie tot sind.»

«Du armer Kerl, du siehst wirklich aus, als hättest du eine schlimme Nacht verbracht – aber hier haben wir ein Bett für dich, wenn du gefrühstückt hast. Nein, tot sind sie nicht, Junge – tut uns leid genug. Es war so: Nach deiner Beschreibung wußten wir genau, wo wir sie erwischen konnten, und so schlichen wir uns auf Zehenspitzen heran, ganz nah, etwa fünf Meter – so dunkel wie in einem Keller war's auf dem Pfad zwischen den Sumachbüschen –, und gerade da mußt ich niesen. So ein scheußliches Pech! Ich versuchte, das Gepruste zurückzuhalten, aber das hatte keinen Zweck – raus wollte es, und raus kam's! Ich war vorn dran mit erhobener Pistole, und als mein Niesen diese Schufte aufscheuchte und sie uns aus dem Weg wollten, rief ich: ‹Feuer, Leute!› und schoß los, dorthin, wo ich etwas hörte. Die anderen ebenso. Aber sie waren im Nu verschwunden, diese Gauner, und wir ihnen nach, den Berg runter, durch die Wälder. Ich glaub, wir haben sie nicht getroffen. Jeder von ihnen gab noch einen Schuß ab, bevor sie wegrannten, aber ihre Kugeln pfiffen an uns vorbei. Sobald wir nichts mehr hörten, gaben wir die Verfolgung auf und gingen hinunter ins Dorf, um die Polizisten zu wecken. Die stellten einen Trupp zusammen und zogen los, um das Flußufer zu bewachen, und sobald es hell wird, durchkämmt der Sheriff mit ihnen den Wald. Meine Jungen werden gleich auch dorthin gehen. Hätten wir nur eine Beschreibung von diesen Gaunern – das wär eine große Hilfe. Aber bestimmt hast du in der Dunkelheit nicht feststellen können, wie sie aussahen?»

«O doch, ich hab sie unten in der Stadt gesehen und bin ihnen nach.»

«Ausgezeichnet! Dann beschreib sie uns mal, mein Junge.»

«Einer ist der taubstumme Spanier, der hier 'n paarmal

rumgestrichen ist, und der andere ein finster aussehender, zerlumpter...»

«Das genügt schon, Junge, ich kenn die Kerle! Bin eines Tages im Wald hinter dem Haus der Witwe auf sie gestoßen, und da haben sie sich davongeschlichen. Los jetzt, ihr zwei, sagt's dem Sheriff – euer Frühstück bekommt ihr später!»

Die Söhne des Walisers machten sich sogleich auf den Weg. Als sie aufbrachen, sprang Huck auf und rief: «Ach, bitte, sagen Sie niemand, daß ich's gewesen bin, der sie verpfiffen hat. Bitte, bitte!»

«Schon gut, Huck, wenn du's willst, aber das, was du getan hast, sollte eigentlich belohnt werden.»

«Ach, nein, nein! Bloß nichts sagen!»

Als die jungen Leute fort waren, meinte der alte Waliser: «Die beiden werden nichts sagen, und ich auch nicht. Aber weshalb willst du denn nicht, daß es bekannt wird?»

Huck wollte nicht mehr erklären, als daß er bereits zuviel über einen dieser beiden Männer wisse und ihn um alles in der Welt nicht erfahren lassen wolle, daß ihm überhaupt etwas bekannt sei – sonst werde er ganz gewiß deshalb umgebracht werden.

Der alte Mann versprach noch einmal, das Geheimnis zu wahren, und sagte dann: «Wie bist du denn darauf gekommen, diesen Kerlen zu folgen, Junge? Haben sie verdächtig ausgesehen?»

Huck schwieg, während er sich eine vorsichtige Antwort zurechtlegte. Dann berichtete er: «Nun, wissen Sie, ich bin nicht grad ein Musterknabe, wenigstens sagen sie das alle, und manchmal kann ich nicht schlafen, weil ich da drüber nachgrüble, wie ich's anders machen könnte. So war's auch letzte Nacht. Ich hab nicht schlafen können, und da bin ich so gegen Mitternacht die Straße entlang und hab mir alles durch den Kopf gehen lassen, und als ich an dem Kramladen beim Abstinenzwirtshaus vorbeigekommen bin, hab ich mich an die Wand gelehnt, um noch mal nachzudenken, und grade da sind diese beiden Kerle ganz dicht an mir vorbeigeschlichen, mit irgendwas unterm Arm, und ich hab mir gedacht, das haben sie gestohlen. Der eine hat geraucht, und der andere wollte Feuer haben; deshalb blieben sie direkt vor mir stehen, und die Zigarren beleuchteten ihre Gesichter, und da hab ich an dem weißen Schnurrbart und dem Pflaster überm Auge erkannt, daß der Große der taubstumme Spanier war und der andere ein wilder, zerlumpter Bursch.»

«Hast du die Lumpen beim Schein der Zigarren sehen können?»

Dies brachte Huck für einen Augenblick aus dem Konzept. Dann sagte er: «Na, ich weiß nicht genau, aber irgendwie wird's schon so gewesen sein.»

«Dann gingen sie weiter und du...»

«... ihnen nach. Ja, so war's. Ich wollte mal sehen, was sie im Schilde führten – sie schlichen so verdächtig dahin. Ich blieb ihnen bis zu der Witwe ihrem Zaun auf den Fersen und stand da im Dunkeln und hab gehört, wie der Zerlumpte um das Leben der Witwe bat und der Spanier sagte, er wollte ihr Gesicht verhunzen, genau wie ich's Ihnen und Ihren beiden...»

«Was! Das hat der Taubstumme alles gesagt!»

Huck hatte schon wieder einen furchtbaren Fehler gemacht. Da tat er nun sein Bestes, damit dem alten Mann auch nicht die blasseste Ahnung kam, wer der Spanier sein könnte; aber seine Zunge schien ihn trotz allem, was er sich vornahm, in Unannehmlichkeiten zu bringen. Er machte mehrere Anläufe, um sich aus dieser Verlegenheit zu ziehen, aber der alte Mann schaute ihn forschend an, und Huck beging einen Schnitzer nach dem anderen.

Endlich sagte der Waliser: «Mein Junge, du brauchst keine Angst vor mir zu haben, ich tu dir ganz bestimmt nichts. Im Gegenteil, ich würde dich beschützen. Dieser Spanier ist nicht taubstumm, das ist dir, ohne daß du es wolltest, rausgerutscht; das kannst du jetzt nicht mehr verschleiern. Du weißt irgendwas über diesen Spanier, was du geheimhalten möchtest. Komm, vertrau mir – erzähl mir alles – ich werd dich nicht verraten.»

Huck blickte einen Augenblick in die ehrlichen Augen des Alten, beugte sich dann zu ihm und flüsterte ihm ins Ohr: «Das ist gar kein Spanier – 's ist der Indianer-Joe!»

Der Waliser sprang von seinem Stuhl auf. Er rief: «Jetzt ist mir alles klar. Als du von Ohreneinkerben und Nasenaufschlitzen sprachst, dachte ich, das hättest du selbst hinzugesponnen, denn Weiße rächen sich nicht auf solche Art. Aber die Indianer! Das ist jetzt was anderes!»

Während des Frühstücks unterhielten sie sich weiter, und der Alte berichtete, das letzte, was er und seine Söhne getan hätten, bevor sie zu Bett gingen, sei gewesen, eine Laterne zu holen und die Umgebung nach Blutspuren abzusuchen. Sie hätten keine gefunden, dafür aber ein dickes Bündel mit...

«WOMIT?»

Wären diese Worte ein Blitz gewesen, dann hätten sie nicht heftiger aus Hucks weißen Lippen hervorbrechen können. Seine Augen waren weit aufgerissen, und er hielt den Atem an, während er auf die Antwort wartete. Der Waliser starrte seinerseits den Jungen an – drei, fünf, zehn Sekunden lang, und antwortete dann: «Mit Einbrecherwerkzeug. Wieso – was hast du denn?»

Huck sank in seinen Stuhl zurück und schöpfte tief und

unaussprechlich erleichtert Atem. Der Waliser blickte ihn ernst und neugierig an; dann sagte er: «Jawohl, Einbrecherwerkzeug. Das scheint dich ja richtig zu erleichtern. Warum bist du eigentlich so zusammengefahren? Was für einen Fund hast du denn erwartet?»

Huck saß in der Patsche; die forschenden Augen ruhten auf ihm – wenn er jetzt nur eine passende Antwort gefunden hätte! Es fiel ihm aber nichts ein; die forschenden Augen blickten immer schärfer – da schoß ihm eine sinnlose Antwort durch den Kopf; Zeit zum Überlegen hatte er nicht, und so sagte er auf gut Glück kleinlaut: «Vielleicht Schulbücher.»

Der arme Huck war zu sehr in Not, um lachen zu können; aber der alte Mann lachte laut und herzlich heraus, so daß es ihn schüttelte, und dann sagte er, solches Gelächter sei so gut wie bares Geld in der Tasche, denn es setze die Doktorrechnung herab wie sonst nichts. Dann fügte er hinzu: «Du armer Bursche, du bist ja ganz bleich und abgespannt, dir ist sicher nicht gut. Kein Wunder, daß du ein bißchen verdreht und aus dem Gleichgewicht bist. Aber das wirst du schon überstehen. Ruhe und Schlaf werden dich hoffentlich wieder in Ordnung bringen.»

Huck ärgerte sich darüber, daß er ein solcher Esel gewesen war, so eine verdächtige Aufregung zu zeigen, denn er hatte ja den Gedanken, daß sich in dem Paket der Schatz befinde, aufgegeben, seit er das Gespräch am Zaun der Witwe belauscht hatte. Er hatte jedoch nur geglaubt, es sei nicht der Schatz; gewußt hatte er das nicht, und so war die Andeutung von diesem Fund für seine Selbstbeherrschung zuviel gewesen. Im großen und ganzen freute es ihn aber, daß dieser kleine Zwischenfall passiert war, denn jetzt stand über allen Zweifel erhaben fest, daß das Bündel nicht der Schatz war, und so fühlte er sich beruhigt und befriedigt.

Tatsächlich schien nun alles genau richtig zu laufen: der Schatz befand sich gewiß noch in Nummer zwei; die beiden Männer mußten im Laufe des Tages gefangen und ins Gefängnis gesperrt werden, und dann konnten er und Tom sich in der Nacht ohne alle Schwierigkeiten des Goldes bemächtigen.

Als das Frühstück beendet war, klopfte es an die Tür. Huck sprang auf, um sich zu verstecken, denn er hatte nicht die Absicht, sich auch nur im geringsten mit diesem Ereignis in Verbindung bringen zu lassen. Der Waliser ließ mehrere Damen und Herren ein, unter ihnen die Witwe Douglas, und bemerkte, daß ganze Gruppen von Dorfbewohnern den Hügel hinaufstiegen, um den Tatort zu begaffen. Die Nachricht hatte sich also schon verbreitet.

Den Besuchern mußte der Waliser die Geschichte nun genau berichten. Die Dankbarkeit der Witwe für ihre Rettung machte sich in vielen Worten Luft.

«Sagen Sie kein Wort darüber, werte Dame. Es gibt einen, dem Sie zu größerem Dank verpflichtet sind als mir und meinen Jungen, aber er erlaubt mir nicht, seinen Namen zu nennen. Wenn er nicht gewesen wäre, dann wären wir überhaupt nicht zu Hilfe gekommen.»

Natürlich erweckte das eine so große Neugier, daß die Hauptsache dabei fast in den Hintergrund rückte; der Waliser spannte aber seine Besucher weiter auf die Folter und weigerte sich, sein Geheimnis zu enthüllen.

Als man alles besprochen hatte, sagte die Witwe: «Ich habe im Bett noch gelesen und bin dabei eingeschlafen; den ganzen Lärm habe ich verschlafen. Weshalb sind Sie denn nicht gekommen, um mich zu wecken?»

«Wir waren der Meinung, das sei nicht nötig. Es war nicht wahrscheinlich, daß diese Kerle noch einmal zurückkämen;

sie hatten ja kein Werkzeug mehr, mit dem sie arbeiten könnten, wozu also Sie aufwecken und zu Tode ängstigen? Meine drei Neger standen den Rest der Nacht vor Ihrem Hause Wache. Gerade sind sie zurückgekommen.»

Es stellten sich noch weitere Besucher ein, und zwei Stunden lang mußte die Geschichte immer wieder erzählt werden.

Während der Schulferien fand kein Sonntagsschulunterricht statt, aber alle gingen schon frühzeitig zur Kirche. Das aufregende Ereignis wurde gründlich besprochen. Es wurde bekannt, daß von den Verbrechern noch keine Spur entdeckt worden war.

Als der Gottesdienst geendet hatte, sagte die Frau des Richters Thatcher, während sie den Gang entlangging, zu Mrs. Harper: «Will meine Becky denn den ganzen Tag durchschlafen? Ich hab mir schon gedacht, daß sie todmüde sein wird.»

«Ihre Becky?»

«Ja», sagte Mrs. Thatcher mit erschrockenem Blick. «Hat sie denn die Nacht nicht bei Ihnen verbracht?»

«Aber nein!»

Mrs. Thatcher erblaßte und sank auf eine Kirchenbank, gerade als Tante Polly, die sich lebhaft mit einer Freundin unterhielt, vorbeikam. Tante Polly sagte: «Guten Morgen, Mrs. Thatcher. Guten Morgen, Mrs. Harper. Da ist doch mein Junge nicht nach Hause gekommen. Ich nehme an, Tom hat die Nacht bei Ihnen im Hause verbracht. Und jetzt hat er Angst, zur Kirche zu kommen. Ich hab ein Hühnchen mit ihm zu rupfen.»

Mrs. Thatcher schüttelte nur schwach den Kopf und erbleichte noch mehr.

«Bei uns ist er nicht geblieben», sagte Mrs. Harper und

sah nun auch beunruhigt aus. Sorge zeigte sich auf Tante Pollys Antlitz.

«Joe Harper, hast du heute morgen meinen Tom gesehen?»

«Nein.»

«Wann hast du ihn denn zum letztenmal gesehen?»

Joe dachte nach, konnte es aber nicht mit Sicherheit sagen. Die Leute waren nun stehengeblieben. Ein Flüstern lief um, und eine schwere Besorgnis begann sich auf allen Gesichtern zu zeigen. Ängstlich wurden die Kinder und die jungen Lehrer ausgefragt. Alle sagten, sie hätten nicht bemerkt, ob sich Tom und Becky auf der Heimfahrt an Bord der Fähre befanden; es war dunkel gewesen, und niemand war auf den Gedanken gekommen, zu kontrollieren, ob jemand fehlte. Endlich platzte ein junger Mann mit der Befürchtung heraus, daß sie am Ende noch in der Höhle steckten! Mrs. Thatcher wurde ohnmächtig; Tante Polly begann zu weinen und die Hände zu ringen.

Die Schreckenskunde flog von Mund zu Mund, von Haus zu Haus, von Straße zu Straße; schon nach fünf Minuten läuteten die Glocken wie besessen, und die ganze Stadt war auf den Beinen! Sofort sank die Episode vom Cardiff-Hügel zur Bedeutungslosigkeit herab, die Einbrecher waren vergessen. Pferde wurden gesattelt, Boote bemannt, die Fähre erhielt den Befehl auszufahren, und schon nach einer halben Stunde strömten bereits zweihundert Mann die Landstraße und den Fluß hinab zur Höhle hin.

Den ganzen langen Nachmittag hindurch schien der Ort ausgestorben zu sein. Viele Frauen besuchten Tante Polly und Mrs. Thatcher und bemühten sich, sie zu trösten. Sie weinten auch mit ihnen, und das war besser als alle Worte.

Die ganze endlose Nacht hindurch wartete die Stadt auf

Nachricht; als aber endlich der Morgen graute, lautete die einzige Botschaft, die kam: «Schickt noch mehr Kerzen und Lebensmittel.» Mrs. Thatcher war dem Wahnsinn nahe und Tante Polly ebenfalls. Richter Thatcher sandte ermutigende und Hoffnung erweckende Mitteilungen aus der Höhle, aber sie brachten keinen wirklichen Trost.

Der alte Waliser kehrte gegen Morgengrauen mit Kerzentalg bespritzt, lehmbeschmiert und völlig erschöpft nach Hause zurück. Er fand Huck noch immer im Bett, das für ihn gerichtet worden war, und von einem so heftigen Fieber ergriffen, daß er phantasierte. Alle Ärzte waren in der Höhle, und so kam die Witwe Douglas, um sich des Patienten anzunehmen. Sie sagte, sie wolle für ihn tun, was sie könne, denn er sei doch ein Geschöpf Gottes, und das dürfe nicht vernachlässigt werden. Der Waliser meinte, Huck hätte auch seine guten Seiten, und die Witwe sagte: «Darauf können Sie sich verlassen. Das ist das Siegel des Herrn. Das läßt er nicht fort. Das drückt er jedem Geschöpf auf, das seine Hände verläßt.»

Am frühen Vormittag fanden sich die ersten erschöpften Männer im Ort ein, aber die stärksten Bürger setzten die Suche fort. Alles, was man erfahren konnte, war, daß die entlegenen Teile der Höhle, in denen noch nie jemand gewesen war, durchsucht würden und daß man jeden Winkel und jede Spalte gründlich durchforschen werde. Man berichtete, daß überall im Wirrwarr der Gänge Lichter zu sehen seien, die nach allen Seiten huschten, und der dumpfe Widerhall von Rufen und Pistolenschüssen schalle die Gänge entlang an das Ohr. An einer Stelle, fern von der von Touristen begangenen Strecke, habe man die mit Kerzenrauch an die Felswand geschriebenen Namen «Becky» und «Tom» gefunden und dabei ein talgbeschmiertes Stück Band. Mrs.

Thatcher erkannte es und vergoß Tränen darüber. Sie sagte, das sei das letzte Andenken an ihr Kind, und kein anderes Stück könne so kostbar sein wie dieses, denn es sei das letzte, das sich vom Körper ihres Kindes gelöst habe, bevor der schreckliche Tod gekommen sei. Einige berichteten, hin und wieder sehe man in der Höhle in weiter Ferne ein Lichtpünktchen glimmen; dann erschallten jubelnde Rufe, und ein paar Dutzend Männer liefen den widerhallenden Gang entlang – danach aber folge jedesmal eine ernüchternde Enttäuschung, denn die Kinder seien nicht da; es sei nur immer das Licht eines anderen Suchenden gewesen.

Drei furchtbare Tage und Nächte lang schleppten sich die Stunden langsam dahin, und die kleine Stadt sank in hoffnungslose Stumpfheit. Niemand hatte das Herz, irgend etwas zu unternehmen. Die zufällige Entdeckung, daß der Besitzer des Abstinenzlerwirtshauses Alkohol auf seinem Grundstück versteckte, ließ den Puls der Öffentlichkeit kaum schneller schlagen, so ungeheuerlich diese Tatsache auch war. In einem Augenblick, da Huck bei klarem Bewußtsein war, lenkte er das Gespräch mit schwacher Stimme auf das Thema der Wirtshäuser und fragte endlich, wobei er schon das Schlimmste befürchtete, ob man irgend etwas in dem Abstinenzlerwirtshaus entdeckt habe, seit er krank sei.

«Ja», antwortete die Witwe.

Mit erschrecktem Blick fuhr Huck im Bett auf. «Was? Was haben sie gefunden?»

«Schnaps! Und das Haus ist geschlossen worden. Leg dich hin, Kind – was hast du mir für einen Schrecken eingejagt!»

«Sagen Sie mir nur noch eins – nur noch eins, bitte! Hat Tom Sawyer den Schnaps gefunden?»

Die Witwe brach in Tränen aus.

«Still, Kind, sei still! Ich hab's dir schon gesagt: du darfst nicht sprechen. Du bist sehr, sehr krank!»

So war also nichts als Schnaps gefunden worden; wenn es das Gold gewesen wäre, dann hätte es ein großes Aufsehen gegeben. So war also der Schatz für immer verschwunden – für immer und ewig. Weshalb aber mochte sie wohl weinen? Komisch, daß sie weinte.

Verschwommen irrten diese Gedanken durch Hucks Gehirn und ermüdeten ihn so, daß er in Schlaf sank.

Die Witwe sagte zu sich selbst: «Da – jetzt schläft er, das arme Kerlchen. Ob Tom Sawyer ihn gefunden hat! Ach, wenn doch nur jemand Tom Sawyer finden würde! Und es sind jetzt nicht mehr viele da, die noch genug Hoffnung und Kraft haben, um weiterzusuchen!»

31. Kapitel
Gefunden und wieder verloren

Kehren wir jetzt zu Tom und Becky beim Picknick zurück. Sie hüpften mit der übrigen Gesellschaft die dunklen Gänge entlang und bestaunten die bekannten Wunder der Höhle – Wunder, denen man überschwengliche Namen verliehen hatte wie «Salon», «Kathedrale», «Aladins Palast» und ähnliche mehr. Dann begann das Versteckspiel; Tom und Becky beteiligten sich eifrig daran, bis sie ein wenig müde wurden; nun wanderten sie einen kurvenreichen Weg hinunter, hielten ihre Kerzen hoch und entzifferten das verschlungene Gewirr von Namen, Daten, Adressen und Sprüchen, die, mit Kerzenrauch geschrieben, die Felswände zierten. Sie schlenderten weiter und plauderten, wobei sie kaum bemerkten, daß sie sich jetzt in einem Teil der Höhle befanden, in dem es keine Inschriften mehr gab. Sie schrieben mit Rauch auch ihre Namen unter einen überhängenden Felsen und wanderten weiter. Bald gelangten sie an eine Stelle, an der ein kleines Rinnsal, das über ein vorstehendes Riff tropfte und einen Bodensatz von Kalk mit sich führte, im Laufe der Zeit einen sich kräuselnden Niagarafall aus schimmerndem Stein gebildet hatte. Tom zwängte seine schmächtige Gestalt dahinter, um den Wasserfall zu Beckys Freude zu erleuchten. Er stellte fest, daß dieser einen Vorhang vor einer natürlichen Treppe bildete, die zwischen engen Wänden eingeschlossen war, und sogleich packte ihn der Entdeckergeist. Becky folgte seinem Ruf; um sich später zurechtzufinden, machten sie sich mit Rauch ein Zeichen und begannen dann ihre Forschungsreise. Der sich windende Weg führte sie hinunter in die geheimen Tiefen der Höhle; sie machten sich noch einmal ein Zeichen und zweigten dann ab, um nach neuen Wundern zu suchen, von denen sie dann berichten könnten. An einer Stelle fanden sie eine geräumige Höhle, von deren Decke zahlreiche schimmernde Tropfsteine von der Länge und dem Umfang eines Beins herabhingen. Staunend und voller Bewunderung gingen sie umher und verließen sie dann durch einen der zahlreichen Seitengänge. Dieser brachte sie bald zu einer verzauberten Quelle, deren Becken wie mit einer Eisblumenschicht mit glitzernden Kristallen ausgelegt war; sie befand sich in der Mitte einer Höhle, deren Wände mit vielen phantastischen Säulen geschmückt wurden, die sich gebildet hatten, als die großen Stalaktiten und Stalagmiten zusammengewachsen waren, das Ergebnis jahrhundertelangen unaufhörlichen Tropfens. Unter der Decke hatten sich ganze Klumpen von Fledermäusen zusammengeballt – Tausende in einem Knäuel; das Licht schreckte die Tiere auf, sie kamen zu Hunderten schrill herniedergeflogen und schossen wie wild auf die Kerzen zu. Tom kannte die Gefahr. Er packte Beckys Hand, zog sie eilends in den erstbesten Gang, und nicht zu früh; denn eine Fledermaus löschte Beckys Licht, als diese die Höhle verließ. Die Fledermäuse jagten die Kinder noch eine Weile, aber die beiden tauchten in jeden neuen Seitengang und wurden die gefährlichen Tiere endlich los. Kurz darauf fand Tom einen unterirdischen See, der sich undeutlich in der Dunkelheit verlor. Tom wollte die Ufer gern erforschen, meinte aber, es sei besser, sich zuerst ein wenig auszuruhen. Jetzt legte sich zum erstenmal die ringsum herrschende Stille wie eine feuchtkalte Hand auf das Gemüt der Kinder.

Becky sagte: «Weißt du, ich hab's gar nicht bemerkt, aber ich glaub, es ist schon lange her, seit wir die anderen gehört haben.»

«Wenn ich mir's überlege, Becky – wir sind tief unter ihnen und viel weiter nördlich, oder südlich oder östlich oder sonstwas. Hier können wir sie gar nicht mehr hören.»

Becky wurde unruhig. «Ich möchte wissen, wie lange wir wohl schon hier unten sind, Tom. Kehren wir lieber um.»

«Ja, ich glaube, 's wär wohl besser. Vielleicht wirklich.»

«Findest du auch den Weg, Tom? Für mich ist alles ein großes Durcheinander.»

«Ich glaub, ich finde ihn schon, aber die Fledermäuse! Wenn die unsere Kerzen auslöschen, dann sitzen wir schön in der Patsche. Versuchen wir's lieber auf einem anderen Weg, damit wir da nicht durchmüssen.»

«Schön, aber hoffentlich verirren wir uns nicht. Das wäre fürchterlich!» Und das Kind schauderte bei dem Gedanken an die Möglichkeit.

Sie begannen ihren Rückweg durch einen langen Gang, den sie schweigend entlangschritten; jeden neuen Seitengang, der in ihn mündete, betrachteten sie, ob er ihnen irgendwie bekannt vorkomme, aber alle waren fremd. Jedesmal, wenn Tom eine solche Untersuchung vornahm, forschte Becky in seinem Gesicht nach einem ermutigenden Zeichen, und dann sagte er munter: «Schon in Ordnung. Das hier ist nicht der richtige, aber er kommt gleich.»

Mit jedem Fehlschlag schwand die Hoffnung, den richtigen zu finden. Er sagte immer noch «schon in Ordnung», aber auf seinem Herzen lastete eine so bleierne Furcht, daß die Worte wirkten, als habe er gesagt: «Alles ist aus.» Becky schmiegte sich angstvoll an ihn und bemühte sich, die Tränen zurückzuhalten; es half aber nichts.

Endlich sagte sie: «Ach, Tom, laß doch die Fledermäuse, gehn wir lieber einfach zurück! Es wird nur immer noch schlimmer.»

Tom blieb stehen. «Horch!» sagte er.

Tiefe Stille, so lautlos, daß selbst ihr Atem zu hören war. Tom stieß einen Ruf aus. Das hallte durch die leeren Gänge und erstarb in der Ferne mit einem spöttischen Gelächter.

«Nicht noch mal, Tom, das ist ja gräßlich», sagte Becky.

«Gräßlich ist's wohl, aber ich muß es doch tun, Becky, vielleicht hören sie uns doch», sagte er und rief noch einmal.

Dieses «vielleicht doch» jagte ihr einen eisigen Schrecken ein, schlimmer als das gespenstische Lachen, so sehr war es ein Eingeständnis schwindender Hoffnung. Die Kinder standen still und lauschten, aber nichts ereignete sich. Tom machte sogleich kehrt und eilte zurück. Es dauerte nicht lange, bis eine gewisse Unentschlossenheit in seinem Verhalten Becky eine neue furchtbare Tatsache enthüllte: er konnte den Rückweg nicht finden!

«O Tom, du hast ja keine Zeichen gemacht!»

«Becky, was für ein Esel bin ich gewesen, was für ein Esel! Ich hab überhaupt nicht für möglich gehalten, daß wir diesen Weg zurückkommen wollen! Nein, ich kenn mich nicht mehr aus. Alles ist durcheinander.»

«Tom, Tom, wir haben uns verirrt! Wir haben uns verirrt! Wir kommen nie wieder aus dieser schrecklichen Höhle hinaus! Ach, warum haben wir uns bloß von den anderen getrennt?»

Sie sank auf den Boden und brach in so lautes Weinen aus, daß Tom fürchtete, sie könne sterben oder den Verstand verlieren. Er setzte sich zu ihr und legte den Arm um sie; sie barg ihr Gesicht an seiner Brust, klammerte sich an ihn, ließ ihrer Angst und ihrer Reue freien Lauf, und das ferne Echo verzerrte alles in höhnisches Gelächter. Tom bat sie, doch wieder Mut zu fassen, aber sie sagte, sie könne es nicht. Er begann, sich Vorwürfe zu machen, weil er sie in diese Lage gebracht habe; dies hatte eine bessere Wirkung. Sie versicherte ihm, die Hoffnung nicht aufgeben zu wollen, sie werde aufstehen und ihm folgen, wohin er sie auch führen möge, wenn er nur nicht mehr so reden wolle. Denn er habe doch nicht mehr Schuld als sie selbst.

So gingen sie also weiter – einfach aufs Geratewohl –, denn das einzige, was sie tun konnten, war, immer weiterzugehen. Eine kurze Zeit schien die Hoffnung neu aufleben zu wollen – nicht, weil ein besonderer Grund vorhanden gewesen wäre, sondern einfach, weil es nun einmal in der Natur der Hoffnung liegt, immer wieder aufzuflackern, solange ihr nicht völlig jede Triebfeder genommen ist.

Nach einiger Zeit ergriff Tom Beckys Kerze und blies sie aus. Diese Sparsamkeit war vielsagend. Es bedurfte keiner Worte. Becky verstand, und jede Hoffnung erstarb wieder. Sie wußte, daß Tom noch eine ganze Kerze und drei oder vier Stümpfchen in der Tasche hatte – und dennoch mußte er damit sparen.

Mit der Zeit machte die Müdigkeit ihre Rechte geltend; die Kinder bemühten sich, nicht darauf zu achten, denn der Gedanke, sich niederzusetzen, wo doch jede Minute so kostbar war, war schrecklich; in irgendeine Richtung zu gehen, gleich in welche, bedeutete zumindest Fortschritt; sich niedersetzen aber hieß, den Tod herbeizurufen.

Endlich versagten Beckys zarte Glieder. Sie setzte sich. Tom ließ sich neben ihr nieder, und sie sprachen von daheim, von ihren Freunden, ihren bequemen Betten und vor allem vom Licht! Becky weinte, und Tom zerbrach sich den Kopf, um irgend etwas zu finden, womit er sie trösten könne, aber alle seine Argumente waren bereits abgenutzt und klangen nun wie Hohn. Die Müdigkeit überwältigte Becky so, daß sie in Schlummer sank. Tom war darüber froh. Er saß da, blickte in ihr müdes Gesicht und sah, wie es sich unter dem Einfluß angenehmer Träume entspannte und einen zufriedenen Ausdruck annahm; dann zeigte sich ein Lächeln. Das friedvolle Antlitz strahlte Frieden und Trost für sein eigenes Gemüt aus, und seine Gedanken wanderten zu vergangenen Tagen in träumerischen Erinnerungen. Während er in seine Betrachtungen versunken war, wachte Becky mit einem kurzen Lachen auf; es erstarb ihr jedoch auf den Lippen, und sie jammerte:

«Ach, wie hab ich nur schlafen können! Wär ich nur nie wieder aufgewacht! Nein, das stimmt nicht, Tom! Sieh mich nicht so an! Ich will's ja nicht wieder sagen.»

«Ich bin froh, daß du geschlafen hast, Becky; jetzt wirst du ausgeruht sein, und wir werden den Weg hinaus finden.»

«Wir können's versuchen, Tom! Aber ich hab in meinem Traum ein wunderschönes Land gesehen. Ich glaube dahin gehen wir.»

«Vielleicht doch nicht. Kopf hoch, Becky, wir wollen's weiter versuchen.»

Sie standen auf und wanderten weiter, Hand in Hand und ohne alle Hoffnung. Sie versuchten abzuschätzen, wie lange sie sich wohl in der Höhle befanden, aber sie wußten nur, daß es Tage und Wochen zu sein schienen; es war ihnen klar, daß das nicht sein konnte, denn ihre Kerzen waren noch nicht verbraucht.

Lange Zeit danach – sie hätten nicht sagen können, wie lange – sagte Tom, sie müßten leise sein und lauschen, ob sie nicht das Tropfen von Wasser hörten, sie müßten eine Quelle zum Trinken suchen. Sie fanden bald eine, und Tom sagte, es sei Zeit, wieder auszuruhen. Beide waren furchtbar müde, Becky aber wollte weitergehen. Zu ihrer Überraschung war Tom anderer Meinung. Sie konnte nicht verstehen, warum. Sie setzten sich nieder, und Tom befestigte seine Kerze mit etwas Lehm an der Wand. Ihre Gedanken wanderten hin und her; eine Zeitlang sagten sie nichts. Dann brach Becky das Schweigen: «Tom, ich hab solchen Hunger!»

Tom zog etwas aus seiner Tasche. «Kennst du das?» fragte er.

Fast lächelte Becky. «Das ist unser Hochzeitskuchen, Tom.»

«Ja – ich wollte, er wär so groß wie ein Faß, denn weiter haben wir nichts.»

«Ich hab ihn beim Picknick aufgehoben, Tom, damit wir dabei träumen können, wie die Großen bei ihrem Hochzeitskuchen – aber jetzt wird er unser...»

Sie beendete den Satz nicht. Tom teilte den Kuchen, und Becky aß mit gutem Appetit, während er an seiner Hälfte nur knabberte. Es war genügend kaltes Wasser da, um das Bankett abzurunden. Nach einer Weile schlug Becky vor weiterzugehen. Tom schwieg einen Augenblick. Dann sagte er: «Becky, bist du tapfer, wenn ich dir was sage?»

Becky erblaßte, aber sie erwiderte, sie sei tapfer.

«Also dann, Becky: wir müssen hier bleiben, wo's Trinkwasser gibt. Das Stümpfchen hier ist unsere letzte Kerze!»

Becky brach in Weinen aus. Tom tat, was er konnte, sie zu trösten, hatte jedoch nur wenig Erfolg. Endlich sagte Becky: «Tom!»

«Ja, Becky?»

«Sie werden uns vermissen und nach uns suchen!»

«Ja, das werden sie bestimmt tun.»

«Vielleicht suchen sie jetzt schon nach uns, Tom?»

«Klar, sicher sind sie schon fest dabei! Ich hoffe es bestimmt.»

«Wann werden sie uns denn wohl vermissen, Tom?»

«Ich glaub, wenn sie zum Schiff zurückkehren.»

«Tom, vielleicht ist es dunkel – ob sie dann merken, daß wir nicht da sind?»

«Ich weiß nicht. Aber auf jeden Fall würde dich deine Mutter vermissen, sobald alle nach Hause kämen.»

Das Erschrecken, das sich in Beckys Gesicht malte, zeigte Tom, daß er einen Fehler gemacht hatte. Becky hatte ja in der Nacht gar nicht nach Hause gehen sollen! Die Kinder wurden still und nachdenklich. Etwas später zeigte Tom ein neuer Tränenausbruch von Becky, daß ein Gedanke auch ihr gekommen war – nämlich, daß der halbe Sonntagmorgen vergehen könne, bevor Mrs. Thatcher entdeckte, daß Becky nicht bei Mrs. Harper war. Die Kinder blickten auf den Kerzenstumpf und sahen zu, wie er langsam und mitleidslos zerschmolz, sahen, wie schließlich noch ein Docht allein dastand, wie die schwache Flamme aufflackerte und zusammensank, den dünnen Rauchfaden emporkletterte, auf der Spitze einen Augenblick verweilte – und dann herrschte der Schrecken vollkommener Finsternis.

Wie lange darauf Becky zu dem Bewußtsein kam, daß sie weinend in Toms Armen lag, hätte keiner von beiden zu sagen gewußt. Sie wußten nur so viel, daß sie nach einer sehr langen Zeit aus einem besinnungslosen Schlaf erwacht waren und ihr Elend von neuem begann. Tom sagte, es könne Sonntag, vielleicht auch schon Montag sein. Er versuchte, Becky zum Reden zu bewegen, aber der Kummer lastete zu schwer auf ihr; sie hatte alle Hoffnung aufgegeben. Tom meinte, man müsse sie jetzt schon seit langem vermißt haben und die Suchaktion sei ohne Zweifel bereits im Gange. Er wolle rufen, vielleicht komme dann jemand. Er versuchte es, aber in der Dunkelheit klang das ferne Echo so schauerlich, daß er es nicht noch einmal probierte.

Die Stunden eilten dahin, und der Hunger stellte sich von neuem ein. Ein Stückchen von Toms Kuchen war übriggeblieben; das teilten sie und aßen es. Danach schienen sie aber noch hungriger zu sein als zuvor. Dieses bißchen Nahrung erweckte nur den Wunsch nach mehr.

Nach einer Weile sagte Tom: «Pst! Hast du das gehört?»

Beide hielten den Atem an und lauschten. Sie hörten einen Laut, der wie ein leiser, ferner Ruf klang. Tom beantwortete ihn sogleich und begann, Becky an der Hand, sich den Gang entlangzutasten. Dann lauschte er von neuem; wieder war der Laut zu hören, anscheinend ein wenig näher.

«Sie sind's!» sagte Tom. «Sie kommen! Komm – jetzt ist alles gut.»

Die Freude überwältigte die Gefangenen. Sie kamen jedoch nur langsam voran, weil es viele Spalten im Boden gab, vor denen sie sich in acht zu nehmen hatten. Bald kamen sie an eine und mußten stehenbleiben. Sie mochte nur drei, aber auch hundert Fuß tief sein – auf jeden Fall war sie nicht zu überqueren. Tom legte sich auf den Bauch und langte hinunter, so weit er nur konnte. Er erreichte keinen Grund. Sie mußten also da bleiben und warten, bis die Retter kämen. Sie lauschten: offensichtlich klangen die Rufe immer ferner! Noch einige Augenblicke, und dann waren sie verstummt. Welch ein Jammer! Tom brüllte, bis er heiser war, aber es nützte nichts. Er versuchte zwar, Becky einzureden, daß nichts verloren sei, aber eine Ewigkeit angstvollen Wartens verging; kein Laut war mehr zu hören.

Die Kinder tasteten sich zu der Quelle zurück. Die Zeit

schleppte sich endlos dahin; sie schliefen wieder und erwachten hungrig und voller Kummer. Tom glaubte, es müsse bereits Dienstag sein.

Nun kam ihm ein Gedanke. In der Nähe waren einige Seitengänge. Es wäre besser, ein paar davon zu erforschen, als die Last der träge dahinfließenden Zeit müßig zu vertrödeln. Er zog eine Drachenschnur aus der Tasche, band sie an einem Felsvorsprung fest und begann sich dann mit Becky unter Abwickeln der Drachenschnur weiterzutasten. Nach zwanzig Schritten endete der Gang an einer jäh abfallenden Stelle. Tom ließ sich auf die Knie nieder, tastete nach unten und dann so weit um die Ecke, wie er bequem mit den Händen reichen konnte; dann strengte er sich an, sich noch ein wenig weiter nach rechts hin zu strecken, und eben in diesem Augenblick erschien, keine 10 Meter entfernt, hinter einem Felsen hervor eine Hand, die eine Kerze hielt! Tom stieß einen Jubelschrei aus, und im selben Moment folgte der Hand der Körper – der des Indianer-Joe! Tom war wie gelähmt; er vermochte sich nicht zu rühren. In der nächsten Sekunde sah er mit unendlicher Erleichterung, daß der «Spanier» Fersengeld gab und sich schleunigst seinem Blickfeld entzog. Tom wunderte sich, daß Joe seine Stimme nicht erkannt hatte und gekommen war, ihn zu töten, weil er gegen ihn ausgesagt hatte. Aber das Echo mußte seine Stimme verändert haben. Ohne Zweifel, das war's gewesen, sagte er sich. Die Furcht lähmte jeden Muskel in seinem Körper. Er überlegte, wenn er die Kraft hätte, zur Quelle zurückzukommen, dann wolle er dort bleiben, und nichts solle ihn mehr dazu verführen, sich der Gefahr auszusetzen, dem Indianer-Joe noch einmal zu begegnen. Er hütete sich, Becky zu berichten, was er gesehen hatte. Er sagte nur, er habe «auf gut Glück» noch einmal gerufen.

Aber der Hunger und der Kummer sind auf die Dauer stärker als die Furcht. Erneutes Warten an der Quelle und nochmaliger langer Schlaf brachten eine Veränderung mit sich. Die Kinder erwachten, von quälendem Hunger gepeinigt. Tom glaubte, es müsse jetzt Mittwoch oder Donnerstag sein, vielleicht aber auch schon Freitag oder Samstag, und die Suche nach ihnen sei wohl aufgegeben worden. Er schlug vor, noch einen Gang zu erforschen. Er war bereit, den Indianer-Joe und alle anderen Schrecken in Kauf zu nehmen. Becky aber fühlte sich sehr schwach. Sie war in völlige Teilnahmslosigkeit versunken und ließ sich nicht aufrütteln. Sie sagte, sie wolle jetzt da, wo sie sei, warten und dann sterben – es dauere ja doch nicht mehr lange. Tom solle ruhig mit der Drachenschnur gehen und weiterforschen, wenn er wolle; sie flehte ihn nur an, ab und zu zurückzukommen und mit ihr zu reden, und nahm ihm das Versprechen ab, daß er im letzten Augenblick bei ihr bleiben und ihre Hand halten werde, bis alles vorüber sei. Tom küßte sie, während sich ihm die Kehle zuschnürte, und tat so, als sei er fest überzeugt, entweder die Suchenden oder aber einen Ausweg aus der Höhle zu finden; dann nahm er die Drachenschnur in die Hand und tastete sich, auf Händen und Knien kriechend, einen der Gänge entlang, gequält vom Hunger und bedrückt vom Vorgefühl des herannahenden Endes.

32. Kapitel
Endlich gefunden

Der Dienstagnachmittag kam und verging wieder. St. Petersburg trauerte noch immer. Die verlorenen Kinder waren nicht gefunden worden. Ein öffentlicher Bittgottesdienst war für sie abgehalten und viele, viele Gebete waren für sie gesprochen worden, die aus dem tiefsten Herzen der Betenden kamen, aber noch immer gab es keine gute Nachricht aus der Höhle. Die Mehrzahl der Suchenden hatte die Nachforschungen aufgegeben und war zu ihrer täglichen Beschäftigung zurückgekehrt, denn es war klar, daß die Kinder nie zu finden waren. Mrs. Thatcher war schwer erkrankt und lag in Fieberphantasien. Die Leute sagten, es sei herzzerreißend, mit anzusehen, wie sie nach ihrem Kind rufe, den Kopf hebe und eine ganze Minute lang lausche, ihn dann mit einem Stöhnen müde wieder sinken lasse. Tante Polly war in Schwermut versunken, und ihr graues Haar war fast weiß geworden. Traurig und hoffnungslos begab sich der Ort am Dienstagabend zur Ruhe.

Mitten in der Nacht brachen die Glocken des Ortes in wildes Geläute aus, und im Nu wimmelten die Straßen von freudetrunkenen, halbangezogenen Menschen, die schrien: «Kommt heraus! Kommt heraus! Sie sind gefunden! Sie sind gefunden!» Blechpfannen und Hörner wurden benutzt, um den Lärm noch zu verstärken; die Bevölkerung lief zusammen und zog zum Fluß, den Kindern entgegen, die in einem von jubelnden Bürgern gezogenen offenen Wagen daherkamen. Die Menge drängte sich um ihn, begleitete ihn auf seiner Heimfahrt und strömte, ein Hurra nach dem anderen brüllend, im Triumphzug die Hauptstraße hinauf.

Das Städtchen war festlich beleuchtet, niemand legte sich wieder zu Bett; es war die großartigste Nacht, welche die kleine Stadt jemals erlebt hatte. Während der ersten halben Stunde zog eine Prozession von Besuchern durch Richter Thatchers Haus, umarmte die Geretteten und küßte sie, drückte Mrs. Thatchers Hand, versuchte zu sprechen, konnte es jedoch nicht und zog wieder hinaus, nachdem im ganzen Haus ein Tränenschauer niedergegangen war.

Tante Polly war vollkommen glücklich, und Mrs. Thatcher war es beinahe. Vollkommen glücklich war sie jedoch erst, sobald auch ihrem Mann die Botschaft in die Höhle überbracht worden war.

Tom lag, von einem begierig lauschenden Publikum umgeben, auf dem Sofa und berichtete die Geschichte seines Abenteuers, fügte, um sie auszuschmücken, viele Sensationen hinzu und schloß mit einer Beschreibung, wie er Becky verlassen und sich auf eine Forschungsexpedition begeben habe; wie er zwei Gängen gefolgt sei, soweit die Drachenschnur reichte, wie er dann einem dritten die ganze Länge der Schnur nach gefolgt und gerade umkehren wollte, als er weit weg ein Fleckchen erblickte, das wie Tageslicht aussah, wie er die Schnur habe fallen lassen und sich dem hellen Schimmer entgegengetastet, dann Kopf und Schultern durch ein enges Loch gezwängt und den breiten Mississippi habe vorbeiströmen sehen. Wenn gerade Nacht gewesen wäre, dann hätte er das Tageslicht nicht erblickt und den Gang nicht begangen! Er erzählte, wie er zurückging, um Becky zu holen, und ihr die gute Kunde brachte, und wie sie ihm entgegnete, er solle sie nicht mit solchem Unsinn ärgern, sie sei müde und wisse, daß sie sterben werde, und wolle es auch. Er beschrieb, wie er auf sie eingeredet und sie schließlich von ihrer Rettung überzeugt habe und wie sie fast vor Freude gestorben sei, als sie den blauen Flecken Tageslicht tatsächlich erblickte; wie er sich aus dem Loch gezwängt und ihr dann herausgeholfen habe, wie sie dagesessen und vor Freude geweint hätten und wie dann ein paar Männer in einem Boot vorbeigekommen seien, Tom sie angerufen und ihnen von ihrem halbverhungerten Zustand erzählt habe. Die Männer hätten die tolle Geschichte zuerst nicht glauben wollen, erzählte er, «denn», so sagten sie, «ihr seid ja fünf Meilen flußabwärts von dem Tal, in dem die Höhle liegt»; dann aber hätten sie sie an Bord genommen, zu einem Hause gerudert, ihnen Abendbrot gegeben, sie zwei, drei Stunden ruhen lassen und sie dann heimgebracht.

Vor Tagesanbruch wurden nun Richter Thatcher und die paar Leute, die sich noch bei ihm befanden, mit Hilfe der Schnur, die sie hinter sich herzogen, in der Höhle aufgespürt und von der großen Neuigkeit unterrichtet.

Drei in der Höhle verbrachte Tage und Nächte waren nicht so schnell abzuschütteln, wie Tom und Becky bald merkten. Den ganzen Mittwoch und den Donnerstag über mußten sie im Bett bleiben, und sie schienen immer noch müder und abgespannter zu werden. Am Donnerstag stand Tom ein wenig auf, ging am Freitag hinunter in die Stadt und war am Samstag fast so munter wie nur je; Becky aber verließ ihr Zimmer erst am Sonntag und sah aus, als habe sie eine schwere Krankheit hinter sich.

Tom hörte von Hucks Erkrankung und ging am Freitag zu ihm, er konnte jedoch nicht in das Zimmer gelassen werden, und auch am Samstag und am Sonntag noch nicht. Danach erhielt er jeden Tag Zutritt, hatte jedoch strenge Weisung, von seinem Abenteuer zu schweigen und kein aufregendes

Gesprächsthema zu berühren. Die Witwe Douglas blieb dabei und paßte auf, daß er gehorchte. Zu Hause hörte Tom von dem Vorfall am Cardiff-Hügel; er erfuhr auch, daß die Leiche des zerlumpten Mannes nahe der Anlegestelle der Fähre im Fluß gefunden worden war; der Mensch war vielleicht bei dem Versuch zu fliehen ertrunken.

Etwa vierzehn Tage nach Toms Rettung machte er sich erneut auf den Weg, Huck zu besuchen, der jetzt wieder genügend bei Kräften war, um aufregende Dinge hören zu können, und Tom hatte ihm einige zu berichten, die ihn interessieren dürften. Sein Weg führte ihn an Richter Thatchers Haus vorbei, und er trat ein, um Becky zu besuchen. Der Richter und einige seiner Freunde zogen Tom ins Gespräch, und einer fragte ironisch, ob er nicht gern noch einmal in die Höhle ginge. Tom erwiderte ja, es mache ihm nichts aus.

Der Richter sagte: «Nun, es gibt noch andere, die so sind wie du, Tom, daran zweifle ich nicht. Aber wir haben unsere Maßnahmen getroffen. In dieser Höhle verirrt sich keiner mehr!»

«Wieso?»

«Weil wir den Eingang vor zwei Wochen mit Eisen beschlagen und dreifach verschließen haben lassen; die Schlüssel habe ich.»

Tom wurde weiß wie ein Laken.

«Was ist denn los, Junge? Holt ihm ein Glas Wasser!»

Das Wasser wurde gebracht und Tom ins Gesicht geschüttet.

«Ah, nun geht's ja wieder. Was ist denn mit dir los gewesen, Tom?»

«Ach, Herr Richter, der Indianer-Joe ist doch in der Höhle!»

33. Kapitel
Indianer-Joes Schicksal

In wenigen Minuten hatte sich die Nachricht verbreitet, und ein Dutzend Boote waren unterwegs zur McDouglas-Höhle, und die Fähre voller Passagiere folgte. Tom Sawyer saß im Boot von Richter Thatcher. Als der Eingang zur Höhle aufgeschlossen wurde, bot sich in dem dort herrschenden Dämmerlicht ein trauriger Anblick. Der Indianer-Joe lag ausgestreckt am Boden, tot, das Gesicht nahe dem Türspalt, als seien seine Augen bis zuletzt sehnsüchtig auf das Licht der Welt draußen gerichtet gewesen. Tom war bewegt, denn er wußte aus eigener Erfahrung, wie dieser Kerl wohl gelitten hatte. Er empfand Mitleid, trotzdem aber erfüllte ihn ein ungeheures Gefühl der Erleichterung und der Sicherheit, und das machte ihm in einem ungeahnten Maße klar, welch schwere Bürde der Furcht auf ihm gelastet hatte, seit dem Tag, an dem er seine Stimme gegen dieses blutdürstige Halbblut erhoben hatte.

Dicht neben dem Indianer-Joe lag sein Jagdmesser; die Klinge war entzweigebrochen. Der große Balken, der als Türschwelle diente, war in mühsamer Arbeit durchgeschnitzt worden – eine ganz sinnlose Arbeit, denn draußen bildete der Fels eine natürliche Schwelle, und auf dieses harte Material hatte das Messer keinerlei Wirkung, es war nur dabei kaputtgegangen. Aber auch ohne das steinerne Hindernis wäre die Arbeit ganz umsonst gewesen, denn selbst wenn der Indianer-Joe den Balken ganz fortgeschnitzt hätte, wäre es ihm niemals gelungen, seinen Körper unter der Tür hindurchzuzwängen, und das wußte er wohl. So hatte er die Schwelle nur zerhackt, um etwas zu tun zu haben – damit die Zeit verginge –, um seine gemarterten Sinne zu beschäftigen. Gewöhnlich waren hier immer ein halbes Dutzend Kerzenstümpfe, die ringsum in den Spalten steckten, von Touristen zurückgelassen; jetzt aber waren keine mehr da. Der Gefangene hatte sie zusammengesucht und gegessen. Es war ihm auch gelungen, einige Fledermäuse zu fangen; die hatte er ebenfalls gegessen und nur ihre Krallen übriggelassen. Der unglückliche Mensch war verhungert. An einer Stelle ganz in der Nähe war im Laufe der Zeiten ein Stalagmit vom Boden emporgewachsen, den das herabtropfende Wasser aufgebaut hatte. Der Eingeschlossene hatte den Stalagmiten abgebrochen und auf den Stumpf einen Stein gelegt, in den er eine Vertiefung gehöhlt hatte, um den kostbaren Tropfen aufzufangen, der mit der Regelmäßigkeit einer Uhr alle zwanzig Minuten herabfiel – ein Teelöffelvoll in vierundzwanzig Stunden. Dieser Tropfen war schon gefallen, als die Pyramiden gerade erbaut wurden, als Troja fiel, als Rom gegründet wurde, als Christus am Kreuze starb, als Wilhelm der Eroberer das Britische Reich gründete, als Kolumbus in See stach, als das Massaker von Lexington eine Sensation war. Dieser Tropfen fällt noch immer; er wird noch fallen, wenn alle diese Ereignisse im Spätnachmittag der Geschichte und der Abenddämmerung der Tradition versunken und von der undurchdringlichen Nacht des Vergessens verschluckt sein werden. Hat wohl jedes Ding seinen Zweck und seine Mission? Ist dieser Tropfen geduldig fünftausend Jahre lang gefallen, um für dieses flüchtig vorbeihuschende menschliche Insekt bereit zu sein, und hat er in weiteren zehntausend Jahren noch eine zweite wichtige Aufgabe zu erfüllen? Mag dem sein, wie ihm wolle.

Es ist nun schon viele Jahre her, seit das unglückliche Halbblut den Stein aushöhlte, um die kostbaren Tropfen aufzufangen; aber bis auf den heutigen Tag starren die Besucher am längsten auf diesen Stein und auf das langsam herabtropfende Wasser, wenn sie die Wunder der McDouglas-Höhle besichtigen kommen. Der Becher des Indianer-Joe steht auf der Liste der Sehenswürdigkeiten der Höhle an erster Stelle; selbst «Aladins Palast» kann sich nicht mit ihm messen.

Der Indianer-Joe wurde in der Nähe des Eingangs zur Höhle begraben; zu Boot und zu Wagen strömten die Leute aus der Stadt und von allen nahe gelegenen Farmen und Weilern herbei, sie brachten ihre Kinder sowie Vorräte mit und gaben zu, die Beerdigung sei fast ebenso befriedigend gewesen, als wäre der Indianer-Joe gehängt worden.

Die Beerdigung gebot der weiteren Entwicklung eines Unternehmens Einhalt, nämlich des an den Gouverneur gerichteten Gnadengesuchs für den Indianer-Joe. Dieses Gesuch war von vielen unterzeichnet worden; zahlreiche tränen- und wortreiche Versammlungen waren abgehalten, und ein Komitee energischer Frauen sollte in tiefe Trauer gekleidet zu dem Gouverneur gehen, ihm etwas vorjammern und ihn anflehen, er möge ein mitleidsvoller Narr sein und seine Pflicht mit Füßen treten. Man schätzte, der Indianer-Joe habe fünf Einwohner des Ortes umgebracht, aber wenn auch. Selbst wenn er der Satan in Person gewesen wäre, hätte es genügend Schwächlinge gegeben, bereit dazu, ihren Namen unter ein Gnadengesuch zu kritzeln und aus ihrem ständig beschädigten Wasserwerk eine Träne darauf tropfen zu lassen.

Am Morgen nach der Beerdigung führte Tom Huck zu einem verschwiegenen Platz, um etwas Wichtiges mit ihm zu besprechen. Huck hatte inzwischen durch den Waliser und die Witwe Douglas alles über Toms Abenteuer erfahren;

Tom aber sagte, es gebe noch etwas, was sie Huck sicher nicht erzählt hätten, und eben darüber wolle er jetzt mit ihm sprechen.

Hucks Gesicht wurde traurig. Er sagte: «Ich weiß schon, was los ist. Du bist in Nummer zwei gewesen und hast weiter nichts gefunden als Whisky. Niemand hat mir gesagt, daß du's warst, aber ich hab einfach gewußt, daß du's gewesen bist, sowie ich das von dem Whisky gehört hab, und ich hab gewußt, daß du das Geld nicht hast, sonst wärst du ja auf irgend'ne Weise zu mir gedrungen und hättst es mir gesagt, auch wenn du sonst allen gegenüber dichtgehalten hättst. Tom, irgendwie hab ich immer gewußt, daß wir diese Moneten nie kriegen würden.»

«Aber Huck, ich hab den Wirt überhaupt nicht verraten. Du weißt doch, daß an dem Samstag, wo ich zu dem Picknick ging, mit seinem Wirtshaus alles in Ordnung war. Weißt du nicht mehr, daß du die Nacht über dort Wache halten solltest?»

«Ach richtig! Es kommt mir vor, als wenn's schon ein Jahr her ist. Das war ja die Nacht, wo ich dem Indianer-Joe bis zum Grundstück von der Witwe nachgegangen bin.»

«Du bist ihm nachgegangen?»

«Ja, aber nichts verraten! Ich nehme an, der Indianer-Joe hat Freunde hinterlassen, die sollen nicht erst 'ne Wut auf mich kriegen und mir dann was Gemeines antun. Wenn ich nicht gewesen wär, dann säße er jetzt in aller Ruhe in Texas.»

Huck berichtete nun Tom, der bis dahin nur wußte, was der Waliser erzählt hatte, im strengsten Vertrauen sein ganzes Erlebnis.

«Na», sagte Huck schließlich und kam damit auf die Hauptfrage zurück, «wer den Whisky in Nummer zwei geschnappt hat, der hat auch das Geld geschnappt, höchst wahrscheinlich – für uns ist's jedenfalls futsch, Tom.»

«Huck – das Geld ist überhaupt nie in Nummer zwei gewesen!»

«Was!» Huck forschte eifrig im Gesicht seines Kameraden. «Tom, bist du dem Geld etwa auf die Spur gekommen?»

«Huck – in der Höhle steckt's!»

Hucks Augen leuchteten auf. «Sag's noch mal, Tom!»

«Das Geld steckt in der Höhle!»

«Tom – heiliger Bimbam –, machst du Spaß, oder ist das dein Ernst?»

«Mein Ernst, Huck – in meinem ganzen Leben hab ich's nicht ernster gemeint. Gehst du mit mir rein und hilfst es rausholen?»

«Na, und ob! Ich komm mit, wenn's wo steckt, wo wir unseren Weg hin mit Zeichen markieren können und uns nicht verirren.»

«Das können wir, Huck, ohne das geringste bißchen Schwierigkeit.»

«Die Sache ist prima! Wieso glaubst du eigentlich, daß das Geld...»

«Huck, wart ab, bis wir da drin sind. Wenn wir's nicht finden, dann geb ich dir meine Trommel und alles, was ich sonst noch besitze. Mach ich, Ehrenwort!»

«Schön, abgemacht. Wann soll's denn losgehen?»

«Gleich, wenn du willst. Bist du stark genug?»

«Ist's weit drin in der Höhle? Bin jetzt seit drei oder vier Tagen wieder 'n bißchen auf dem Damm, aber weiter als einen Kilometer kann ich noch nicht laufen, Tom – glaub ich.»

«Auf dem normalen Weg sind's ungefähr fünf Kilometer,

Huck; aber's gibt 'ne prima Abkürzung, die außer mir keiner kennt. Huck, ich fahr dich mit 'nem Boot bis hin. Ich laß das Boot da runtertreiben, und zurück rudere ich's, ganz allein. Du brauchst nicht mal einen Finger krumm zu machen.»

«Dann nichts wie los, Tom.»

«Also, wir brauchen ein bißchen Brot und Fleisch und unsere Pfeifen und ein paar kleine Säcke und zwei oder drei Drachenschnüre und ein paar von den neumodischen Dingern, die sie Streichhölzer nennen. Ich kann dir sagen, ich hab oft genug gewünscht, ich hätt welche bei mir, als ich das letztemal da drin war!»

Kurz nach Mittag liehen sich die Jungen ein kleines Boot von jemandem, der zufällig nicht da war, und machten sich gleich auf den Weg. Als sie mehrere Kilometer unterhalb des «Höhlentals» waren, sagte Tom: «Siehst du, das Steilufer hier sieht überall gleich aus – keine Häuser, kein Wald, lauter gleiche Büsche. Aber siehst du da drüben die weiße Stelle, wo 'n Erdrutsch gewesen ist? Das ist eins von meinen Merkzeichen. Wir gehen jetzt an Land.»

Sie stiegen ans Ufer.

«So, Huck, von da, wo wir jetzt stehn, könntest du das Loch, aus dem ich rausgekommen bin, mit einer Angelrute erreichen. Schau mal, ob du's findest.»

Huck suchte ringsum alles ab und fand nichts. Tom zeigte stolz auf ein dichtes Sumachgebüsch und sagte: «Hier ist's! Schau dir's an, Huck, dies ist der allerversteckteste Eingang von ganz Amerika. Aber nichts verraten! Ich hab mir immer schon gewünscht, Räuber zu werden, aber ich hab gewußt, daß ich dabei so was brauche; der Ärger war bloß, woher nehmen. Jetzt haben wir's, und wir reden nicht drüber, bloß Joe Harper und Ben Rogers weihen wir ein – denn es muß ja eine Bande sein, sonst hat die Sache keinen Pfiff. Tom Sawyers Bande – klingt gut, nicht wahr?»

«Und wie, Tom. Wen wolln wir denn ausrauben?»

«Ach, irgendwen. Leuten auflauern – so wird's meistens gemacht.»

«Und sie töten?»

«Nein, nicht immer. Sie in der Höhle verstauen, bis sie Lösegeld aufbringen!»

«Was ist denn das, ein Lösegeld?»

«Na, Geld. Du läßt sie's von ihren Freunden aufbringen, so viel, wie sie nur können, und wenn du sie ein Jahr dabehalten hast und das Geld nicht aufgebracht ist, dann tötest du sie. So wird's gemacht. Nur die Frauen tötest du nicht. Die Frauen schließt du ein, aber töten tust du sie nicht. Sie sind immer schön und reich und haben schreckliche Angst. Du nimmst ihnen die Uhren und Sachen weg, aber du nimmst immer den Hut vor ihnen ab und sprichst höflich mit ihnen. Niemand ist so höflich wie Räuber – das kannst du in jedem Buch lesen. Na, die Frauen lieben dich schließlich, und wenn sie ein oder zwei Wochen in der Höhle sind, dann hören sie auf zu weinen, und dann kannst du sie gar nicht mehr loswerden – wenn du sie rausjagen wolltest, würden sie gleich kehrtmachen und wiederkommen. So steht's überall.»

«Mensch, das ist prima, Tom. Besser noch, als Pirat zu sein.»

«Ja, in mancher Hinsicht ist's besser, weil's näher bei zu Hause und beim Zirkus und all dem ist.»

Jetzt war alles bereit, und die Jungen krochen in das Loch – Tom voran. Sie arbeiteten sich bis zum anderen Ende des Stollens durch, befestigten dort die Drachenschnüre und drangen weiter vor. Wenige Schritte brachten sie zu der Quelle, und Tom fühlte, wie ihn ein Schauer überrieselte. Er zeigte Huck das Restchen Kerzendocht, das oben auf einem Lehmklumpen an der Wand klebte, und erzählte, wie er und Becky dem Aufflackern und Erlöschen der Flamme zugesehen hatten.

Die Buben begannen nun zu flüstern, denn die Stille und Dunkelheit des Orts bedrückte sie. Sie gingen weiter, kamen bald in Toms anderen Gang und folgten diesem, bis sie an die jäh abfallende Stelle kamen. Beim Schein der Kerzen stellte sich heraus, daß es gar kein Abgrund war, sondern nur ein Abhang, der allerdings bis zu zehn Meter abfiel.

Tom flüsterte: «Jetzt werd ich dir was zeigen, Huck.»

Er hielt seine Kerze hoch und sagte: «Schau mal so weit um die Ecke, wie du kannst. Siehst du was? Da – auf dem großen Felsen da drüben – mit Kerzenrauch gemalt.»

«Tom, das ist ja ein Kreuz!»

«Wo ist nun deine Nummer zwei? *‹Unter dem Kreuz›*, was? Genau dort drüber hab ich dem Indianer-Joe seine Kerze gesehen, Huck!»

Huck starrte das mystische Zeichen ein Weilchen an und sagte dann mit zitternder Stimme: «Tom, wir wollen hier weg!»

«Was! Und den Schatz dalassen?»

«Ja – laß ihn da. Bestimmt treibt sich dem Indianer-Joe sein Geist hier rum.»

«Keine Spur, Huck, keine Spur. Der spukt an der Stelle, wo er gestorben ist – draußen am Eingang der Höhle, weit weg von hier!»

«Nein, Tom, bestimmt nicht. Der geistert bestimmt um das Geld rum. Ich weiß, wie's Geister machen, und du auch!»

Tom fürchtete, Huck habe recht. Böse Ahnungen stiegen in ihm auf. Plötzlich aber kam ihm ein Gedanke: «Hör mal,

Huck, was sind wir doch dumm! Der Geist vom Indianer-Joe treibt sich nicht rum, wo 'n Kreuz ist.»

Dieses Argument war gut. Es wirkte.

«Daran hab ich gar nicht gedacht, Tom! Aber du hast recht. Ein Glück für uns, das Kreuz da! Ich denke, wir klettern mal runter und sehen uns nach der Kiste um.»

Tom ging voraus und kerbte während des Abstieges Stufen in den Abhang. Huck folgte ihm. Vier Gänge zweigten von der kleinen Höhle ab, in welcher der große Felsblock stand. Die Jungen untersuchten drei ohne Ergebnis. In dem Gang dem Felsen am nächsten, fanden sie eine kleine Einbuchtung, in der ein Lager von Decken ausgebreitet war, einen alten Hosenträger, ein Stück Schinkenschwarte und die sauber abgeknabberten Knochen von ein paar Hühnern. Die Geldkiste aber stand nicht dort. Die Jungen suchten und suchten, aber vergebens.

Tom sagte: «Er hat gesagt, *unter* dem Kreuz. Das hier kommt der Stelle unter dem Kreuz am nächsten. Es kann ja nicht unter dem Felsen sein, denn der steht fest am Boden.»

Sie suchten noch einmal alles ab und setzten sich dann entmutigt. Huck wußte keinen Rat. Endlich sagte Tom: «Hör mal, Huck: Hier sind Fußspuren und ein paar Talgtropfen an der einen Seite von dem Felsen da, aber auf den anderen Seiten nicht. Was hat das wohl zu bedeuten? Ich wette mit dir, das Geld ist doch unter dem Felsen. Ich werd mal da im Lehm nachgraben.»

«Keine schlechte Idee, Tom!» meinte Huck lebhaft.

Toms «echtes Barlow-Messer» war im Augenblick hervorgeholt, und er hatte noch keine vier Zoll tief gegraben, als er auf Holz stieß.

«He, Huck, hörst du das?»

Jetzt begann Huck zu graben und zu kratzen. Bald waren

ein paar Bretter freigelegt und weggenommen. Sie hatten eine Spalte verborgen, die unter den Felsen führte. Tom kroch hinein und hielt seine Kerze so weit in die Kluft, wie nur möglich; er sagte, er könne das Ende der Kluft nicht sehen. Er schlug vor, sie weiter zu erforschen. Er bückte sich und verschwand unter dem Felsen; der schmale Durchlaß führte allmählich abwärts. Tom ging den gewundenen Pfad entlang, zuerst nach rechts, dann nach links; Huck folgte ihm auf den Fersen. Nach einer Weile bog Tom um eine scharfe Wendung und rief: «Du meine Güte, Huck, schau mal hier!»

Da stand sie, die Schatzkiste, in einer netten kleinen Höhlung, neben einem leeren Pulverfaß, zwei Gewehren in Lederhüllen, zwei oder drei Paar alten Mokassins, einem Ledergürtel und noch einigem anderen Plunder – alles gründlich vom tropfenden Wasser durchweicht.

«Haben wir's endlich!» rief Huck und wühlte in den alten Münzen. «Mensch, jetzt sind wir aber reich, Tom!»

«Ich hab immer geglaubt, daß wir's kriegen, Huck. 's ist einfach zu schön, um wahr zu sein – aber wir haben's jetzt! Weißt du, wir wollen keine Zeit vertrödeln – schleifen wir's raus. Laß mich mal sehn, ob ich die Kiste hochheben kann.»

Sie wog etwa fünfzig Pfund. Tom konnte sie zwar auf eine ungeschickte Weise heben, aber nicht richtig tragen.

«Hab ich mir doch gedacht», meinte er. «Sie haben's damals im Spukhaus geschleppt, als ob's sehr schwer wär. Gut, daß ich daran gedacht hab, die Säckchen mitzubringen.»

Das Geld war bald verteilt, und die Jungen trugen es zum Felsen hinauf, wo das Kreuz war.

«Jetzt holen wir die Gewehre und die andren Sachen», meinte Huck.

«Nein, Huck, laß sie nur da. So was brauchen wir grad,

wenn wir mit der Räuberei anfangen. Wir behalten sie immer da und halten dort auch unsere Orgien ab. Ist ein sehr gemütliches Plätzchen für Orgien.»

«Was sind denn Orgien?»

«Weiß ich nicht. Aber Räuber halten immer Orgien ab, und natürlich müssen wir auch welche abhalten. Komm jetzt, Huck, wir sind schon sehr lange hier. Es wird spät, und Hunger hab ich auch. Wir essen und rauchen, wenn wir wieder im Boot sind.»

Kurz darauf tauchten sie im Sumachgebüsch auf, blickten sich vorsichtig um, stellten fest, daß die Luft rein war, und saßen bald essend und rauchend im Boot. Als die Sonne sich dem Horizont zuneigte, stießen sie ab. Tom ließ das Boot während der Dämmerung am Ufer entlanggleiten, plauderte munter mit Huck und machte kurz nach Einbruch der Dunkelheit fest.

«Jetzt verstecken wir das Geld über dem Holzschuppen von der Witwe, Huck», sagte Tom. «Am Morgen komme ich rauf, dann zählen und teilen wir's, und dann suchen wir uns einen sicheren Platz dafür im Wald. Bleib du hier und bewach den Kram so lange, bis ich schnell Benny Taylors kleinen Karren klaue. Es dauert keine zwei Minuten.»

Er verschwand und kehrte bald darauf mit dem Karren zurück; dann legte er die beiden Säckchen darauf, warf einige alte Lumpen darüber und fuhr los, seine Last hinter sich herziehend. Als die Jungen an das Haus des Walisers kamen, machten sie halt, um sich auszuruhen. Eben wollten sie weiterfahren, da trat der Alte heraus und sagte:

«Hallo, wer ist denn da?»

«Huck und Tom Sawyer.»

«Das ist nett! Kommt mit mir, Jungs, alle warten schon auf euch. Kommt, beeilt euch, ich werde den Karren für euch ziehen. Nanu, der ist ja gar nicht leicht. Habt ihr Steine drauf oder Altmetall?»

«Altmetall», erwiderte Tom.

«Hab ich mir gedacht; die Buben in der Stadt hier machen sich mehr Mühe und vertrödeln mehr Zeit mit dem Aufstöbern von altem Eisen, das kaum was wert ist, um es an die Gießerei zu verkaufen, als sie für eine reguläre Arbeit aufwenden würden, mit der sie doppelt soviel verdienen könnten. Aber das liegt nun mal in der Natur des Menschen. Beeilt euch ein bißchen!»

Die Jungen wollten gern wissen, weshalb denn solche Eile geboten sei.

«Laßt nur, ihr werdet's schon sehen, wenn wir bei der Witwe Douglas sind.»

Da Huck daran gewöhnt war, zu Unrecht beschuldigt zu werden, sagte er mit einiger Besorgnis: «Mr. Jones, wir haben aber gar nichts angestellt.»

Der Waliser lachte. «Na, das weiß ich nicht, Huck, mein Junge. Bist du denn nicht gut Freund mit der Witwe?»

«Doch. Jedenfalls ist sie immer wie 'n guter Freund zu mir gewesen.»

«Na, dann ist ja alles in Ordnung. Weshalb hast du denn Angst?»

Diese Frage hatte Huck bei seiner langsamen Art noch nicht ganz beantwortet, als er bereits zusammen mit Tom in Mrs. Douglas' Salon geschoben wurde. Mr. Jones ließ den Karren neben der Tür stehen und folgte ihnen.

Das Haus war hell erleuchtet, und jeder, der im Ort irgend etwas bedeutete, war anwesend. Thatchers waren da, Harpers, Rogers, Tante Polly, Sid, Mary, der Pfarrer, der Redakteur und noch viele andere, fein angezogen. Die Witwe empfing die Jungen so herzlich, wie man zwei so aussehende

Wesen nur empfangen kann. Sie waren von oben bis unten mit Lehm und Talg beschmiert. Tante Polly wurde vor Scham puterrot; sie runzelte die Stirn und schüttelte den Kopf. Niemand litt halb soviel wie die beiden Jungen.

Mr. Jones sagte: «Tom war noch nicht zu Haus, ich hatte schon alle Hoffnung aufgegeben, ihn zu finden; aber direkt vor meiner Tür stolperte ich über ihn und Huck, und da brachte ich sie schleunigst her.»

«Und da haben Sie gerade das Richtige getan», meinte die Witwe. «Kommt mit, ihr beiden.»

Sie brachte sie in ein Schlafzimmer und sagte: «Jetzt wascht euch und zieht euch an. Hier sind zwei neue Anzüge: Hemden, Socken, alles, was dazugehört. Sie sind Hucks Eigentum – nein, keinen Dank, Huck –, Mr. Jones hat den einen gekauft und ich den anderen. Aber sie werden euch beiden passen. Zieht sie jetzt an. Wir warten so lange – wenn ihr euch in Schale geworfen habt, kommt ihr herunter.»

Dann ging sie.

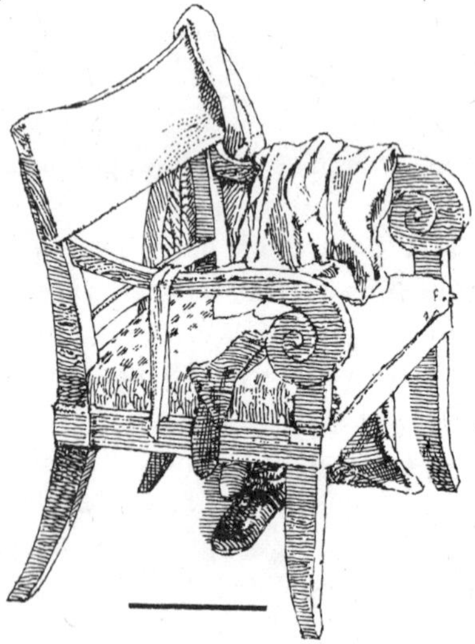

34. Kapitel
Ströme von Gold

Huck sagte: «Tom, wenn wir einen Strick finden, können wir uns aus dem Staube machen. Das Fenster ist nicht sehr hoch.»

«Quatsch! Wozu willst du dich denn aus dem Staube machen?»

«Na, ich bin so 'ne Gesellschaft nicht gewöhnt. Das halt ich nicht aus. Ich geh da nicht runter, Tom.»

«Ach, Blödsinn. Das ist doch gar nichts. Das macht mir überhaupt nichts aus. Ich paß schon auf dich auf.»

Nun erschien Sid.

«Tom», sagte er, «die Tante hat den ganzen Nachmittag auf dich gewartet. Mary hat deine Sonntagssachen rausgelegt, und alle haben sich Sorgen um dich gemacht. Sag mal, ist das nicht Lehm und Talg an deinen Kleidern?»

«Hör mal, Mr. Siddy, kümmre du dich nur um deine Angelegenheiten. Weswegen ist denn eigentlich dieses ganze Theater?»

«Die Witwe gibt 'ne Gesellschaft, wie immer. Diesmal zu Ehren von dem Waliser und seinen Söhnen, weil die sie neulich aus dieser mulmigen Lage befreit haben. Und hör mal – ich kann dir was verraten, wenn du's wissen willst.»

«So? Was denn?»

«Na, der alte Mr. Jones will heut abend die Leute hier mit irgend etwas überraschen; ich hab gehört, wie er's der Tante verraten hat, aber ich glaub, jetzt ist's kein großes Geheimnis mehr. Jetzt wissen's alle – die Witwe ebenfalls, wenn sie auch so tut, als ob sie's nicht wüßte. Oh, Mr. Jones war ja gezwungen, Huck hier zu haben – ohne ihn könnte er nämlich sein großes Geheimnis nicht anbringen, weißt du?»

«Was für ein Geheimnis, Sid?»

«Na, daß Huck hinter den Räubern hergeschlichen ist bis zum Grundstück der Witwe. Ich schätze, Mr. Jones hat mit seinem Geheimnis groß angeben wollen, aber ich wette, 's kommt ziemlich schwach an.» Sid kicherte zufrieden und selbstsicher.

«Sid, hast du das verraten?»

«Ach, ist ja egal, wer's gewesen ist. Jemand hat's jedenfalls verraten – das genügt doch.»

«Sid, in der ganzen Stadt gibt's nur einen Menschen, der gemein genug ist, so was zu tun, und das bist du! Du an Hucks Stelle hättst dich den Hügel runtergeschlichen und zu keinem Menschen was von den Räubern gesagt. Du kannst weiter nichts als bloß Gemeinheiten anstellen und kannst nicht sehen, wenn jemand gelobt wird, weil er was Gutes tut. Da – du brauchst dich nicht zu bedanken, wie die Witwe sagt.» Damit versetzte Tom Sid ein paar Ohrfeigen und warf ihn zur Tür hinaus. «Jetzt kannst du's der Tante petzen, wenn du dich traust; dann kriegst du's aber morgen!»

Einige Minuten danach saßen die Gäste der Witwe beim Abendessen, und ein Dutzend Kinder waren im selben Zimmer an kleinen Nebentischen untergebracht, so wie es damals üblich war. Zur gegebenen Zeit hielt dann Mr. Jones seine kleine Ansprache, in der er der Witwe für die Ehrung dankte, die sie ihm und seinen Söhnen zuteil werden ließ; er sagte, es gebe jedoch noch einen anderen, dessen Bescheidenheit...

Und so weiter und so fort. Er enthüllte sein Geheimnis von Hucks Anteil an dem Abenteuer auf die dramatischste

Weise; die Überraschung war jedoch zum großen Teil geheuchelt und äußerte sich nicht so laut und überschwenglich, wie das unter anderen Umständen wohl der Fall gewesen wäre. Die Witwe gab sich zwar den Anschein, als sei sie überrascht, und überhäufte Huck mit so viel Komplimenten und Dankesbezeigungen, daß er beinahe das Unbehagen, welches ihm seine neuen Sachen verursachten, über dem Unbehagen vergaß, Zielscheibe aller Blicke zu sein.

Die Witwe erklärte, sie wolle Huck in ihrem Hause ein Heim bieten und ihm eine gute Erziehung angedeihen lassen, und sobald sie könne, wolle sie ihm ein Geschäft einrichten.

Jetzt war Toms Augenblick gekommen. Er sagte: «Huck braucht das nicht. Huck ist selbst reich.»

Nur die angestrengte Bemühung der Gesellschaft, die guten Manieren zu wahren, hielt das bei diesem glänzenden Witz zu erwartende und gebührende Gelächter zurück. Das Schweigen aber, das folgte, war unbehaglich. Tom brach es: «Huck hat Geld. Vielleicht glaubt ihr's nicht, aber er hat 'nen Haufen Geld. Ihr braucht gar nicht zu lachen, ich kann's euch zeigen. Wartet mal einen Moment.»

Tom rannte hinaus. Die Anwesenden sahen zuerst staunend einander und dann fragend Huck an, der wortlos dasaß.

«Sid, was hat denn Tom?» fragte Tante Polly. «Aus diesem Jungen wird man niemals klug. So was hab ich...»

Da trat Tom wieder ein; er ächzte unter der Last seiner Säcke. Er schüttete einen Haufen Münzen auf den Tisch und sagte: «Da – was hab ich euch gesagt? Die Hälfte gehört Huck und die andere Hälfte mir!»

Dieser Anblick nahm allen den Atem. Alles starrte auf die Geldstücke, aber im ersten Moment sagte niemand ein

Wort. Dann wollten alle eine Erklärung. Tom sagte, die könne er geben. Die Geschichte war lang, aber höchst interessant. Kaum jemand warf ein Wort ein, um den Bann nicht zu brechen.

Als Tom geendet hatte, sagte Mr. Jones: «Da dachte ich nun, ich hätte heute abend eine Überraschung bereit, aber mit der ist's jetzt nicht mehr weit her. Gegen das hier fällt sie gewaltig ab, das muß ich zugeben.»

Das Geld wurde gezählt. Die Summe belief sich auf etwas über zwölftausend Dollar. Das war mehr, als irgendeiner der Anwesenden je zuvor auf einmal gesehen hatte, obgleich einige unter ihnen beträchtlich mehr an Grundbesitz aufzuweisen hatten.

35. Kapitel

Der ‹zivilisierte› Huck tritt der Bande bei

Der Leser kann überzeugt sein, daß Toms und Hucks Geldsegen in der kleinen Stadt St. Petersburg gewaltige Aufregung verursachte. Eine so große Summe, ganz in bar, schien fast unglaublich. Man sprach darüber, freute sich darüber, beneidete die beiden, bis der Verstand vieler Bürger unter dieser ungesunden Aufregung zu leiden begann. Jedes «Spukhaus» in St. Petersburg und Umgebung wurde in seine Bestandteile zerlegt, die Fundamente wurden ausgegraben und nach verborgenen Schätzen durchwühlt – nicht etwa von Knaben, sondern von Männern, und manche waren sogar recht ernsthafte, unromantische Männer. Wo Tom und Huck sich auch sehen ließen, wurden sie umschmeichelt, bewundert, begafft. Die beiden konnten sich nicht erinnern, daß ihre Bemerkungen jemals zuvor Gewicht besessen hätten, aber jetzt wurden ihre Aussprüche wie Kostbarkeiten bewahrt und wiederholt; alles, was sie taten, schien man irgendwie als bemerkenswert anzusehen; offensichtlich hatten sie die Fähigkeit verloren, alltägliche Dinge zu tun und zu sagen; darüber hinaus wurde ihre Vergangenheit plötzlich interessant, und in ihr wurden Merkmale auffälliger Originalität entdeckt. Das Ortsblatt veröffentlichte biographische Skizzen der Jungen.

Die Witwe Douglas legte Hucks Geld zu sechs Prozent an, und Richter Thatcher tat auf Tante Pollys Bitte mit Toms Geld das gleiche. Jeder der Jungen hatte jetzt ein geradezu ungeheures Einkommen – einen Dollar für jeden Wochentag und auch für jeden zweiten Sonntag des Jahres. Das war genausoviel, wie der Pfarrer erhielt – nein, es war, was ihm versprochen worden war, denn gewöhnlich bekam er es nicht. Einundeinviertel Dollar in der Woche genügte in jener anspruchslosen Zeit, um Kost, Wohnung und Schulgeld für einen Jungen zu bezahlen – und dazu noch, ihn zu kleiden und zu pflegen.

Richter Thatcher hatte von Tom eine hohe Meinung gewonnen. Er sagte, ein gewöhnlicher Junge hätte seine Tochter niemals aus der Höhle gerettet. Als Becky ihrem Vater unter dem Siegel der Verschwiegenheit erzählte, wie Tom in der Schule für sie die Prügel auf sich genommen hatte, war der Richter sichtlich gerührt, und als sie wegen der gewaltigen Lüge, die Tom ausgesprochen hatte, um die Prügel von ihrem Rücken auf seinen zu lenken, um Verzeihung bat, meinte der Richter mit großer Begeisterung, das sei eine edle, eine großmütige, eine hochherzige Lüge gewesen – eine Lüge, die es wert sei, stolz in die Geschichte einzugehen, Schulter an Schulter mit George Washingtons Freimut. Becky dachte, ihr Vater habe nie so erhaben ausgesehen wie jetzt, als er auf und ab ging, mit dem Fuß auf den Boden stampfte und diese Worte sprach. Sie lief gleich zu Tom und erzählte ihm alles.

Richter Thatcher hoffte, Tom später einmal als großen Rechtsanwalt oder Soldaten zu sehen. Er sagte, er wolle dafür sorgen, daß Tom auf der Nationalen Militärakademie Aufnahme finde und danach in der besten Juristenschule des Landes ausgebildet werde, damit er für jeden der beiden Berufe vorbereitet sei.

Huck Finns Reichtum sowie die Tatsache, daß er unter dem Schutz der Witwe Douglas stand, führten ihn in die Gesellschaft ein – nein, sie zogen ihn geradezu gewaltsam hinein –, und seine Leiden waren so groß, daß er sie fast nicht zu ertragen vermochte. Die Dienstboten der Witwe hielten ihn in sauberem, ordentlichem, gekämmtem und gebürstetem Zustand, und allnächtlich betteten sie ihn unbarmherzig in saubere Laken, die nicht einen einzigen kleinen Flecken aufwiesen, den er als vertrauten Freund hätte erkennen können. Er mußte mit Messer und Gabel essen, mußte Serviette, Tasse und Teller benutzen, mußte Bibelsprüche lernen, mußte zur Kirche gehen und mußte so gewählt reden, daß die Sprache zu etwas Fadem in seinem Munde geworden war; wohin er sich auch drehte und wendete, die Schranken und Fesseln der Zivilisation schlossen ihn ein und banden ihm Hände und Füße.

Drei Wochen lang ertrug er tapfer sein Elend, und dann war er eines Tages verschwunden. Achtundvierzig Stunden lang suchte die Witwe überall angstvoll nach ihm. Die Öffentlichkeit nahm lebhaften Anteil; alles wurde durchstöbert und der Fluß mit einem Schleppnetz nach seiner Leiche abgesucht. Am dritten Morgen in aller Frühe ging Tom Sawyer hinunter zum verlassenen Schlachthaus, um seine Nase in einige leere Fässer zu stecken, und in einem davon fand er den Vermißten. Huck hatte dort geschlafen und gerade sein Frühstück beendet, das aus allerlei zusammengestohlenen Brocken bestand, und lag nun behaglich mit der Tabakspfeife da. Er war ungebürstet, ungekämmt und trug dieselben zerlumpten alten Fetzen, die ihn in den Tagen, als er noch frei und glücklich gewesen war, so verwegen gemacht hatten. Tom störte ihn auf, erzählte ihm, welchen Wirbel er verursacht hatte, und drängte ihn, wieder nach Hause zu gehen.

Hucks Antlitz verlor den Ausdruck ruhiger Zufriedenheit und nahm ein melancholisches Aussehen an. Er sagte: «Red mir nicht davon, Tom. Ich hab's versucht, und es geht nicht. Wirklich nicht, Tom. Das ist nichts für mich – ich bin nun mal nicht dran gewöhnt. Die Witwe ist gut und freundlich zu mir, aber ich kann diese Manieren nicht aushalten. Sie zwingt mich, jeden Tag um genau dieselbe Zeit aufzustehen, sie zwingt mich, mich zu waschen, dann kämmen sie mich ganz grausam, sie läßt mich nicht im Holzschuppen schlafen, ich muß diese verdammten Sachen anziehen, wo ich drin ersticke, Tom – irgendwie scheint keine Luft hier durchzukommen, sie sind so verflucht fein, daß ich mich damit nirgends hinsetzen oder hinlegen oder drin rumrollen kann; ich bin seit – na, es kommt mir wie Jahre vor – nicht mehr auf einer Kellertür geschlittert, ich muß zur Kirche gehen und schwitzen und schwitzen – ich hasse diese Predigten! Keine Fliege darf man da fangen, kauen darf ich auch nicht, den ganzen Sonntag muß ich Schuhe tragen! Die Witwe ißt nach der Uhr, geht nach der Uhr zu Bett, steht nach der Uhr auf – alles ist so scheußlich regelmäßig, daß man's nicht aushalten kann.»

«Na, so machen's doch alle, Huck.»

«Tom, das ist egal. Ich bin eben nicht alle und halt's nicht aus. Ist ja schrecklich, so festgebunden zu sein. Und die Fressalien sind viel zu leicht zu haben – auf die Weise interessiert mich die ganze Esserei nicht. Wenn ich angeln gehn will, muß ich fragen, wenn ich schwimmen gehn will, muß ich fragen – den Teufel auch, worum ich nicht alles fragen muß. Und sprechen hab ich so fein müssen, daß es schon nicht mehr schön war; hab jeden Tag auf den Speicher gehen und 'ne Weile saftig losreden müssen, damit ich wieder einen richtigen Geschmack in den Mund kriegte – sonst wär ich gestorben, Tom. Die Witwe wollt mich nicht rauchen lassen, sie wollt mich nicht brüllen lassen, sie wollt mich nicht gähnen lassen und mich nicht strecken und mich nicht kratzen lassen, wenn Leute dabei waren.» Dann fuhr er mit einem Ausbruch besonderen Ärgers und besonderer Gekränktheit fort: «Und, der Teufel soll's holen, immerzu hat sie gebetet. So was von einer Frau hab ich noch nicht gesehen. Ich mußte abhauen, Tom, mußte einfach abhauen. Außerdem geht die Schule bald wieder los, und da müßte ich sonst auch rein; na, das würde ich ja nun bestimmt nicht aushalten, Tom. Hör mal, Tom, das Reichsein ist nicht das, was man meint. Es bedeutet weiter nichts als Sorgen und noch mal Sorgen und Schweiß und noch mal Schweiß, und man wünscht sich dauernd, man wär tot. Siehst du, der Anzug hier, der gefällt mir, und das Faß hier, das gefällt mir auch, und das geb ich nicht mehr her. Wenn das Geld nicht gewesen wär, Tom, dann wär ich gar nicht erst in diese ganzen Unannehmlichkeiten geraten; nimm du einfach meinen Teil und gib mir ab und zu mal 'nen Zehner – nicht zu oft, weil ich mir 'nen Dreck aus 'ner Sache mache, wenn sie nicht einigermaßen schwer zu kriegen ist – und geh hin und kauf mich bei der Witwe los.»

«Ach, Huck, du weißt doch, daß ich das nicht machen kann. Das wär nicht anständig, und außerdem, wenn du's bloß noch ein bißchen länger probierst, dann gefällt es dir mit der Zeit.»

«Mir gefallen! Klar – so wie mir ein heißer Ofen gefällt, wenn ich mich lang genug drauf setze. Nein, Tom, ich will nicht reich sein, und ich will auch nicht in diesen verdammten stickigen Häusern wohnen. Mir gefallen die Wälder und der Fluß und die Fässer, und bei denen bleibe ich. Zum Teufel, grad wo wir Gewehre und eine Höhle und alles parat haben, um mit dem Räubern anzufangen, da muß dieser verdammte Blödsinn kommen und alles verderben!»

Tom sah seine Gelegenheit: «Hör mal, Huck – das Reichsein wird mich nicht dran hindern, ein Räuber zu werden.»

«Wirklich nicht? Du lieber Himmel, ist das dein blutiger Ernst, Tom?»

«Mein blutiger Ernst, so wahr ich hier sitze. Aber, Huck, wir können dich nicht in die Bande reinlassen, wenn du nicht ein anständiger Mensch bist, weißt du.»

Hucks Freude erlosch. «Kannst mich nicht reinlassen, Tom? Du hast mich doch als Pirat auch mitmachen lassen.»

«Ja, aber das war was andres. Ein Räuber ist was Vornehmeres als ein Pirat – ganz allgemein. In den meisten Ländern sind es Adlige – Herzöge und so was.»

«Hör mal, Tom, du bist doch immer mein Freund gewesen, nicht? Du würdest mich doch nicht ausschließen, Tom? Das würdest du doch nicht tun, Tom?»

«Huck, ich würd's nicht gern tun, und ich möcht's nicht tun, aber was würden denn die Leute sagen? Die würden doch sagen: ‹Pff – Tom Sawyers Bande! Da sind ziemlich verkommene Subjekte drin!› Und damit würden sie dich meinen, Huck. Das würde dir auch nicht gefallen und mir erst recht nicht.»

Huck schwieg eine Weile, denn er kämpfte mit sich. Endlich sagte er: «Also schön, ich geh für einen Monat zur Witwe Douglas zurück und nehm's auf mich und schau, ob ich mich dran gewöhnen kann, wenn du mich in die Bande läßt, Tom.»

«Also gut, Huck, das ist ein Wort! Komm mit, alter Junge; ich werd die Witwe bitten, es mal ein bißchen gnädiger zu machen, Huck.»

«Tust du das, Tom, wirklich? Das ist fein. Wenn sie bei den schlimmsten Sachen ein bißchen gnädiger sein würde, dann rauch ich eben heimlich und fluch heimlich und schlängle mich durch, wie ich kann. Wann willst du denn die Bande aufstellen und Räuber werden?»

«Sofort. Wir holen die Leute zusammen und halten vielleicht heute abend die Gründung ab.»

«Halten was ab?»

«Die Gründung.»

«Was ist denn das?»

«Da schwören wir, einander beizustehen und die Geheimnisse der Bande nie zu verraten, auch nicht, wenn du in lauter kleine Stücke zerhackt wirst, und jeden samt Familie zu töten, der einem von der Bande was tut.»

«Das ist prima, ganz prima, Tom, sag ich dir.»

«Na, und wie. Und die ganze Schwörerei muß um Mitternacht stattfinden, an dem einsamsten, gruseligsten Ort, den man finden kann – das beste ist ein Haus, wo's spukt, aber die sind ja jetzt alle zerlegt.»

«Na, Mitternacht ist auf jeden Fall gut, Tom.»

«Klar. Und den Schwur muß man über einem Sarg leisten und mit Blut unterschreiben.»

«Donnerwetter, das ist eine tolle Sache! Das ist ja noch tausendmal pfundiger als Pirat sein. Ich halt durch bei der Witwe, bis ich schwarz werde, Tom; und wenn ich dann so ein richtiger erstklassiger Räuber bin und alle davon reden, dann wird sie wohl stolz drauf sein, daß sie mich aufgefischt hat.»

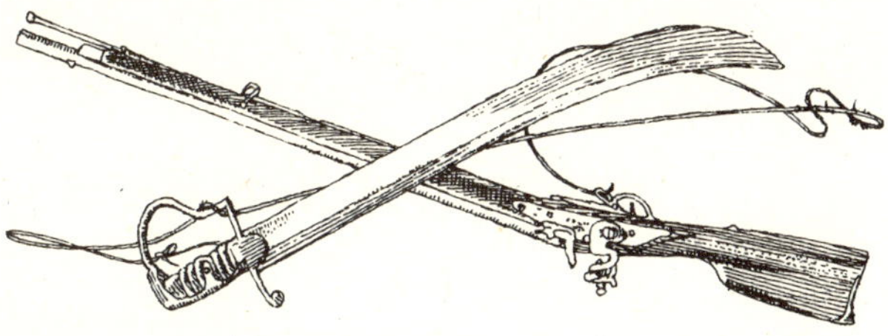

Schlußwort

Damit endet diese Chronik. Weil sie ausschließlich die Geschichte eines Knaben ist, muß sie hier aufhören; die Erzählung könnte nicht viel weiter geführt werden, ohne zur Geschichte eines Mannes zu werden. Wer einen Roman über Erwachsene schreibt, der weiß genau, wo er aufhören muß – nämlich bei einer Heirat; wer aber über Jugendliche schreibt, der muß seine Geschichte beenden, wo es sich am besten fügt.

Die meisten Personen, die in diesem Buch vorkommen, sind noch am Leben; es geht ihnen gut, und sie sind glücklich. Eines Tages mag es sich lohnen, die Geschichte der Jüngeren wieder aufzugreifen und zu sehen, was für Männer und Frauen sie geworden sind; deshalb wird es das klügste sein, augenblicklich von diesem Teil ihres Lebens nichts zu enthüllen.

Nachwort

«Tom Sawyer», so Twain in einem Brief, ist «nichts anderes als ein Hymnus, in Prosa geschrieben, damit er weltlicher wirke.» Eine Hymne auf die Jugend, auf den Garten Eden, aus rhapsodischem Herzen gesungen, vom Gefühl diktiert, nicht immer vom Verstand beobachtet und geformt, episodisch in Aufbau und Zusammenhalt. Literaturchirurgen, die ohnehin dazu neigen, das lebendige Werk unter Gesichtspunkten der Autopsie zu betrachten, kreideten ihm das natürlich an.

Erinnerungen hatten sich Twain schon lange zu Szenen verdichtet, die er niederschrieb und Freunden vortrug, denen aber noch das Band einer einigenden Fabel fehlte. Als er sich schließlich 1874 zur endgültigen Fassung niedersetzte, knetete er Fiktion in Erlebtes, um den Episoden Bindung zu geben. Er verflocht drei Stränge – die Mordgeschichte um Indian Joe, das keusche Liebesflimmern zwischen Tom und Becky Thatcher, die Schatzsuche – zu einem festen, mit noch ein paar hellen und dunklen Strähnen durchsetzten Zopf. Das Gemisch ergab eine komische und spannende Handlung, die einerseits kindliche Phantasie beflügeln konnte, andererseits die Nöte kindlicher Welt sehr wahrhaftig, wirklichkeitsnah ansprach. Die eingelegten Satiren auf gehobenen literarischen Stil, auf bibelschwarze Erziehungsideale hoben das Buch gleichzeitig hoch über damals übliche «Jugendliteratur». Auch Erwachsene konnten es lesen, oder besser gesagt: sich darin lesen.

Twain hatte Jahre für dieses Werk gebraucht. Das lag an seiner eigenwilligen Schreibmethode. Er «spielte» Roman, so wie seine jungen Helden dauernd Romane im Roman spielen: War ihm die Lust vergangen, spielte er eben ein anderes Buch. Und oft genug frischte dieses die erschöpfte Phantasie für das verlassene Buch wieder auf. So erging es ihm auch mit TOM SAWYER. Als nach Monaten der Arbeit keine Idee mehr aus ihm fließen wollte, gab er auf. Erst lange später, nach einer Serie von Artikeln über seine Zeit als Lotse auf dem Mississippi, Artikel, die ihn auch in die Seelenlandschaft der Jugend führten, kehrte er zu seiner kleinen Stadt, zu Hannibal, also zu St. Petersburg, zurück – seinem kleinen und doch so groß gefühlten Kosmos. Er schaffte Rest und Schliff in gerade mal sechs Wochen. «Es ist idiotisch, sieben oder acht Monate an einem Roman zu schreiben, wenn man in jedem Buchladen für zwei Dollar einen kaufen kann.» An der Fortsetzung, an HUCKLEBERRY FINN, schrieb er dann acht Jahre lang.

TOM SAWYER ist in eine Zeit zurückverlegt, da schon jene dunklen Wolken politischer und gesellschaftlicher Konflikte aufzogen, die sich dann in den Donnerschlägen des amerikanischen Bürgerkriegs entluden. Sie bleiben bei Twain weitgehend ausgespart. Er erörtert in diesem Buch keine Fragen der Demokratie, greift nicht offen und direkt ein Bildungssystem an, das vor der Aufgabe versagte, das damals noch weitverbreitete Analphabetentum, eng verschwistert mit Aberglauben und erstarrten Denkhaltungen, zu tilgen. Er tadelt schon gar nicht die von der Kirche gestützte, also angeblich gottgewollte feudale Sklavenhaltung. Seine Kritik beschränkt sich auf das, was Kinder betrifft und was sie darum auch begreifen: öde Schule, frömmlerisches Bibelgepauke, phantasielose und strafbereite Erwachsenenwelt.

Geschichtsunterricht und Sozialkunde erteilte er nicht. Ich halte das für eine kluge Entscheidung.

Ich kann sogar verstehen, daß Twain, dem der Bürgerkrieg wichtige Träume zerschlug, auch ganz privat eine Sehnsucht nach vorindustrieller Idylle hatte. Er taucht zurück in eine noch ursprüngliche Landschaft. Vor allem in einen Fluß, der nicht nur als Hauptschlagader durch seine Heimat zieht, sondern immer auch durch ihn selbst flutete und pulste, bis tief ins Erwachsenenalter hinein. Vier Jahre lang befuhr der patentierte Lotse seinen Mississippi auf einem Raddampfer. Auf dieser seiner Arche Noah lernte er alle Arten Mensch, die ganze Spezies, Paar um Paar, kennen: Esel und Schweinehunde, Aasgeier und Paradiesvögel, Salonlöwen und Hausdrachen, Stink- und Trampeltiere, Brüll- und Lackaffen, Mönchssittiche und Pfaffenläuse, Habichte und Habenichtse. Natürlich auch, wie immer in der Minderzahl, gutartige Exemplare. Vor allem das Paar Frechdachse: Kinder ohne Arg und Fehl und Tadel, keusch, natürlich, hoffnungsfroh und Hoffnung stiftend. Und all diese gründlich geschauten Menschen bevölkern seine Werke, zum Teil auch unseren TOM SAWYER.

Twain wendet sich also seinen Wurzeln zu. Der mächtige Mississippi spült ihm Düsternisse weg; die im Herzen noch unberührte Natur übergrünt alles. Mit viel Liebe zum Detail schildert er Sitten und Gebräuche. In einer Sprache, die den Menschen seiner Erinnerung abgehorcht war und ihnen ein Denkmal setzte. Eine romantische Gefühlswelt schiebt sich vor eine mittlerweile als grau empfundene Wirklichkeit.

Und trotzdem strahlt dieses Buch nicht nur den Reiz nachgelebter Jugend ab. Dazu ist es denn doch von zuviel, in gutmütigem Humor oder auch bissiger Satire verpackter, Kritik an Mißständen durchzogen. T.S. Eliot nennt TOM SAWYER schlichtweg das «treffende Bild von der Gesellschaft einer kleinen mittelwestlichen Stadt an einem Fluß vor hundert Jahren». Hundertfünfzig inzwischen. Ja, Twain nähert sich seinem Garten Eden mit dem Herzen und schaut ihn dann doch auch mit dem Verstand. Und diese Mischung aus Distanz und Nähe schützt viele Passagen des Werks vor dem Absturz in Schwampf, entsüßt oder verherbt sie.

T.S. Eliot fügte, als milden Tadel gemeint, hinzu: «Die Perspektive ist die eines Erwachsenen, der einen Jungen betrachtet.» Ja, das stimmt. Twain schiebt sich immer wieder mal vor, spricht den «lieben Leser» unmittelbar an und nutzt den Rampenplatz meistens für eine ironische Anmerkung zu Vorgängen oder Personen der Handlung.

«Der Satiriker», so Tucholsky, «ist ein gekränkter Idealist.» Twain hat sich lange selbst gekränkt. Das fraß an ihm. Und er litt sich nicht.

Twain war auf literarischem Feld als Humorist angetreten. DER BERÜHMTE SPRINGFROSCH VON CALAVERAS, eine «tall tale», eine Plusterplotte, eine Flunkerfabel, begründete seinen Ruf.

Erfolg macht süchtig, und er servierte immer mehr tollen Tobak, nagelte sich allmählich ans Kreuz des Spaßmachers. Es können eben nicht nur Texte in Schubladen geraten: auch ihre Autoren. Das Etikett «Humorist» klebte bald an ihm. Clownsmaske und Gesicht verwuchsen miteinander. Irgendwann gab es kein Entrinnen mehr: Er mußte gute Laune absondern.

Mit abnehmender Ehrsucht und zunehmender Altersweisheit scherte er sich immer weniger um seinen Rang und immer mehr um sein Gewissen. Er griff sogar ins politische Tagesgeschehen ein, stellte sich begründet auf die Seite bestimmter Präsidentschaftskandidaten. Der Verlust zweier

Töchter, vor allem aber der Tod seiner geliebten Frau stahlen ihm seinen Humor. Er verfiel in Gram und Pessimismus. Hatte er früher zahnlos gewitzelt, biß er jetzt kräftig zu und durch. Er ummantelte betrübliche Fakten nicht länger mit schnurrigen Faxen, unterließ es, seine Kritik an Fehlentwicklungen mit Witz weichzuspülen. Seine Werke «lachen» immer verkrampfter, seltener, gar nicht mehr. Jetzt schimpft er über «die verdammte Menschenrasse». Der Misanthrop, ja: auch aus Gewissensqual, schaut nun eine kaum reformfähige, nur noch strafwürdige Welt. In den «postum» veröffentlichten Lehrbriefen VON HUND ZU HUND, Lehrbriefe, die der «richtigeren Einschätzung des Menschen» dienen sollten, schrieb er:

«Nur ein Tier kennt Bosheit: der Mensch.
Nur ein Tier kennt den Neid: der Mensch.
Alle Tiere töten, doch nur der Mensch mordet.
Knechtische Gesinnung, stiefelleckende Unterwürfigkeit:
Diese Entartung findet man nur bei zwei Tieren – beim Menschen und beim Hunde.
Doch der Hund war frei davon, ehe er das Bündnis mit dem Menschen einging.»

«Postum», also seit der Zeit, da er unter uns nicht mehr gesehen ward, sind noch viele Schriften aufgetaucht, die Twain, um Ruf und Gewinn besorgt, in die Schublade gestopft hatte. Dunkle Schriften, die ins Licht der Öffentlichkeit zu werfen Erben und Nachlaßverwalter dann besorgten. Twain selbst hielt es für ratsam, daß derlei literarische Äußerungen erst nach seinem Tode – einem Ereignis, mit dem er nach menschlichem Ermessen ja rechnen mußte – auftauchten. Denn: «Der Bewohner des Grabes genießt ein Vorrecht, das er mit keinem Lebenden teilt: die Freiheit der Rede.» In dieser ätzenden Satire auf Das Privileg der Toten rechnet er mit einer Verfassungswirklichkeit ab, in der es wohl verbürgte, letztlich aber doch nur gefesselte Rechte gibt: «Mord wird mitunter geahndet, freie Rede immer. Daher kommen schätzungsweise fünftausend Morde auf einen einzigen Fall, wo jemand seinem Herzen einmal Luft gemacht und etwas Unpassendes gesagt hat.» Sehr viel Galle. Aber er würgt auch an sich: Er hat sich zu oft selbst gefesselt, den Mund verboten.

Twain war im Grunde seines Wesens ein Pessimist, der seinen trüben Weltblick mit Humor bekämpfte. Er hegte auch sehr viel Skepsis gegenüber sich selbst und litt darunter, Ideale zu predigen, denen er, ein Mensch in seinen Widersprüchen, auch nicht immer folgte. Lust auf Rang und Anerkennung, auch definiert über materiellen Reichtum, schläferten doch manchmal sein Gewissen ein. Er war ein bekennender Humorist, ein Prediger in der Clownsmaske, ein Kapitalist mit Gewissensbiß, ein Rousseauist in einer vergewaltigten Natur, ein Dr. Jekyll und Mr. Hyde, ein asymmetrischer, ein junger Mensch jeden Alters.

Horst H. Vollmer

Foto: Bildarchiv Preußischer Kulturbesitz

Am 30. November 1835 wurde Samuel Langhorne Clemens, der sich später Mark Twain nannte, als fünftes Kind in Florida (Missouri) geboren. Sein Vater war Farmer, Händler und Friedensrichter, ein freidenkerischer Kopf und Agnostiker, seine Mutter eine presbyterianisch erzogene Frau. Vier Jahre nach seiner Geburt zog die Familie in den kleinen Ort Hannibal. Er taucht in «Tom Sawyer» wieder auf als jenes kleine Städtchen am Mississippi, das St. Petersburg heißt.

Samuel Clemens war erst zwölf, als sein Vater starb. Bald darauf machte der Junge eine Setzerlehre und arbeitete dann im Betrieb seines Bruders, der die Zeitung «Hannibal Journal» herausgab. Samuel Clemens' erste politische Satire erschien 1852; darin polemisierte er gegen Monarchie, Aristokratie und korrupte Richter.

Dann folgten abenteuerliche Jahre als Setzer, Misssissippi-Lotse, Silbergräber und Reporter. 1864 wurde Clemens (der sich nur noch Mark Twain nannte) Journalist und Autor sozialkritischer Berichte, Reportagen und Humoresken. 1867 erschien sein erstes Buch – «Der berühmte Springfrosch von Calaveras». Nach längeren Exkursionen und Vortragsreisen in den USA heiratete er 1870 die behütete, wohlhabende Olivia Langdon und zog ein Jahr später mit ihr zusammen nach Hartford. Hier gehörte Mark Twain bald zu einem Kreis von Gelehrten und Künstlern, zu denen auch Harriet Beecher-Stowe zählte. Zwischen 1870 und 1884 wurde Mark Twain dreimal Vater: Seine Frau brachte einen Sohn und zwei Töchter zur Welt.

1876 erschien «Tom Sawyers Abenteuer», acht Jahre später «Huckleberry Finns Abenteuer». In diesen Jahren erschienen auch «Bummel durch Europa» (1880), «Der Prinz und der Bettelknabe» (1882), «Leben auf dem Mississippi» (1883). In den achtziger Jahren war Mark Twain nicht nur als Autor, sondern auch als Verleger erfolgreich und investierte viel Geld in technische Erfindungen. Aber dieses Glück war nicht dauerhaft. 1894 geriet er in finanzielle Schwierigkeiten, sein Verlag machte bankrott. Er hatte plötzlich die gewaltige Schuldensumme von 190000 Dollar. Weil er seine Gläubiger nicht sitzenlassen wollte, begann er zur Tilgung seiner Schulden eine ausgedehnte Vortragsreise durch die halbe Welt: von den USA nach Australien, Indien, Südafrika und Europa.

Tatsächlich hatte er bereits 1898 alle Schulden abbezahlt und kehrte 1900 von langen Europa-Aufenthalten nach Amerika zurück.

Die Universitäten von Yale und Missouri verliehen ihm den Doktortitel. Er war auf dem Höhepunkt seines internationalen Ruhmes.

1903 zog Mark Twain mit seiner Frau nach Florenz, weil er sich vom freundlichen italienischen Klima Heilung für die angegriffene Gesundheit seiner Frau Olivia erhoffte. Sie starb ein Jahr später.

Mark Twain litt furchtbar unter diesem Verlust.

Seine letzten Jahre waren geprägt von der Verzweiflung eines aufgeklärten Demokraten, der die weltpolitische Entwicklung nur noch mit großem Pessimismus begreifen konnte.

Über eine erste Herzattacke 1909 konnte er noch witzeln:

«Die Zeitungen sprechen davon, daß ich sterbe. Das ist falsch. Ich würde so etwas niemals in meinem Leben machen.»

Er starb am 21. April 1910 in Connecticut.

U.B.

Klaus Ensikat, geboren 1937 in Berlin, studierte dort an der Fachschule für Angewandte Kunst, arbeitete als Gebrauchsgrafiker und lebt seit 1965 als freischaffender Künstler in dieser Stadt. Zahlreiche Ausstellungen im In- und Ausland. Viele der von ihm illustrierten Bücher wurden ausgezeichnet, international wurde er mit hohen Preisen geehrt (u. a. Großer Preis der Biennale der Illustration in Bratislava). Mehr als ein Dutzend Kinderbücher, die Ensikat illustriert hat, wurden als «Schönste Bücher des Jahres» prämiert. 1991 bekam er zum zweitenmal den «Goldenen Apfel» der Biennale Bratislava.

Für rotfuchs illustrierte er «Die Schuhe der Señores» (Band 634), «Die Hunde von Capurna» (Band 636), «Momme» (Band 688), «Momme in Schweden» (Band 741) und das rotfuchs Reimebilderbuch «Füchse, Fez und Firlefanz» (Band 662).

Mit filigranschöner Feder stattet er die rotfuchs Klassikerreihe aus:
Lewis Carroll: «Alice im Wunderland» (Band 733)
Charles Dickens: «Oliver Twist» (Band 737 und 738)

E. T. A. Hoffmann: «Klein Zaches genannt Zinnober» (Band 739)
Edgar Allan Poe: «Goldkäfer und andere Erzählungen» (Band 746)
Nikolai W. Gogol: «Der Mantel und andere Erzählungen» (Band 761)
Anton Tschechow: «Kaschtanka und andere Erzählungen» (Band 760)
Rudyard Kipling: «Das Dschungelbuch» (Band 796)
Wilhelm Hauff: «Das Kalte Herz und andere Märchennovellen» (Band 762)
Mark Twain: «Tom Sawyers Abenteuer» (Band 813)
Demnächst erscheint
Mark Twain: «Huckleberry Finns Abenteuer» (Band 814 und 815)

Deutscher Jugendliteraturpreis 1995 für das Gesamtwerk des Künstlers

Klaus Ensikat hat mit mehr als hundert illustrierten Büchern nicht nur ein imponierend umfangreiches Œuvre als Buchkünstler geschaffen, er bleibt vor allem immer dem eigenen – ästhetisch hohen – Anspruch treu. – Vom Initial bis zum Bild, von der Kalligraphie bis zur Vignette, vom gestalteten Vorsatzpapier bis zum Schlußornament entwirft Ensikat Gesamtkompositionen, die Illustration nicht als bloßes Dekor begreifen, sondern als kongeniale Gestaltung zum Text. Nicht Abklatsch, sondern Interpretation, die dem Betrachter noch genügend Spiel- und Denkraum läßt. – Ensikat gelingt es mit filigranzarter Feder, beides zu zaubern – Realität *und* Phantastik. Nicht Blow-up, bengalische Tricks, teure Technikmätzchen, pompöse Materialschau werden zelebriert, sondern Denkprovokationen kommen aufs Blatt. Sein genial einfaches Mittel: Linie pur, virtuose Handwerklichkeit. – Ob zärtlich, grotesk, surreal, komisch, sachlich streng oder absurd: immer haben Ensikats Bilder Perfektion. – Ensikat hat sich nicht auf Kinderliteratur und Bilderbuch beschränken lassen. Wie bei seinen Künstlerkollegen Ungerer und Steadman haben Karikatur, Plakat, Satire, Blätter für Magazine und Zeitschriften einen wichtigen Platz im Gesamtwerk. Damit ist besonders nachdrücklich die übliche fatale Trennung in Kinder- und Erwachsenenkünste widerlegt.

Ute Blaich

rotfuchs Klassiker

Dem Wechselbalg Zaches schenkt die gütige Fee Rosabelverde eine Liebesgabe: Alles, was Zaches' Umgebung an Geist, Witz und Talent hervorbringt, wird dem kleinen Scheusal zugeschrieben. So macht Zaches hochstaplerisch Karriere bei Hof, wird Minister und allmächtiger Liebling des Fürsten. Der Spuk endet erst, als Alpanus den Schwindel entzaubert. Und der monströse Zaches ersäuft in einem silbernen Nachtgeschirr. **E. T. A. Hoffmanns** berühmte Erzählung ist romantisches Märchen, Komödie und Satire auf eine bornierte Gesellschaft. Mit einem Nachwort von Peter Bichsel. (rotfuchs Klassiker Band 739)

Die **rotfuchs Klassiker** Reihe bietet jungen Lesern eine Bibliothek der wichtigsten Bücher aus der Weltliteratur an. Mit dieser Edition will rotfuchs eine Trennung zwischen den Ansprüchen aufheben: Literatur von Rang statt Katzentischlektüren. Das Gefühl der Qualität kann man lesend erlernen. Die rotfuchs Reihe will dabei gern Mentor sein. Darum sind sämtliche Klassiker dieser Reihe mit den exquisiten Illustrationen des international renommierten Künstlers **Klaus Ensikat** ausgestattet.

rotfuchs Klassiker

Ohne **Edgar Allen Poe**, den Meister phantastischer Kurzgeschichten und Erfinder des Kriminalromans, ist moderne Literatur schwer vorzustellen. Seine schwarze Prosa, die Alpträume beschwört, ist atemberaubend in ihrer genau kalkulierten Spannung, der psychologischen Präzision und analytischen Logik. Einer der faszinierendsten Erzähler der Weltliteratur, der das Genre unheimlicher Phantastik beherrscht wie kein zweiter, wird in der rotfuchs Klassiker Bibliothek mit fünf Geschichten vorgestellt. Mit einem Nachwort von Dieter E. Zimmer. (rotfuchs Klassiker Band 746)

Die **rotfuchs Klassiker** Reihe bietet jungen Lesern eine Bibliothek der wichtigsten Bücher aus der Weltliteratur an. Mit dieser Edition will rotfuchs eine Trennung zwischen den Ansprüchen aufheben: Literatur von Rang statt Katzentischlektüren. Das Gefühl der Qualität kann man lesend erlernen. Die rotfuchs Reihe will dabei gern Mentor sein. Darum sind sämtliche Klassiker dieser Reihe mit den exquisiten Illustrationen des international renommierten Künstlers **Klaus Ensikat** ausgestattet.

4031/1

Sachbuch

Blumen und Bäume. Kinder wachsen heute zumeist in Städten auf – und wissen sogut wie nichts über Flora und Fauna. Die Folge ist eine Art «second-hand-Verhältnis» zur Natur. Dem will die Reihe **rotfuchs Sachbuch** entgegenwirken mit Büchern, die anregen zum Staunen und Fragen. Die Bücher über Bäume und Garten – geschrieben von kundigen und namhaften Autoren – wurden von dem jungen Grafiker **Arno Kolb** liebevoll und fotorealistisch genau illustriert.

Karin Walter/Arno Kolb
Mein Baum
(rotfuchs Sachbuch 740)
Ein Baum, was ist das? Stamm, Rinde, Blätter, Krone? Ein Baum ist mehr als ein Baum, und darüber erzählt dieses Sachbuch. Woher nimmt ein Baum die Energie, um Wasser in die Krone zu pumpen? Wie macht er aus Wasser und Sonnenlicht Nahrung? Welche großen und kleinsten Tiere gehören zum komplizierten Ökosystem Baum? Am Beispiel einer Kastanie, die der Großvater dem Enkel schenkt, wird das Baumwunder erklärt.

Gunter Steinbach/Arno Kolb
Mein Garten
Erhältlich ab Februar '95
(rotfuchs Sachbuch 758)
«Mein Garten» – das ist ein Stück Natur mit Blumen, Kräutern, Faltern, Vögeln ...

rororo rotfuchs

und Ernteglück natürlich. Zum erfolgreichen «Gärteln» aber gehören Kenntnisse. Kaum einer kann sie so kompetent vermitteln wie Gunter Steinbach: erfolgreicher Sachbuchautor, Preisträger des Europäischen Umweltpreises '92 und engagierter Schützer von Flora und Fauna. Das spannend geschriebene Buch über Gartenglück entstand auf seinem Bergbauernhof im Allgäu.

Beide Bücher eignen sich für Kinder ab 8 Jahre.

4030/1a

Sachbuch

Alle meine Tiere. Oft übernehmen Kinder naiv eine gefährliche Denkweise der Erwachsenen, indem sie Tiere einteilen nach Gesichtspunkten primitiver Nutzbarmachung: Arbeitstiere, Schlachttiere, Versuchstiere, Kuscheltiere (die in der Ferienzeit oft genug zu Wegwerftieren werden). In der Reihe **rotfuchs Sachbuch** vermitteln bekannte Autoren ihre umfassenden Kenntnisse über Tiere: klar, kompetent, natürlich auch emotional – ganz gewiß aber ohne falsche Gefühligkeit. Für die Bildausstattung konnte mit **Katharina Lausche** eine inzwischen auch international renommierte Illustratorin gewonnen werden.

Claus-Peter Lieckfeld/ Veronika Straaß/ Katharina Lausche
Meine Katze
(rotfuchs Sachbuch 697)
Auswalliste des Deutschen Jugendliteraturpreises 1994

Eva Maria Krämer/ Katharina Lausche
Mein Hund
(rotfuchs Sachbuch 696)

Sylvia Brandis/Katharina Lausche
Mein Pony
(rotfuchs Sachbuch 695)
Die Autorin – Züchterin und leidenschaftliche Reiterin seit ihrer Kindheit – erklärt kleinen Ponyfreunden alles über Rassen, Gesundheit, Ernährung, warnt vor gewissenlosen Händlern und gibt wichtige Ratschläge zur Haltung und Pflege.

rororo rotfuchs

A. und H. Fischer-Nagel/ Katharina Lausche
Mein Igel
(rotfuchs Sachbuch 732)

Christiane Wittrock/ Katharina Lausche
Mein Waschbär
(rotfuchs Sachbuch 742)
Wer einen Waschbären zu sich nimmt, braucht sehr viel Zeit, Geduld, eine bärensichere Wohnung mit Garten und übernimmt die Verantwortung für eine Lebensanschaffung. Klug, liebevoll, spannend berichtet die Autorin über die gewitzten Kleinbären, ihr Leben in der Wildnis, «Sprache», Geselligkeit, Bedürfnisse, Eigenheiten.

Claudia Toll/Katharina Lausche
Mein Kaninchen
Erhältlich ab März '95
(rotfuchs Sachbuch 759)

Alle Bücher eignen sich für Kinder ab 8 Jahre.

Mein Bild

Die Kunstsachbuchreihe **Mein Bild** informiert über jeweils ein Meisterwerk großer Künstler. Ohne Anbiederung an den vermeintlich naiven Kindergeschmack. Denn: Kunst braucht Kenntnisse und keine Versimpelung.

Ute Blaich
Philipp Otto Runge: Die Hülsenbeckschen Kinder
(rotfuchs 781)
Bestenliste des BUCH-JOURNALS Sommer 1995
1805 malte Runge die Hülsenbeckschen Kinder. Rund um dieses *eine* Bild ein Mosaik von Informationen: Mode, technische Erfindungen, Architektur, Kochrezepte, Kinderspiele, Anekdoten, Briefe von Dichtern und Malern. Auf vergnügliche Weise wird Kunst zum Bilder- Album und Zeit- Spiegel.

Thomas David
Rembrandt: Belsazar
(rotfuchs 783)
König Belsazar erstarrt, als um Mitternacht an der Wand seines Palastes in Flammenschrift das furchtbare Menetekel erscheint. Mit Pathos und barocker Gebärde hat Rembrandt 1639 dieses Tafelbild in orientalischer Pracht gemalt. — Spannend macht Thomas David «das goldene Zeitalter» holländischer Malerei lebendig. Erzählt von Rembrandts Freunden, Modellen, Schülern, seiner Werkstatt, von Saskia, Hendrickje, von Ruhm und Krisen, Kunst und Konkurs.

rororo rotfuchs

Vor allem aber von Rembrandt selbst, dem größten holländischen Künstler des 17. Jahrhunderts.

Nils Jockel
Antoine Watteau: Die italienische Komödie
(rotfuchs 782)
Bestenliste SAARLÄNDISCHER RUNDFUNK 1995
Antoine Watteau, französischer Maler des Rokoko, gibt mit der «Italienischen Komödie» einen Spiegel seiner Zeit: der Welt geistreicher Maskeraden und schillernder Komödien. Mit Witz, Tempo und Purzelbäumen läßt Nils Jockel den Harlekin die Figuren der Commedia dell'Arte, das Theater am Hof und den genialen Watteau vorstellen.

Mein Bild

«Sehen was man sieht» (Le Corbusier) - unter diesem Motto führen die Autoren der Reihe **Mein Bild** Kinder an berühmte Bilder heran, begleiten sie auf eine abenteuerliche Zeitreise zu dem Maler und seinen Zeitgenossen und helfen auf unterhaltsame Weise, das Gemälde in seinem historischen Umfeld besser zu verstehen.

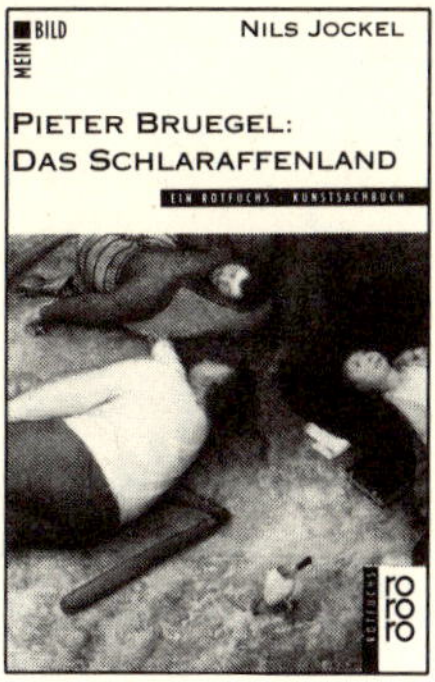

Nils Jockel
Pieter Bruegel: Das Schlaraffenland
(rotfuchs 780)
Durch Berge aus Hirsebrei, vorbei am verlockenden Wurstgezäun führt diese Kunstreise durchs Schlaraffenland. Da fließen Milch und Honig, da laufen Eier auf Beinen umher, und die Schweine tragen das Eßbesteck zwischen den Rippen. — Nils Jockel leitet diese Expedition ins 16. Jahrhundert mit soviel Witz, Kenntnis, Abenteuer, daß die Schlemmerphantasien des Pieter Bruegel zum köstlichen Kunstgenuß werden - ein pralles Vergnügen, das in Bildern und Wunschträumen schwelgt, das Lust auf Kunst macht.

Elke von Radziewsky
Paolo Uccello: Reiterschlacht
(rotfuchs 784)
Paolo Uccello (1397-1475), einer der bedeutendsten Pioniere des Renaissance-Stils, Erforscher der Perspektive und berühmter Tiermaler, begnügte sich nicht mit illusionistischer Wiedergabe der Wirklichkeit. Mit perspektivischen Tricks schuf er phantastische Räume. Sein Meisterwerk «Die Reiterschlacht von San Romano» (um 1456/57) gleicht einem Märchenspiel mit marionettenhaften Figuren. — Die renommierte Kunstkritikerin Elke von Radziewsky gibt eine faszinierende Bildinterpretation und spannende Einblicke in Uccellos Werkstatt.

rororo rotfuchs